KB133384

비겟덩어리

클래식 라이브러리　013

비곗덩어리

클래식 라이브러리   013
Boule de Suif

기 드 모파상 지음
임희근 옮김

arte

일러두기

1 이 책은 Guy de Maupassant, *Boule de Suif, et autres nouvelles*(Albin Michel, 1975)과 Guy de Maupassant, *Contes et nouvelles I, II*(Gallimard, Pléiade판, 1985)의 일부를 옮긴 것이다.
2 모든 주석은 옮긴이 주다.

차례

비곗덩어리 —— 7

두 친구 —— 64

결투 —— 76

29번 병상 —— 84

피피 양 —— 102

목걸이 —— 121

행복 —— 135

첫눈 —— 145

온실 —— 157

머리카락 —— 165

오를라 —— 176

해설 —— 213

작가 연보 —— 225

비곗덩어리

며칠간 연이어, 패주하는 군대[1]가 루앙을 지나갔다. 이 무리는 군대도 아니고 뿔뿔이 흩어진 오합지졸들이었다. 남자들은 수염이 길고 지저분하게 자라 있었고, 군복은 너덜너덜해져 누더기가 되었고, 깃발도 소속 부대도 없이 당장이라도 무너질 듯 힘없는 걸음걸이로 조금씩 걸어가고 있었다. 다들 습관적으로만 걸으며, 걸음을 멈추면 피곤해서 바로 쓰러지고 말 것 같은 꼴이 기진맥진하여 이제는 아무 생각이나 결정을 못하는 것 같았다. 특히 갑자기 징집된 온화한 사람들, 연금이나 꼬박꼬박 받으며 조용히 살다가 군에 들어온 사람들은 총의 무게로 허리가 구부정히 휘어 있었다. 쉽사리 공포에 사로잡히고 순식간에 열광하고, 언제라도 공격할 준비와 퇴각할 준비를 갖춘 민첩하고 어린 유격대원들도 있었다. 또 그들 가운데는 빨간 바지를 입은 병사들도 몇 명 있었는데, 이들은 큰 전투에

---

1 이 소설의 시간적 배경은 프로이센-프랑스 전쟁이다.

서 패배한 부대의 패잔병들이었다. 다양한 보병들과 함께 줄지어 걷는 어두운 표정의 포병들도 있었고, 가끔은 발을 질질 끌며 최전선 보병 부대 병사들의 좀 더 가벼운 발걸음을 힘겹게 뒤따르는 기마병의 번쩍거리는 철모도 보였다.

그다음엔 '패배의 복수자'나 '무덤의 시민들', '죽음을 함께하는 사람들' 같은 영웅적 명칭이 붙은 의용병 부대들이 산적 같은 모습으로 지나갔다.

이들 부대의 선봉장들은 왕년에 포목상이나 곡물상이었던 사람들 또는 돼지기름이나 비누를 팔던 상인들로, 돈이 많거나 수염이 길다는 이유로 임시 장교가 되어 전사戰士 노릇을 한 사람들이었다. 이들은 무기를 잔뜩 갖고, 플란넬 천으로 된 제복을 입고, 계급을 표시하는 장식 줄을 잔뜩 달고서 쩌렁쩌렁 울리는 목소리로 말하고, 작전 계획을 논하며 고통받는 프랑스의 운명을 혼자서 그 허세 가득한 어깨에 다 지고 있는 양했다. 하지만 때로 자기 휘하의 병사들, 즉 극악무도한 자들, 종종 지나치게 용감해서 약탈하고 방탕하게 구는 사람들을 두려워하기도 했다.

프로이센 군대가 곧 루앙에 들어올 거라고들 했다.

두 달 전부터 국민 방위대[2]는 근처 숲속에 숨어들어 때로는 자기편 보초들을 쏘아 죽여 가며 아주 신중하게 정찰하고, 숲 덤불 아래에서 조그만 산토끼만 꿈틀해도 즉시 전투태세를 취하더니만 지금은 각자 집으로 돌아가 버렸다. 예전에는 근방 13킬로미터 거리의 국도변을 벌벌 떨게 했던 국민 방위대의 무기며 군복, 살상 무기 같

2   제2제정 때 있었던 프랑스의 부대.

은 것이 갑자기 사라져 버린 것이다.

　　마지막 남은 프랑스 병사들은 마침내 생스베르와 부르아샤르로 해서 퐁오드메르까지 가려고 막 센강을 건넜다. 맨 뒤에 선 장군은 낙담하여 이 너덜너덜해진 넝마 같은 패잔병들을 데리고는 아무것도 시도해 볼 수가 없었고, 이기는 데 버릇이 들어 있지만 전설적인 용맹함에도 불구하고 형편없이 져 버린 골족의 참담한 패주가 스스로 생각해도 어이없어, 두 부관 사이에서 터벅터벅 걷고만 있었다.

　　그러고는 루앙 전체에 깊은 정적이, 겁에 질린 소리 없는 기다림이 팽배했다. 장사만 해서 얌전해진 이 도시의 많은 배불뚝이 주민이 걱정스럽게 승자인 프로이센군을 기다리며, 혹시 이들이 고기 굽는 꼬챙이나 커다란 부엌칼을 보고 무기로 착각하지나 않을까 싶어 벌벌 떨고 있었다.

　　삶이 멈춘 것만 같았다. 가게들은 문을 닫았고, 길에는 인적이 없었다. 가끔가다 이런 정적이 두려운 주민 하나가 담벼락을 따라 잽싸게 달려갈 뿐이었다.

　　기다리며 이렇게 불안해하느니, 차라리 얼른 적군이 들어왔으면 싶었다. 패주한 프랑스 군대가 지나가고 난 다음 날 오후엔 어디서 나타났는지 모를 창기병 몇몇이 빠르게 도시를 가로질렀다. 이어 조금 후엔 다른탈 거리와 부아기욤 거리로 도시에 침투하는 다른 두 무리가 나타났고, 검은 옷을 입은 병사 한 무리가 생트카트린 언덕에서 내려왔다. 바로 그 순간, 이 세 무리의 전위대들이 시청 광장에서 합류했다. 그러더니 주변 모든 길거리에 프로이센군이 당도해, 그 딱딱하면서도 박자 맞춘 발걸음으로 저벅저벅 걸어 다니며 보도를 울렸다.

뭐라는 소리인지는 모르겠지만 후두음이 많이 들어간 구령이, 사람이 다 죽고 아무도 안 사는 듯했던 집들을 따라 위로 올라갔다. 한편 꽁꽁 닫아건 덧문 뒤에서는 숨은 눈들이 이 승리에 취한 남자들, '전쟁의 권리'로 이 도시의 재산권과 생사여탈권을 꿰찬 주인들을 몰래 훔쳐보고 있었다. 주민들은 어두운 방에 갇혀 마치 지진을 겪은 것처럼 겁을 먹고 있었다. 목숨이 달린 대지진 앞에선 아무리 지혜롭고 힘이 센 사람이라도 소용이 없었다. 겨우 확립된 사물의 질서가 뒤집히고, 안전이란 더 이상 존재하지 않으며, 인간의 법칙이나 자연의 법칙을 보호하던 모든 것이 무의식적이고 그악스러운 야만성에 시달릴 때마다 처음 당했을 때와 똑같은 그 느낌이 다시 살아나기 때문이었다. 허물어지는 집들 아래 사람들이 다 묻혀 버리는 지진, 황소의 사체와 천장에서 뽑힌 대들보와 함께 익사한 농민들이 둥둥 떠내려가는 범람한 강물, 방어하는 사람들을 마구 학살하고 몇몇 사람들은 포로로 잡으며 칼의 이름으로 약탈을 하고 대포 소리가 나면 신에게 감사하는 영광스러운 군대를 보노라면, 영원한 정의에 대한 믿음과 하늘이 지켜 주시고 인간에게 이성이 있다고 우리가 배운 믿음이 다 깨지는, 두려운 도리깨질을 보는 것만 같다.

집마다 처음엔 작은 분대들이 문을 두드리다가 어느덧 집 안까지 들어갔다. 침략 이후의 점령이란 이런 것이었다. 승자들에게 친절하게 굴어야 할 패자의 의무가 시작된 것이었다.

얼마 후 처음의 공포가 가시자 다시 조용해졌다. 프로이센 장교가 드나들며 식사까지 해결하는 집이 많았다. 어떤 경우는 장교가 예절 바른 사람일 때도 있었고, 예의상 프랑스를 동정했고 이 전쟁에 억지로 참전하게 된 것이라고 말했다. 사람들은 그렇게 생각해 주는 것에 고마워했다. 또 언젠가는 적군 장교의 보호가 필요할 수도 있었다. 지금 그를 잘 대접하면 어쩌면 나중에 음식을 제공해야 할 사람 수가 줄어들지도 모를 일이었다. 게다가 자기를 쥐락펴락하는 대상의 기분을 상하게 해서 무엇 한단 말인가? 만약 그런 행동을 한다면 그건 용감하다기보다는 무모한 일일 것이다. 그리고 무모함이란 더 이상 루앙을 지키려고 영웅적으로 방어하던 그 유명한 시대처럼 루앙 시민의 결점이 아니었다. 그리고 프랑스 시민의 덕목에는, 외국인 병사에게 남의 눈에 띄게 친근하게 굴지만 않는다면 집 안에서 개인 대 개인으로는 예의 바르게 굴어도 된다는 불문율이 있었다. 바깥에서는 서로 모른 척했지만 집 안에서는 말도 잘했고, 프로이센 군인들은 저녁마다 난롯가에서 집안 식구들과 불을 같이 쬐며 점점 더 오래 머물렀다.

　도시 자체도 조금씩 평상시의 모습을 되찾아 갔다. 프랑스 사람들은 아직 밖으로 나오지 않았지만, 프로이센 병사들은 길거리에 우글우글했다. 게다가 보도에서 건방지게도 커다란 살상 도구를 휘두르고 다니는 푸른 옷의 경기병 장교들이 루앙의 일반 시민들을 경멸하는 마음도 지난해 시민들과 카페에서 같이 술을 마시던 프랑스 엽기병 장교들보다 훨씬 더한 것 같지는 않았다.

　하지만 도시의 전체적인 공기에는 뭔가 미묘하고 알 수 없는 것이, 참을 수 없는 이상한 분위기 같은 것이 있었다. 침략의 냄새 같은 것이었다. 그런 냄새가 집들과 광장을 가득 채우고 음식 맛을 바꿔 놓고 마치 아주 먼 곳, 야만스럽고 위험한 부족이 사는 곳을 여행하고 있는 듯한 느낌을 주었다.

이긴 자들은 돈을 많이 요구했다. 주민들은 항상 돈을 냈다. 주민들은 돈이 많았다. 하지만 노르망디의 상인들은 풍족하면 할수록 모든 희생, 즉 자기 돈이 조금이라도 다른 사람의 손에 들어가는 것을 힘들어하는 법이었다.

한편 루앙에서 센강 흐름을 따라 크루아세, 디에프달, 비에사르 쪽으로 10킬로미터만 내려가면 뱃사람이나 낚시꾼들이 종종 강바닥에서 프로이센군 시체를 건져 냈다. 칼에 맞아 죽거나 발길에 차여 죽거나 머리가 돌로 짓이겨지거나 다리 위에서 물속으로 던져져 죽은 프로이센군 시체는 군복 차림에 퉁퉁 불어 있었다. 한낮의 전투보다 더 위험하고 영광스러운, 널리 소문이 퍼지지도 않는 이런 음험하고 야만적이고도 합법적인 복수, 알려지지 않은 영웅적 행동, 소리 없는 공격들은 소문도 없이 강물의 개흙 속에 파묻혀 버리고 말았다.

언제든 이념을 위해 죽을 각오가 되어 있는 대담한 사람들은 이방인에 대한 증오로 무기를 드는 법이다.

마침내 침략자들이 루앙을 가차 없는 규율로 휘어잡긴 했지만 개선 행진 내내 저질렀던 끔찍한 일은 이제 전혀 자행하지 않았기에 사람들은 대담해졌고, 이 고장 상인들은 적과 다시금 살길을 도모해 볼 필요가 있겠다고 느꼈다. 개중엔 프랑스군이 점령하고 있는 르아브르에 큰 이익이 달린 사람도 있어서, 일단 육로로 디에프까지 간 뒤 거기서 배를 타고 르아브르항까지 가 보려 했다.

그들은 점령 시 알게 된 장교의 영향력을 이용해 총사령관에게서 출발 허가증을 얻어 냈다.

그리하여 말 네 필이 끄는 큰 마차를 잡아 놓고, 열 명이 마차

회사에 승객으로 등록하고, 몰려드는 사람들을 일절 피하고자 화요일 아침 동이 트기 전에 일찍 출발하기로 했다.

얼마 전부터 서리가 내리더니 땅이 꽝꽝 얼어붙었고, 월요일 오후 3시쯤에는 검고 큰 구름이 북쪽에서 몰려와 저녁 내내 그리고 밤새도록 눈이 끊임없이 내렸다.

새벽 4시 반에 여행할 사람들이 마차를 타고 출발하기로 한 노르망디 호텔 마당에 모였다.

그들은 아직도 잠이 덜 깨어 있었고 옷을 두껍게 껴입었는데도 추워서 덜덜 떨고 있었다. 어두워서 누가 누군지 잘 보이지를 않았고, 두꺼운 겨울옷을 껴입다 보니 모두 뚱뚱한 신부가 긴 사제복을 입은 것같이 보였다. 하지만 그중 두 남자가 서로 알아보았다. 세 번째 남자가 그 둘에게 접근하더니 나중엔 셋이 이야기를 나누었다. "난 우리 집사람도 데려갑니다." 한 남자가 말했다. "저도 그렇답니다." "저도요." 처음 남자가 말을 덧붙였다. "우리는 루앙에 돌아오지 않을 거고, 만약 프로이센군이 르아브르 근처까지 공격해 온다면 그땐 영국으로 건너갈 겁니다." 모두 비슷한 마음인지라 계획도 같았다.

그런데도 말은 아직 마차에 매여 있지 않았다. 마구간의 하인 하나가 작은 등불을 들고 가끔 컴컴한 문에서 나왔다가 즉시 다른 문 속으로 사라졌다. 말들이 발로 땅을 탁탁 찼다. 그 소리는 말구유에 잔뜩 쌓인 여물 나부랭이 때문에 약해졌고, 말들을 향해 뭐라고 이야기하고 욕설을 내뱉는 한 남자의 음성이 마구간 안에서 들려왔다. 가볍게 울리는 말방울 소리로 보아 누군가 마구에 손을 대고 있다는 걸 알 수 있었다. 이 방울 소리는 곧 말의 움직임에 따라

박자에 맞춰 뚜렷하게 들렸고, 가끔 끊기었다가 방울이 흔들릴 때마다 말이 땅바닥을 탁탁 차는 쇠 편자의 둔탁한 소리와 함께 다시 들려왔다.

문이 쾅 닫혔다. 모든 소리가 뚝 그쳤다. 꽁꽁 얼어붙은 사람들은 입을 다물고 있었다. 그들은 움직이지 않고 뻣뻣하게 서 있었다.

하얀 눈송이들이 커튼을 이루며 끊임없이 땅으로 내려와 반짝였다. 그래서 사람과 사물의 모습이 지워지고, 만물은 얼음 가루를 뿌려놓은 듯했다. 조용하고 겨울로 뒤덮인 도시의 정적 속에 오직 들리는 거라곤 내리는 눈의 어렴풋하고 헤아릴 수 없는 소리, 허공을 떠도는 사락사락 소리뿐이었다. 그건 소리라기보다 감각이었고, 공간을 채우고 세상을 뒤덮는 듯한 가벼운 원자들이 서로 섞인 것이었다.

등불을 든 남자가 다시 나타났다. 그는 한사코 나오려 하지 않는 말의 고삐를 끌어당기고 있었다. 그는 말을 끌채 곁에 자리 잡게 하고 수레 끄는 줄을 매더니, 마구들이 다 제자리에 확실히 있는지 확인하려고 오래 그곳을 빙빙 돌았다. 한 손엔 등불을 들고 있어 다른 한 손밖에 쓸 수 없었기 때문이다. 두 번째 말을 찾으러 가려다가 그는 승객들 모두가 하얗게 눈을 뒤집어쓴 채 꼼짝하지 않고 서 있는 것을 보고 말했다. "왜 마차에 올라가 계시지 않으세요? 그러면 적어도 눈은 안 맞으실 텐데요."

그 생각을 미처 못 했던 사람들이 모두 마차에 서둘러 올라탔다. 세 남자가 아내들을 구석 자리에 앉힌 다음에 올라탔고, 다른 부정확하고 흐릿한 형상들도 말 한마디 주고받지 않고 남은 자리에 올라들 앉았다.

마차 바닥엔 짚이 깔려 있어서 발이 푹신하게 들어갔다. 구석 자리에 앉은 여자 둘은 가공 석탄으로 불을 붙이는 작은 동제 발난로를 가져와 불을 붙였고, 얼마 동안 작은 목소리로 오래전부터 이미 알고 있는 내용들을 되풀이해 말하면서 이 난로의 장점을 주워섬겼다.

마침내 마차에 말이 다 매어졌다. 마차를 끌기가 힘들어 처음에 생각했던 네 마리가 아닌 여섯 마리를 매어야 했다. 밖에서 이렇게 묻는 목소리가 들렸다. "다들 타셨나요?" 마차 안의 목소리가 답했다. "네." 마차가 출발했다.

마차는 천천히, 아주 조금씩 앞으로 나아갔다. 가다가 바퀴가 눈 속에 빠졌다. 차체 전체가 삐걱대는 소리를 냈고, 말들은 미끄러지고 헐떡이며 콧김을 내뿜고 있었다. 마부는 커다란 채찍으로 쉴 새 없이 말들을 때려 댔다. 채찍은 이리저리 왔다 갔다 하며, 가는 뱀처럼 얽혔다 풀렸다 하다가 갑자기 더 강한 힘으로 긴장한 말 엉덩이로 느닷없이 내려쳐졌다.

알게 모르게 차츰 날이 밝아 왔다. 루앙 토박이인 한 승객이 솜으로 된 비에 비유했던 가벼운 눈송이들은 더 이상 내리지 않았다. 서리를 하얗게 뒤집어쓴 키 큰 나무들이 한 줄로 길게 늘어선 모습과, 눈을 모자처럼 뒤집어쓴 초가집 한 채가 보이는 시골의 하얀 풍경을 더 빛나게 하는 어둡고 무거운 구름장 너머의 희미한 햇빛이 마차 안에 스며들어 왔다.

마차 안의 사람들이 이 보잘것없는 아침 햇빛에 드러나는 서로의 모습을 호기심에 차서 바라보았다.

맨 구석, 가장 좋은 자리에는 그랑퐁 거리에서 포도주 도매상을 하는 루아조 씨 내외가 마주 앉아 꾸벅꾸벅 졸고 있었다.

원래 점원으로 일했던 루아조 씨는 사장이 파산하자 가게를 인수해 돈을 벌었다. 그는 시골의 영세 소매상들에게 아주 나쁜 포도주를 헐값에 팔아서 지인들과 친구들 사이에서는 교활한 사기꾼, 꾀 많고 쾌활한 성격의 전형적인 노르망디인으로 통했다.

그가 나쁜 사람이라는 평판이 어찌나 유명했던지, 이야기와 노래를 잘 짓는 비판적이고 세련된 재사이자 이 지방의 자랑인 투르넬 씨가 어느 날 저녁 도지사 관저 모임에서 꾸벅꾸벅 졸고 있는 듯한 부인들에게 '루아조 볼[3]' 놀이나 한 판 하자고 제안했고, 이 말장난이 도지사의 살롱에 온통 퍼져 한 달간이나 이 고장 사람들 모두를 웃겼다.

루아조는 안 그래도 남들을 웃기기로 소문난 사람이었고, 좋건 나쁘건 농담을 잘하기로 유명해서 누구나 그에 관한 이야기가 나오면 즉시 이 말을 덧붙이지 않을 수 없었다. "그 루아조란 사람은 우스운 소리를 잘하는 사람이지."

키가 땅딸막한 그는 불콰한 얼굴에 희끗희끗한 콧수염이 왼쪽과 오른쪽으로 나 있으며, 배는 공처럼 볼록 튀어나와 있었다.

그의 아내는 키가 크고 체격이 좋으며 단호하며 목소리가 높고 결정이 빨라 남편이 쾌활하게 움직여 생기를 불어넣는 가게에서 질서와 계산을 대표하는 사람이었다.

마차 속 그들 내외 옆에 좀 더 점잖은 모습으로 앉아 있는 이

---

3 '새(루아조L'oiseau)가 난다(볼vole)'는 뜻의 놀이. 여기선 루아조 씨와 '훔치다'라는 뜻도 되는 '볼'을 사용해 '루아조가 훔친다'라는 말장난을 하고 있다.

는 상위 계급에 속하는 유지, 방적 공장을 세 개나 소유한 사장이요, 레지옹 도뇌르 수훈자이고 현재 도의회 의원인 카레라마동 씨였다. 그는 제정⁴ 시대 내내 온건 야당 의원의 선봉장이었는데, 그가 이렇게 의원직을 유지하는 것은 그의 표현에 따르면, 왕을 옹호하는 무기를 들고 배격했던 대의명분에 가담한 대가를 제대로 받으려는 이유에서뿐이라는 것이었다. 카레라마동 부인은 남편보다 훨씬 젊고 루앙에 주둔하는 집안 좋은 모든 장교의 위안이 되는 여자였다. 아주 작고 귀여우며 예쁘게 생긴 그녀는 남편과 마주 보고 앉았는데, 모피를 칭칭 두르고 유감스럽다는 듯 마차의 초라한 실내를 살펴보고 있었다.

그 옆에 앉은 위베르 드브레빌 백작과 그의 부인은 노르망디에서 가장 오래되고 가장 고귀한 성姓 중 하나인 드브레빌이라는 성씨를 쓰고 있었다. 풍채 좋은 노신사인 백작은 신경 써서 차려입은 복장으로 자기가 앙리 4세를 닮았다는 사실을 강조하고 있었다. 가문의 영광이 된 전설에 따르면, 앙리 4세가 드브레빌 가문의 여성 하나를 임신시켰고 이 일로 그 여자 남편은 이 지방의 백작이자 총독이 되었다는 것이었다.

카레라마동 씨처럼 도의회 의원이기도 한 위베르 백작은 이 도에서 오를레앙파⁵를 대표하는 인물이었다. 그가 낭트의 소小선주의 딸과 결혼한 것은 아직도 수수께끼였다. 하지만 백작 부인이 워낙 당당한 표정이고 누구보다 훌륭하게 손님들을 접객하며, 심지어

---

4 나폴레옹 3세 황제가 통치한 제2제정을 말한다.
5 프랑스의 우익 정파.

루이 필리프 왕의 아들 중 하나로부터 사랑받았다 하니 귀족들은 모두 그녀를 환대했고, 그녀의 살롱은 이 고장에서 첫손으로 꼽혔으며 여성을 떠받드는 옛날식 예절이 그대로 남아 있고 들어가기 어려운 곳으로 유명했다.

드브레빌 부부의 재산은 모두 합법적인 돈이었는데, 연금이 50만 리브르[6]에 달한다고들 했다.

이 여섯 명이 마차 안쪽에 자리 잡고 있었다. 이들은 걱정 없고 힘 있고 정직한 연금 생활자로, 종교와 원칙을 지니고 살아도 되는 유복한 계층인 셈이었다.

기이한 우연으로 이 여자들은 모두 한 의자에 앉아 있었다. 그리고 백작 부인 곁에는 주기도문과 성모송을 외며 길게 묵주신공을 하는 두 수녀가 앉아 있었다. 한 수녀는 마치 얼굴에 근거리 산탄 폭격이라도 맞은 듯 천연두로 움푹움푹 패인 흔적이 있는 나이 든 여자였다. 또 다른 수녀는 아주 허약해 보였는데, 얼굴은 예쁘장하지만 순교자나 광신도 같은 과도한 신앙을 가졌고 폐결핵을 앓고 있었다.

두 수녀 맞은편에는 한 남자와 여자가 앉아, 모든 이의 눈길을 끌고 있었다.

그 남자는 잘 알려진 민주주의자 코르뉘데로, 버젓하게 존경받으며 법 잘 지키고 사는 인사들 입장에서 보면 끔찍한 존재였다. 20년 전부터 그는 긴 적갈색 턱수염을 모든 민주주의 카페들의 맥주잔에 적셔 왔다. 그는 왕년에 과일 절임 제조 공장을 했던 아버지

---

6 당시의 화폐 단위로 가치는 영국의 파운드와 같았다.

로부터 상당한 재산을 물려받았지만 동지들과 친구들과 함께 그 돈을 먹고 마셔 없앴으며, 마침내 공화정이 도래하여 그동안 그토록 혁명가들과 함께 먹고 마신 공로로 합당한 자리를 차지할 날을 손꼽아 기다리고 있었다. 9월 4일[7]에는 아마도 누군가의 짓궂은 장난으로 자신이 도지사로 임명된 줄 알았지만, 막상 부임해서 업무에 들어가려 하자 사무실 직원들이 관청 주인처럼 굴며 그를 도지사로 인정하지 않았다. 그래서 그는 관직에서 물러나지 않을 수 없었다. 아주 호인이며 남을 공격하는 법이 없고 누구에게나 친절한 그는 누구와도 비할 수 없을 만큼 열심히 루앙 방위에 몰두했다. 그는 벌판에 구덩이를 파게 하고, 근처 숲의 어린나무들을 모조리 베어 놓는가 하면, 도로마다 군데군데 함정을 파서 적이 가까이 오면 준비에 만족하며 그 속에 숨어들어 루앙 방향으로 총구를 겨누었다. 지금 그는 다시 참호가 필요한 르아브르에 가서 좀 더 쓸모 있는 존재가 될 생각이었다.

　　그 옆에 앉은 여자는 이른바 '노는 여자'라고 불릴 만한 사람인데, 젊은 나이에 포동포동 살이 쪄서 '비곗덩어리'라는 별명이 붙은 사람이었다. 키는 작달막한데 몸 어디라 할 것 없이 다 살이 쪄서 손가락과 발가락은 꼭 부은 것 같고, 마치 짧은 소시지들이 길게 이어진 것처럼 마디마디 잘록했다. 피부는 윤기가 자르르 흐르고 팽팽하며 드레스 밑으로 커다란 가슴이 불쑥 튀어나와 있었지만, 그녀가 남자들의 욕망을 자극하고 인기가 높았던 것은 그 싱싱한 모습이 보기 좋았기 때문이다. 얼굴은 빨간 사과 같았고 막 피어나려는 양

7　1870년 프랑스 제3공화정이 수립된 날.

귀비 꽃송이 같았다. 검고 멋진 두 눈 위에 짙고 뚜렷한 속눈썹이 드리워 그늘진 것 같았고, 그 밑으로는 매력적이며 자그맣고 입맞춤을 기다리는 듯 촉촉한 입술 안에 반짝반짝 빛나는 작디작은 이빨이 나 있었다.

그 밖에도 그녀에겐 말로 다 못 할 장점들이 많다는 것이 중론이었다.

그녀가 누군지 알려지자마자 수군거리는 소리가 정숙한 여자들 사이에 퍼져 갔고, "매춘"이라거나 "공공의 수치" 같은 말을 아주 큰 소리로 속삭여 그녀가 고개를 치켜들었다. 그리고 옆에 앉은 사람들을 도발적이고 대담한 눈길로 쳐다봐 동석자들 사이엔 깊은 침묵이 깔렸고, 군침 돈다는 듯한 표정으로 그녀를 힐끔힐끔 훔쳐보던 루아조 씨만 빼고는 모두 눈을 내리깔았다.

하지만 곧 여자 셋은 다시 대화를 시작했다. 세 여자는 이 창녀의 존재로 갑자기 친한 친구가 된 것 같았다. 그녀들은 이 염치없는 매춘부 앞에서 어엿한 아내로서의 위엄으로 결속된 다발처럼 일사불란하게 행동해야겠다고 느낀 듯했다. 아무리 자유로운 사랑도 좋지만, 합법적인 사랑이라는 것이 여전히 더 우세했기 때문이다.

코르뉘데 앞에 앉은 세 남자도 보수주의자의 본능으로 뭉쳐, 가난한 사람들을 좀 무시하는 투로 돈 얘기를 하고 있었다. 위베르 백작은 프로이센군 때문에 겪은 손해를 이야기했다. 그는 이 손해로 겨우 1년만 타격을 받았을 뿐이라는, 실제보다 열 배나 부유한 대지주 같은 확신을 갖고 가축 도둑질과 흉작으로 말미암아 손해를 본 이야기를 늘어놓았다. 제면업에서 큰 시련을 겪은 카레라마동 씨는 조심스럽게 60만 프랑을 영국에 보내 놓았다고 말했다. 이 돈은 혹시 목마를 때에 대비해 준비해 놓은 배[梨]와 같았다. 루아조 씨는 창고에 남아 있던 일반 포도주를 모조리 프랑스군의 병참부에 팔게 되어 국가가 그에게 상당한 금액을 지불해야 했는데, 르아브르에 가면 그 돈을 받아 내려고 생각했다.

세 남자는 서로 재빨리, 친한 친구처럼 눈을 끔쩍끔쩍해 가며 말했다. 비록 각자 신분은 달랐지만 돈 문제에서만은 형제처럼 가깝게 느끼고 있었다. 돈푼깨나 있고 바지 주머니에 손을 넣으면 금화 소리가 쩔렁쩔렁 나는, 여유로운 사람들의 커다란 프리메이슨 조직인 셈이었다.

마차가 하도 천천히 가서 오전 10시인데 아직 16킬로미터도 채 못 갔다. 남자들은 세 번이나 마차에서 내려 오르막길을 걸어 올라가야 했다. 사람들은 불안해지기 시작했다. 토트에서 점심을 먹기로 했는데 이제는 밤이 오기 전에 그곳까지 갈 수나 있을까 싶었던 것이다. 대로변에 대중식당이라도 있을까 저마다 살펴보았는데, 마차가 눈구덩이에 빠져 버려 두 시간이나 걸려 끄집어내야 했다.

점점 배는 고파 오고 마음은 어수선한데 싸구려 식당 하나, 포도주 가게 하나 보이지 않았다. 프로이센군이 쳐들어오고 굶주린 프랑스 군대가 지나가니 장사하는 사람들이 다 겁을 먹었던 것이다.

남자들은 먹을 것을 찾아 길가에 있는 농가로 달려갔다. 하지만 빵 한 조각도 구할 수 없었다. 워낙 먹을 것이 없으니 눈에 띄었다 하면 억지로 뺏어가는 병사들에게 약탈당할까 봐 경계심 많은 농민이 비축한 양식을 꽁꽁 숨겨 두었기 때문이다.

오후 1시쯤 되자 루아조가 몹시 시장하다고 말했다. 모두가 오래전부터 루아조처럼 배고픔에 시달리고 있었다. 뭘 좀 먹고 싶다는 격한 욕구가 일어 대화는 어느덧 끊기고 말았다.

가끔 누군가가 하품을 했다. 그러면 다른 사람이 즉시 똑같이 하품을 했다. 나머지 사람들도 저마다 번갈아 가며 성격과 처세술과 사회적 지위에 따라 요란하거나 겸손하게 하품을 하느라 벌어진 입에 손을 갖다 대곤 했다.

비곗덩어리는 여러 차례, 치마 밑에서 뭘 찾는 듯이 몸을 숙였다. 그녀는 잠시 망설이며 마차에 탄 사람들을 쳐다보더니 수그렸던 몸을 가만히 일으켰다. 사람들의 얼굴은 창백했고 찡그려져 있었다. 루아조는 어찌나 배가 고팠던지 햄 한 조각에 1,000프랑이라도 내고 사 먹겠다고 말했다. 그의 아내는 그건 아니라고 말하려는 듯한 몸짓을 하다가 잠잠해졌다. 그녀는 여전히 돈 낭비 얘기를 듣는 것이 괴로웠고, 그런 문제에 관해선 농담조차 이해하지 못했다. "사실 나도 기분이 좋진 않아요. 왜 진작 먹을 걸 가져올 생각을 안 했던가 싶어요." 백작이 말했다. 저마다 똑같은 자책을 했다.

한편 코르뉘데에게는 럼주가 가득 담긴 물병이 있었다. 그는 이것 좀 마셔 보라고 이 사람 저 사람에게 주었다. 사람들은 냉정하게 거절했다. 루아조만 그걸 받아들여 아주 조금 마셨고 병을 돌려주면서 고맙다고 했다. "어쨌든 좋네요. 몸도 후끈 더워지고 시장기도 좀 가시고 말이에요." 루아조는 알코올이 들어가니 기분이 좋아져 노래 가사에 나오는 작은 배에 탄 사람들처럼 하자고, 즉 승객 중에 가장 살찐 사람을 잡아먹자는 농을 던졌다. 간접적으로 '비곗덩어리'를 암시하는 이 말에 예의 바른 사람들은 충격을 받았다. 아무도 대꾸하지 않았다. 코르뉘데 혼자서만 미소를 지었다. 두 수녀는 묵주신공을 중얼거리다가 멈추었고, 커다란 소맷자락에 두 손을 푹 파묻은 채 꼼짝하지 않고 고집스럽게 눈을 내리깔고 있었다. 아마도 하늘이 준 이 시련을 감내하며 그것을 하늘에 바치고 있는 것 같았다.

마침내 마차는 끝없이 펼쳐진 벌판 한가운데를 달리고 있었고, 오후 3시가 되었는데도 마을 하나 보이지 않자 비곗덩어리는 몸을 돌연 굽히더니 의자 밑에서 하얀 냅킨이 덮인 커다란 바구니 하나를 꺼냈다.

그녀는 우선 거기서 작은 도자기 접시 하나와 섬세한 은잔 하나, 그리고 부위별로 잘려 굳기름 속에 보존된 통닭 두 마리가 든 뚜껑 달린 널찍한 용기 하나를 꺼냈다. 바구니 속에는 종이에 싸인 다른 맛있는 것들도 보였다. 주막집에서 만든 음식에 손대지 않아도 되게끔 사흘간의 여행에 대비해 고기 파이, 과일, 과자 등의 음식들을 미리 준비한 것이었다. 포도주 네 병의 좁은 주둥이가 음식 꾸러미 사이로 삐져나와 있었다. 비곗덩어리는 닭 날개 하나를 집어 들더니 노르망디에서 '레장스'라고 부르는 작은 빵 하나와 함께 조금씩 먹기 시작했다.

모든 시선이 그녀에게 쏠렸다. 음식 냄새가 풍기자 콧구멍들이 벌름벌름했고, 귀 바로 밑의 턱뼈가 괴롭게 수축하면서 입에는 침이 듬뿍 괴었다. 여자들은 비곗덩어리가 경멸스러운 나머지, 그녀를 죽여 버리거나 그녀와 은잔과 바구니와 음식을 한꺼번에 눈 쌓인 마차 밖으로 던져 버리고 싶을 만큼 사나워졌다.

하지만 루아조는 통닭이 담긴 그릇을 뚫어지게 바라보았다. 그는 말했다. "이른 시각에 출발했는데도, 우리보다 준비성이 있으셨군요. 매사에 대비할 줄 아는 분들이 있는 법이죠." 그녀는 고개를 들어 그를 보았다. "원하시면 좀 드릴까요? 아침부터 빈속으로 이렇게 오래 버티는 건 힘든 일이죠." 그는 인사를 챙겼다. "세상에, 솔직히 말해서 싫다고는 못하겠군요. 더 이상 버틸 재주가 없어요. 전쟁터에선 그에 맞게 행동해야죠. 안 그래요, 부인?" 그리고 주위를 한 바퀴 둘러보며 이 말을 덧붙였다. "이럴 때는 꼭 잘해 주는 사람들이 있다니까요." 그는 갖고 있던 신문을 좍 펴서 자기 바지에 얼룩이 지지 않게 하고, 항상 주머니에 넣고 다니던 칼의 뾰족한 끝으로 굳기름이 번질번질하게 묻은 닭다리 하나를 잘라 내어 입에 넣고 너무 만족한 게 뻔히 드러나게 잘근잘근 씹어 댔다. 마차 안에는 다른 사람들이 절망에 겨워 내쉬는 큰 한숨 소리가 들렸다.

비곗덩어리는 겸손하고도 부드러운 음성으로 수녀들에게도 음식을 같이 먹자고 권했다. 수녀들은 즉시 이 제안을 받아들여 고맙다고 작게 말하고 나서는 눈도 들지 않고 허겁지겁 먹기 시작했다. 코르뉘데도 옆자리에 앉은 여자의 이 제안을 거부하지 않았고, 두 수녀가 합세하여 아까 루아조 무릎에 폈던 신문지를 더 펴니 일종의 식탁 같은 것이 만들어졌다.

입들이 쉴 새 없이 벌어졌다 다물렀다 하면서 음식을 집어넣고, 씹고, 그악스럽게 목구멍으로 넘기고 있었다. 구석 자리에 앉은 루아조는 열심히 먹으면서 작은 소리로 아내에게도 먹으라고 권했다. 아내는 오랫동안 사양하다가 빈속이 온통 뒤틀리는 경련이 오니 그만 굴복하고 말았다. 그러자 그녀 남편은 부드러운 어조로 "옆자리에 앉으신 매력적인 동승자분"께 작은 조각 하나를 아내에게 주어도 되겠느냐고 물었다. 비곗덩어리는 다정하게 웃으며 "그럼요. 물론이죠"라고 말하더니 닭이 담긴 단지를 내밀었다.

그녀가 첫 번째 보르도 포도주병을 땄을 때 곤란한 일이 생겼다. 잔이 하나밖에 없었던 것이다. 그녀는 자기가 마신 잔을 잘 닦은 다음에 돌렸다. 코르뉘데만이 여자의 환심을 사기 위해서인지 옆에 앉은 여자의 입술이 닿아 아직도 축축한 그 자리에 자기 입을 그냥 갖다 대었다.

음식을 먹어 대는 사람들로 둘러싸인 드브레빌 백작 내외와 카레라마동 부부는 음식 냄새에 숨이 막히는 듯, 탄탈로스[8]의 극심한 고통에 시달렸다. 그러다 갑자기 공장주의 젊은 아내가 푸 하고 한숨을 내쉬어 몇몇 사람이 돌아보았다. 그녀의 안색은 바깥의 눈처럼 새하얬다. 두 눈이 감기고 이마가 밑으로 푹 수그러졌다. 그녀는 정신을 잃었다. 남편 카레라마동은 어쩔 줄 모르며 모두에게 도와 달라고 애원했다. 다들 어찌할 바를 몰라 하는데, 수녀 중 나이 많은 쪽이 환자의 머리를 받치고서 그녀의 입술 사이로 비곗덩어리가 갖고 온 은잔을 들이밀어 포도주 몇 방울을 흘려 넣었다. 예쁘장한 부인은 몸을 움직거렸고, 두 눈을 뜨더니 미소 지으며 죽어 가는 목소리로 이젠 힘이 좀 난다고 말했다. 하지만 수녀는 또 이런 일이 생기지 않도록 억지로 부인에게 보르도 포도주를 한 잔 가득 마시라고 하며 이 말을 덧붙였다. "다른 일 때문이 아니에요. 배가 고파서 그런 거예요."

그러자 비곗덩어리는 난처해서 얼굴을 붉히며 쫄쫄 굶고 있는 네 승객을 바라보며 중얼거렸다. "세상에, 제가 진작 용기 내어 저 남

---

8 그리스 신화에 나오는 인물로, 신들을 시험한 죄로 지옥에 떨어져 영원한 갈증과 배고픔에 시달리게 되었다.

자분들과 여자분들께도 좀 드시라고 권했더라면……." 그녀는 여기까지 말하다가 행여나 모욕적인 말을 듣게 될까 봐 입을 다물었다. 루아조가 말을 받았다. "예, 그럼요. 이런 경우에는 모두가 형제나 마찬가지니 서로 도와야지요. 자, 부인들. 체면 차리지 말고 받아들이세요. 이런! 우리가 오늘 밤을 보낼 숙소나 찾을 수 있을는지 누가 압니까? 지금 속도로 가면 내일 아침이나 돼야 토트에 닿을 텐데요." 그러나 사람들은 이 말에 호응해 "네"라는 말을 내뱉으면 거기 담긴 책임을 감수할 엄두가 안 나서 다들 망설이고만 있었다.

하지만 백작이 이 문제를 단칼에 해결했다. 그는 겁먹은 통통한 여자 쪽을 돌아보더니 귀족답게 당당한 태도로 말했다. "부인, 우리는 그 제안을 감사히 받아들이겠소."

첫걸음을 내딛기가 어려웠을 뿐이었다. 일단 루비콘강을 건너고 나니, 사람들은 노골적으로 먹겠다고 달려들었다. 아까 꺼낸 내용물은 어느새 다 사라졌다. 바구니 속엔 아직도 거위 간을 으깨 만든 파이 하나, 종달새 고기 파이 하나, 훈제 소 혀 한 조각, 배들, 퐁레베크산 치즈 한 토막, 작은 과자들, 식초에 절인 작은 오이와 양파가 가득 담긴 컵 하나가 있었다. 여자들이 다 그렇듯이 비곗덩어리도 생야채를 좋아하기 때문이었다.

누군가의 음식을 먹으면서 그걸 가져온 사람에게 말을 걸지 않을 도리는 없는 법이었다. 그래서 사람들은 처음엔 머뭇머뭇 말했지만 차츰 기운을 차리자 점점 더 긴장을 풀었다. 처세술이 뛰어난 드브레빌 백작 부인과 카레라마동 부인은 까다로운 예절을 지키며 짐짓 우아하게 굴었다. 특히 백작 부인은 누구와 접촉해도 명예가 손상되지 않는 아주 지체 높은 부인답게 기꺼이 자기를 낮추어 자기

보다 신분이 낮은 사람과도 어울리는 태도를 보였고 짐짓 친절하게 굴었다. 하지만 헌병 같은 영혼을 지닌 힘센 루아조 부인은 줄곧 뻣뻣한 태도를 견지하면서 말은 적게 하고 먹기는 많이 먹었다.

사람들은 자연스럽게 전쟁 이야기를 하고 있었다. 프로이센군이 저지른 만행, 프랑스인들의 용기, 이런 얘기를 했다. 피난 가는 이 모든 사람은 남들의 용기에 경의를 표했다. 곧 개인적 체험담들이 나오기 시작했고, 비곗덩어리는 정말 울컥한 듯, 여자들이 때로 생각만 해도 화가 나는 일을 표현할 때처럼 격정적인 말투로 자기가 어떻게 해서 루앙을 떠나오게 되었는지를 이야기했다. "처음엔 거기 남아 있을 수 있을 줄 알았죠." 그녀가 말했다. "우리 집에는 먹을 것도 많이 있었고, 어딘지도 모를 곳으로 피해 가느니 차라리 프로이센 병사 몇 명을 먹여 살리는 게 낫다고 생각했죠. 하지만 막상 그놈들을 보니 나도 모르게 그만! 그것들을 보니 화가 너무 나서 피가 끓어오르더군요. 난 하루 종일 치욕스러워서 울었죠. 아! 내가 남자라면, 그냥 에잇! 창문으로 그들을 보았는데, 그 살진 돼지 같은 놈들은 뾰족한 모자를 쓰고 있더라고요. 그들 등 뒤에다 가구를 내던지지 못하게 하려고 우리 집 하녀가 내 손을 꽉 붙들고 있더군요. 그러다 그중 한 놈이 우리 집에 묵겠다고 찾아왔죠. 난 처음 온 자의 목을 조르려 냅다 달려들었고요. 그놈들을 목 졸라 죽이기가 특별히 더 어렵진 않더군요. 사람들이 내 머리채를 뒤에서 잡아당기지만 않았으면 그놈을 끝장낼 수도 있었으련만. 그런 일을 저지르곤 도망쳐야 했죠. 드디어 도망칠 기회가 생기자 루앙을 떠난 거예요. 그래서 지금 여기 이 마차에 타고 있는 거고요."

사람들은 참 잘했다고 했다. 그렇게까지 노골적인 행동을 보이지는 못한 마차 속 남자들은 그녀를 점점 더 위대하게 평가했다. 코르뉘데는 그녀의 말을 들으며 동의하고 호의를 가진 사도처럼 빙긋 웃었다. 마치 독실한 신자가 하느님을 찬미하는 소리를 듣고 있는 사제의 모습 같았다. 왜냐하면 수염을 길게 기른 이 민주주의자는 사제복 입은 사람들이 종교를 독점하듯이 애국을 독점하고 있었으니까. 그는 자기 차례가 되자 짐짓 누굴 가르치는 투로 말했다. 날마다 담벼락에 나붙는 선언문에서 배운 강조 어법을 가끔 쓰다가 그 "천박한 바뎅게"⁹를 비난하는 달변까지 펼치고 말았다.

하지만 비곗덩어리는 이 "천박한 바뎅게"라는 말을 듣자마자 화를 버럭 냈다. 그녀는 보나파르트파¹⁰였던 것이다. 그녀는 얼굴이 버찌보다 더 새빨갛게 달아오를 정도로 화가 나서 말을 더듬었다. "그 자리에 당신들이 앉아 있었으면 좋겠어요. 그럼 참 잘도 할 텐데 말이에요! 아, 그래요! 그분을 배반한 건 바로 당신들이라고요! 당신네 같은 불한당들이 나라를 다스린다면, 이제 우린 프랑스를 떠날 일밖에 없겠죠!" 코르뉘데는 냉정하게, 경멸하는 듯한 미소를 띠고 있었지만 실상은 당장이라도 욕이 튀어나올 것 같았다. 그때 백작이 끼어들더니 진지한 의견이라면 모두 존중해야 한다고 권위 있게 선언하여 화난 그녀를 겨우 진정시켰다. 하지만 공화정을 지지하는 사람을 마음속 깊이 싫어하고, 모든 여자가 그렇듯이 위엄 있고 독재적인 정부를 본능적으로 좋아하는 백작 부인과 공장주의 아내는 자신들과 아주 비슷한 감정을 지닌, 점잖기 짝이 없는 이 창녀에게 자

---

9 나폴레옹 3세를 조롱하는 별명.
10 나폴레옹을 지지하는 사람. 나폴레옹 3세는 나폴레옹 보나파르트의 조카다.

기도 모르게 끌리는 것을 느꼈다.

바구니는 비어 있었다. 바구니가 좀 더 크지 않은 것을 한탄하며 열 명이서 거기 담긴 음식을 쉽사리 다 먹어 치운 것이다. 다 먹고 나니 대화의 열기는 좀 가셨지만, 아직 얼마 동안은 더 남아 있었다.

밤이 와 점점 더 어두워졌고 음식을 소화시키느라 추위가 더 느껴져서 비곗덩어리는 몸에 지방이 많은데도 벌벌 떨고 있었다. 그러자 드브레빌 부인은 아침부터 숯을 여러 번 갈아 둔 발 난로를 빌려 줄 테니 쬐라고 제안했고, 비곗덩어리는 즉시 이를 받아들였다. 정말 두 발이 꽁꽁 얼어붙을 것 같았기 때문이다. 카레라마동 부인과 루아조 부인은 수녀들에게 자기 난로를 건네주었다.

마부가 등불을 켰다. 그 등불의 밝은 빛으로 말의 땀 난 엉덩이 위에 무럭무럭 피어오르는 자욱한 김이 보였고, 빛이 움직여 생긴 그림자 밑으로 길 양쪽의 눈이 좍 펼쳐지는 듯했다.

마차 속에선 아무것도 알아볼 수 없었지만, 갑자기 비곗덩어리와 코르뉘데 사이에서 뭔가가 움직였고, 어둠 속에서 눈을 두룩두룩 굴리며 진상을 염탐하던 루아조는 수염을 길게 기른 코르뉘데가 소리 없이 한 방을 맞은 듯 휙 몸을 비키는 걸 본 것 같았다.

길 앞에 작은 점 같은 불빛들이 나타났다. 토트였다. 11시간 동안 달리고 네 번에 걸쳐 말에게 귀리를 먹이고 한숨 돌리게 하느라 도합 두 시간 동안 휴식을 취했으니, 전부 합치면 13시간이 걸렸다. 마차는 읍내에 진입하여 코메르스 주막 앞에서 멈추었다.

마차 문이 열렸다. 승객들 모두 귀에 익은 소리에 흠칫 떨었다. 땅에 칼집이 부딪치는 소리였다. 곧 웬 프로이센인이 뭐라고 소리를 질렸다.

마차는 움직이지 않고 섰지만, 아무도 내리지 않았다. 마치 마차 밖으로 나가면 학살이 기다리고 있기라도 한 것 같았다. 그때 마부가 손에 등불 하나를 들고 나타났다. 그 불빛에 갑자기 마차 안에 두 줄로 앉은 사람들의 얼굴들, 입을 헤벌리고 놀라고 겁먹어 눈을 크게 뜬 사람들이 드러났다.

마부 옆에는 환한 불빛 속에 프로이센군 장교 하나가 서 있었다. 그는 호리호리하고 금발에 코르셋을 한 아가씨처럼 군복을 몸에 딱 맞게 차려입은 키 큰 청년이었다. 옆구리에는 납작하고 윤이 반질반질 나는 군모를 벗어 들고 있었다. 그래서 영국의 호텔 보이처럼 보였다. 긴 직모로 된 커다란 콧수염은 양쪽으로 한없이 뻗어 나가다가 점점 가늘어졌고 끝에는 황금색 털 하나만 있을 뿐이었다. 너무 얇아 끝이 보이지 않는 그 털이 미세하게 잡아당기는 효과로 인해 입술에 주름이 잡히기까지 했다.

그는 알자스 사람들이 쓰는, 프로이센 억양이 들어간 프랑스어로 승객들에게 밖으로 나오라고 하면서 뻣뻣한 어조로 말했다. "쉰사 쑥녀 여러푼, 내리쉬겠습니카?"

제일 먼저 수녀 둘이 무조건 의무를 지키는 데 버릇이 든 성녀들처럼 그 말에 고분고분 따랐고, 백작 내외가 그다음에 내렸고 그 뒤로 공장주 카레라마동 씨와 그 부인이 내렸다. 그다음에 루아조가 키 큰 아내를 앞쪽으로 떠밀면서 내렸다. 그는 땅에 발을 디디면서 프로이센군 장교에게 인사했다. "안녕하십니까?" 이는 예의를 차리기 위해서라기보다는 신중하게 굴려고 한 인사였다. 전능한 사람답게 데면데면한 장교는 아무 대꾸도 없이 그를 쳐다보기만 했다.

비곗덩어리와 코르뉘데는 마차 문 근처에 앉아 있었지만, 적군 앞에서 신중하고 오만한 모습을 보이며 맨 마지막으로 내렸다. 오동통한 이 여자는 스스로 평정을 찾아 침착하려 애썼고, 민주주의자 코르뉘데는 비극적이고 조금 떨리는 한 손으로 적갈색 긴 수염을 만지작거리고 있었다. 이 두 사람은 이런 만남에서는 각자가 어느 정도 프랑스를 대표한다는 생각이 들어 품위를 지키고 싶었다. 비곗덩어리는 동승객들이 너무 고분고분 내리니 역심이 나서 다른 여염집 여자들보다 더 자부심 있는 태도를 보이려 했고, 코르뉘데는 자신이 타의 모범이 돼야 한다는 생각이 들어 길을 나설 때부터 시작된 저항의 사명을 줄곧 태도마다 내보이고 있었다.

일행은 내려서 주막집의 널찍한 부엌으로 들어갔고, 프로이센 군 장교는 총사령관의 서명이 들어가고 승객 하나하나의 성명과 특징과 직업이 적힌 출발 허가증을 보여 달라고 하더니 사람들을 오래 살피면서 인물과 기록된 사항이 일치하는지 확인했다.

그러다가 느닷없이 "좋습니다"라고 말하더니 어디론가 사라졌다.

그제야 승객들은 안도의 한숨을 내쉬었다. 아까 요기는 했지만 그래도 배가 고팠다. 저녁 식사는 주막집에 주문해 놓았으나 식사가 나오려면 반 시간은 기다려야 하므로 두 하녀가 저녁을 준비하는 동안 사람들은 방을 구경하러 갔다. 방은 긴 복도에 나란히 줄지어 있었고 복도 끝에 있는 유리문에 큰 글씨로 번호가 적혀 있었다.

마침내 사람들이 식탁에 둘러앉자 주막집 주인이 나타났다. 주인은 왕년에 말 장사를 하던 사람으로 지금은 천식에 걸려 항상 씩씩거리고 갸룽갸룽 하는 소리, 후두에 가래가 끓어 답답한 소리를 내는 뚱뚱한 남자였다. 그의 아버지가 남겨 준 성은 폴랑비[11]였다.

그가 말했다.

"엘리자베트 루세 양?"

비곗덩어리는 소스라치게 놀라 뒤를 돌아보았다.

"전데요."

"루세 양, 프로이센 장교님이 당장 말씀 좀 나누고자 하십니다."

"저랑요?"

"예, 만약 당신이 엘리자베트 루세 양이 맞다면 말이죠."

그녀는 혼란스러워 잠시 생각해 보더니 딱 잘라 말했다.

"그에게 갈 수도 있지만, 전 안 갈래요."

주위에서 사람들이 술렁였고, 저마다 논쟁을 하면서 장교가 이렇게 그녀를 오라고 한 이유를 찾고 있었다. 백작이 다가갔다.

"안 간다는 생각은 좋지 않아요, 부인. 만약 거절하면 당신만이 아니라 우리 일행 모두에게 상당한 난관이 닥칠 수 있거든요. 특히 힘센 사람들에게 저항해선 안 돼요. 이렇게 사람을 부른다는 건 전혀 위험이 없는 일일 것 같습니다. 아마 깜빡 잊고 작성 안 한 서류가 있어 부르는 걸 겁니다."

모두 백작에게 합세하여 그녀에게 가 보라고 부탁하고, 조르고, 타이르고, 나중에는 설득했다. 모두 일이 복잡하게 꼬여 뜻밖의 결과가 나오면 어쩌나 두려워하고 있었다. 그녀는 마침내 말했다.

"여러분을 위해 가는 거예요, 정말로!"

백작 부인이 그녀의 손을 잡았다.

---

11 폴랑비Follenvie는 글자 그대로 하면 '미친 욕망'이라는 뜻이다.

"그래서 우리가 이렇게 고마워하고 있어요."

비곗덩어리가 나갔다. 사람들은 그녀가 돌아오면 같이 식사하기 위해 기다렸다.

저마다 이 욱하는 여자 대신 자기 이름이 불렸으면 차라리 좋았을 거라고 생각했다. 그리고 혹 자기 이름이 불렸을 때를 대비해 속으로 뻔한 소리를 준비하고 있었다.

하지만 10분 후, 비곗덩어리는 가쁜 숨을 씩씩 내쉬고 숨이 막힐 만큼 얼굴이 빨개지고 화가 잔뜩 난 모습으로 다시 나타났다. 그녀는 웅얼댔다.

"오, 나쁜 놈! 나쁜 놈!"

모두 달려들어 무슨 일이냐고 물었지만, 그녀는 아무 말도 하지 않았다. 백작이 자꾸만 알고 싶다고 하니까 그녀는 아주 점잖게 대답했다. "아뇨, 여러분하고 상관없는 일이에요. 말할 수 없어요."

그러자 모두 양배추 냄새가 풍기는, 가장자리가 높직한 수프 냄비를 가운데 놓고 둘러앉았다. 불미스러운 일이 있었지만, 저녁 식사는 즐거웠다. 사과술이 맛있었다. 루아조 부부와 수녀들은 돈을 아끼려고 사과술을 마셨다. 다른 사람들은 포도주를 달라고 했고, 코르뉘데는 맥주를 달라고 했다. 그는 병뚜껑을 따서 술이 거품을 내며 흘러나오게 하고 잔을 기울이며 술을 가만히 들여다본 뒤, 잔에 따른 술을 등잔과 눈 사이까지 들어 올려 색깔을 감식하는 특별한 행동을 했다. 그가 술을 마실 때면 좋아하는 술맛을 간직한 그 긴 수염은 좋아서 바르르 떨리는 듯했고, 두 눈은 맥주잔을 시야에서 놓치지 않으려고 딴 데를 보다가도 힐끔힐끔 잔을 계속 보았다. 그는 자신의 천부적이고 유일한 사명, 즉 술 마시는 일을 잘 수행하는 듯했다. 그는 삶 전체를 차지하는 두 가지 큰 열정, 페일에일과 혁명 사이의 유사점을 확실히 발견한 것 같았고, 둘 중 한 가지를 맛보면 다른 하나를 생각하지 않을 수 없는 것 같았다.

주막집 주인 폴랑비 씨 내외도 식탁 끝에 앉아서 저녁을 먹었다. 터진 증기 기관처럼 숨을 헐떡대는 남편은 음식을 먹으면서는 더 이상 말을 할 수가 없었지만, 아내는 쉴 새 없이 종알대고 있었다. 그녀는 프로이센군이 처음 왔을 때 받은 인상과 그들이 그간 했던 언행을 전부 이야기하며, 우선 그들을 챙기려면 돈이 많이 든다고 욕을 했고 그다음에는 두 아들이 군에 가 있기 때문에 또 프로이센군 욕을 했다. 그녀는 특히 지체 높은 부인들하고만 이야기를 나누는 것에 자부심이 있어서 주로 백작 부인을 상대로 이야기했다.

그러더니 목소리를 낮춰 말하기에 민감한 것들을 얘기했다. 남편은 가끔만 아내의 말에 끼어들었다. "당신, 입 다무는 게 좋겠어." 하지만 그녀는 개의치 않고 말을 계속했다.

"네, 그 사람들은 감자랑 돼지고기만 먹고, 그다음 끼니로 또 돼지고기랑 감자를 먹는다잖아요. 그 사람들이 깨끗하다고 믿으면 안 돼요, 오! 안 되죠. 점잖으신 부인 앞에서 할 말은 아니지만, 그 사람들은 아무 데서나 볼일을 본다니까요. 그들이 몇 시간씩이나 며칠씩 훈련하는 걸 보면 그래요. 다 같이 연병장에 모여서 말이에요. 앞으로 갔다 뒤로 갔다, 이쪽으로 돌았다 저쪽으로 돌았다 해요. 땅에 뭐나 심으면 좀 좋아요. 아니면 자기 나라 가서 도로 공사나 하든가요! 정말이지 부인, 저 군인들은요, 전혀 도움이 안 된다니까요! 가엾은 서민들이 그들을 먹여 살려 봤자 고작 사람 죽이는 거나 배우게요! 전 못 배운 여자지만 이 말만은 진심이에요. 아침부터 저녁까지 저것들이 발을 쿵쿵 구르면서 팔팔한 성질을 죽이는 걸 보고 있자면, 이런 혼잣말을 하게 된다니까요. 어떤 사람들은 남들에게 도움이 되려고 많은 발견을 하는데, 어떤 사람들은 남에게 해를 끼치려고 저렇게 힘든 훈련을 한다니! 정말이지, 프로이센인이건 영국인이건 폴란드인이건 프랑스인이건 사람을 죽이는 건 몹쓸 짓 아닌가요? 우리에게 잘못한 사람에게 복수하면 언젠가 벌을 받으니 그건 나쁜 짓이고, 우리 장정들을 사냥감처럼 총으로 다 쏴 죽이고 나서 가장 많이 죽인 사람에게 잘했다고 훈장을 주는 건 좋은 행동인가요? 여러분은 이해하시겠어요? 전 도무지 모르겠어요!"

코르뉘데가 목소리를 높였다.

"평화로운 이웃 나라를 공격한다면야 전쟁은 야만이지만, 조국을 지키는 전쟁은 신성한 의무죠."

주인 여자는 고개를 숙였다.

"네, 조국을 지키는 건 또 다른 일이죠. 하지만 기분 내키는 대로 전쟁을 저지르는 왕들부터 모조리 죽여야 하지 않을까요?"

코르뉘데의 눈이 이글이글 타올랐다.

"말씀 잘 했어요, 시민 동지!" 그가 말했다.

카레라마동 씨는 깊은 생각에 잠겼다. 비록 자기가 유명한 지도자들을 맹신하지만, 이 시골 여자의 상식적 얘기를 듣고 나니 한 나라에 그토록 많은 일손, 사람을 파탄지경에 이르게 하는 팔들이 만약 수백 년이나 걸려야 끝날 대대적 사업에 쓰인다면 얼마나 보람 있을지 생각하지 않을 수 없었다.

루아조 씨는 식사 자리를 떠나 주막집 주인과 작은 소리로 따로 얘기하러 갔다. 뚱뚱한 주인은 웃고 기침하며 연신 가래침을 뱉었고, 그 어마어마한 배는 루아조의 농담을 듣고 웃어 대자 불룩거렸다. 그는 봄에 프로이센군이 철수하면 마시겠다고 루아조에게서 보르도 포도주 여섯 병을 사기로 했다.

저녁을 다 먹자마자 일행은 너무 피곤하여 잠자리에 들었다.

하지만 일이 어떻게 되어 가고 있는지 염탐하던 루아조는 아내를 먼저 재운 뒤 때론 귀를, 때론 눈을 열쇠 구멍에 바짝 대고 자신이 "복도의 비밀"이라고 부르는 것을 알아내려 했다.

한 시간쯤 지나자 뭔가 사르륵 스치는 소리가 들려 재빨리 복도를 내다보았더니 가장자리에 하얀 레이스가 달린 파란 캐시미어 실내복을 입어 더 통통해 보이는 비곗덩어리가 보였다. 그녀는 손에 촛대를 들고 복도 끝에 있는 큰 모양의 번호가 달린 방으로 가고 있었다. 그때 그 옆방 문이 빼꼼 열렸고 몇 분 후 그녀가 돌아왔을 때는 멜빵을 맨 코르뉘데가 뒤를 따르고 있었다. 두 사람은 작은 소리로 말하면서 걷다가 걸음을 멈추었다. 비곗덩어리는 한사코 코르뉘데를 자기 방에 못 들어오게 하는 것 같았다. 불행히도 루아조는 말소리를 듣지 못했지만, 결국은 두 사람이 목소리를 높이는 바람에 몇 마디 알아들을 수 있었다. 코르뉘데는 열심히 간청하고 있었다.

그는 말했다. "이봐요, 바보 같네요. 그것 좀 하면 어때요?"

그녀는 화가 난 것 같았고 이렇게 대답했다.

"안 돼요, 안 된다니까요. 이런 짓을 해서는 안 되는 때가 있어요. 여기서 한다면 창피한 짓이 된다니까요."

그는 전혀 납득하지 못한 것 같았고, 대체 왜 그러는 거냐고 물었다. 그러자 비곗덩어리는 화를 내며 목소리를 높였다.

"왜냐고요? 정말 몰라서 물어요? 옆방에 프로이센 사람이 있을지도 모르잖아요? ”

코르뉘데는 입을 다물었다. 적이 옆에 있을 땐 아무도 자기 몸에 손을 못 대게 한다는 창녀의 이런 애국적 정절로 말미암아, 스러져 가던 존엄성이 마음속에서 깨어난 모양이었다. 그가 비곗덩어리를 안기만 하고는 살금살금 자기 방으로 돌아가 버렸으니 말이다.

후끈 달아오른 루아조는 열쇠 구멍에서 떨어져 폴짝 뛰어올라 양쪽 발끝을 부딪쳤다. 그는 마드라스 삼으로 된 잠옷을 걸치고는 이불을 들춰 자고 있던 아내에게 입맞춤해서 깨우며 중얼거렸다. “날 사랑해, 여보?”

주막집 전체가 조용해졌다. 하지만 조금 있다가 어디선가, 지하 창고인지 다락방인지 정확히 어디인지 모를 방향에서 드르렁드르렁 시끄럽게 코 고는 소리가 단조롭고 규칙적으로, 둔탁하고 길게, 마치 압력을 받는 물 주전자가 떨리는 소리처럼 들려 왔다. 주막집 주인 폴랑비 씨가 자고 있었다.

다음 날 아침 8시에 출발하기로 했기 때문에 모두 부엌에 모여 있었지만, 비막이 천과 눈 막는 지붕까지 달린 마차는 뜰 한복판에 말도 마부도 없이 덩그러니 서 있었다. 다들 마구간과 건초더미와 헛간에서 마부를 찾아보았지만 소용없었다. 남자들은 모두 마을을 샅샅이 뒤져 마부를 찾아보기로 하고 밖으로 나갔다. 그들은 맨 끝에 성당이 있고 양쪽에는 야트막한 집들이 늘어서 있는 광장에 이르렀다. 프로이센 병사들이 몇 명 보였다. 그들이 처음 마주친 병사는 감자 껍질을 벗기고 있었다. 좀 더 멀리 있던 두 번째 병사는 이발소를 물청소하고 있었다. 두 눈까지 수염이 덥수룩하게 덮인 한 병사는 빽빽 울어 대는 아기를 달래려고 무릎에 놓고 살살 흔들고 있었다. 남편들이 "전쟁 때문에 군에 나간" 뚱뚱한 농사꾼 여자들이 말 잘 듣는 이 정복자들에게 손짓 발짓으로 할 일을 지시하고 있었다. 장작을 패고, 수프를 끓이고, 커피를 가는 등의 일이었다. 병사 중 하나는 아무것도 못하는 할머니인 집주인의 속옷까지 빨고 있었다.

백작은 놀라서 사제관을 나서는 성당지기를 졸라 물어보았다. 성당의 늙은 쥐 같은 그가 대답했다. "오! 저 사람들은 나쁜 사람들이 아니에요. 말을 들어 보니 그들은 프로이센인들도 아니래요. 더 멀리서 왔대요. 어딘지 모를 곳에서요. 모두 처자식을 자기 나라에 두고 왔겠죠. 전쟁은 재미없어요! 거기서도 남자들이 떠나서 남은 이들이 울고 있겠죠. 우리나라에서도 그렇지만 그 나라에서도 엄청 슬픈 일이겠죠. 여기선 그래도 아직 그들이 나쁜 짓은 하지 않고 자기 집처럼 일을 해 주니 불행 중 다행이죠. 아시겠어요? 없는 사람들끼린 서로 돕고 살아야죠……. 전쟁을 하는 건 있는 사람들이고요."

코르뉘데는 정복자와 피정복자들이 이렇게 사이가 좋은 것을 보고 나니 화가 나서 그 자리를 빠져나와 주막집에 틀어박혀 가만히 있는 편을 택했다. 루아조는 웃자고 한마디 했다. "저들이 다시 식민을 하고 있군." 카레라마동 씨는 심각하게 말했다. "그들은 지금 잘못된 걸 바로잡고 있는 거야." 하지만 다 뒤져도 끝내 마부는 찾아내지 못했다. 마침내 마을 카페에서 장교의 당번병과 사이좋게 한 테이블에 앉아 있는 마부를 찾아냈다. 백작이 그를 불렀다.

"8시에 마차에 말을 매 놓으라고 내가 어제 말하지 않았소?"

"아, 그렇죠. 하지만 그다음에 다른 명령을 받았습니다."

"무슨 명령인데?"

"마차에 말을 매지 말라는 명령이지요."

"누가 그런 명령을 했지?"

"누구냐고요! 프로이센 장교죠."

"왜?"

"저야 모르죠. 직접 가서 물어보세요. 말을 매지 말래요. 그래서 안 맸죠. 그뿐이에요."

"장교가 직접 그런 말을 하던가?"

"아뇨. 주막집 주인이 대신 제게 명령했어요."

"언제?"

"어젯밤 막 자리에 들려고 할 때요."

세 남자는 아주 불안해하며 주막집으로 들어갔다.

사람들은 폴랑비 씨를 찾았지만, 하녀가 대답하기를 주인님은 천식 때문에 오전 10시나 돼야 일어난다고 했다. 그는 심지어 불이 났을 때 말고는 10시 이전에 자기를 깨우지 말라고 했다는 것이었다.

사람들은 장교를 만나려 했지만, 그가 이 주막집에 머무른다 해도 민간의 일은 오직 주인 폴랑비 씨만이 장교와 얘기할 수 있는지라 그를 직접 만나는 건 불가능했다. 그래서 사람들은 기다렸다. 여자들은 도로 방으로 올라가서 소소한 일로 시간을 보냈다.

코르뉘데는 부엌의 높다란 벽난로 밑에 자리 잡고 앉았다. 벽난로에서는 불이 활활 타오르고 있었다. 그는 카페에 있던 작은 탁자 하나와 맥주 한 병을 거기 갖다 놓게 하고는, 마치 코르뉘데 물건으로 쓰이는 것이 나라에 쓰이는 것인 양 민주주의자들에게 거의 본인만큼 추앙받고 있는 파이프 담뱃대를 꺼냈다. 손때 묻은 아주 멋진 해포석 파이프는 주인인 코르뉘데의 이빨만큼이나 꺼멨지만 향내가 났다. 구부러지고 반짝반짝 윤기가 나는 파이프는 주인의 손에 익었고 그의 외모를 완성해 주었다. 코르뉘데는 꼼짝하지 않고 앉아서 때론 벽난로의 불꽃을 바라보고, 때론 맥주잔 속의 동그란 거품을 응시했다. 술을 한 모금 마실 때마다 그는 맥주 거품이 묻은 콧수염을 입으로 죽 빨아들이면서 만족스러운 표정을 하고, 길고 마른 손가락으로 긴 머리를 쓸어 넘기곤 했다.

루아조는 저린 발을 풀고 오겠다는 핑계로 이 마을의 소매상들에게 포도주를 팔러 갔다. 백작과 공장주는 정치 이야기를 하기 시작했다. 그들은 프랑스의 미래를 예견했다. 백작은 오를레앙파였고, 카레라마동은 미지의 구원자, 모든 게 절망적일 때 나타날 영웅을 믿고 있었다. 어쩌면 뒤게클랭[12]이나 잔 다르크 같은 사람을, 아니면 또 다른 나폴레옹 1세를. 아! 황태자가 그렇게 어린 나이만 아니었으면 얼마나 좋았을까! 코르뉘데는 두 남자의 말을 들으며 운명이 뭔지를 아는 사람처럼 빙긋 웃었다. 그가 피우는 파이프 담배 때문에 부엌에는 담배 냄새가 진동했다.

시계가 10시를 치니 주인 폴랑비 씨가 나타났다. 사람들은 재빨리 질문들을 해 댔다. 하지만 그는 변함없이 같은 말만 두세 번 되풀이할 뿐이었다. "장교님이 이렇게 말씀하십디다. '폴랑비 씨, 내일 그 승객들이 탈 마차에 말을 매 놓아야 한다고요? 그들이 내 명령 없이는 출발 못 하게 하세요. 알겠소? 그럼 됐습니다.'"

---

12 베르트랑 뒤게클랭Bertrand du Guesclin(1320경~1380). 브르타뉴 지방의 귀족으로 백 년 전쟁 전반부의 영웅.

그러자 사람들은 장교를 만나고 싶어 했다. 백작은 장교에게 만나고 싶다는 의사 표시를 하기 위해 미리 명함을 보냈는데, 카레라마동 씨가 거기다가 자기 이름이며 각종 호칭까지 덧붙여 적어 놓았다. 프로이센 장교는 점심 후에, 즉 1시쯤에 이 두 사람이 자기를 찾아와서 얘기해도 좋다는 대답을 주막집 주인을 통해 보내왔다.

부인들이 다시 식당에 나타났고, 불안해하며 점심을 조금 먹었다. 비곗덩어리는 아파 보였고 엄청난 혼란에 빠져 있는 것 같았다.

커피를 다 마시고 나니 당번병이 와서 만나기로 한 두 남자를 찾았다.

두 사람에다 루아조까지 함께 갔다. 언행을 좀 더 엄숙하게 보이게 하려고 코르뉘데도 데려가려 했지만, 코르뉘데는 오만한 어조로 자신은 그 나라 사람들과는 상종하지 않을 작정이라고 말하며, 벽난로 앞의 자리로 돌아가 앉은 뒤 맥주를 한 병 더 주문했다.

세 남자는 계단을 올라가 그 주막집에서 가장 멋있는 방으로 안내되었고, 그 방에서 장교는 소파에 편안히 퍼져 앉아 벽난로 쪽으로 발을 쭉 뻗고 긴 사기 파이프에 재워 넣은 담배를 뻑뻑 피우며 그들을 맞이했다. 그는 화려한 실내복을 걸치고 있었는데, 아마 이 실내복은 취향이 저속한 어느 부자가 세간살이를 다 놓고 피난 간 집에서 훔친 것일 터였다. 장교는 자리에서 일어서거나 인사를 건네지도 않았고 그들을 쳐다보지도 않았다. 그의 태도는 승리한 군인에게서 자연스럽게 볼 수 있는 오만함의 표본이었다.

잠시 후 마침내 그가 말했다.

"뭘 원하십니카?"

백작이 말을 받았다. "우리는 출발하고 싶습니다."

"안 됩니다."

"거절하시는 이유를 물어도 되겠습니까?"

"내가 싫으니까 안 된다는 커죠."

"디에프까지 갈 수 있는 허가서, 프로이센군 총사령관이 발급한 허가서를 보여 드리죠. 우리가 당신들의 엄격한 감시를 받을 만한 일을 전혀 하지 않았다고 생각합니다만…….."

"난 싫어요……. 구게 다입니다……. 이제 내려가세효."

세 사람은 모두 허리를 굽혀 인사를 하고 물러났다.

그날 오후는 비참했다. 저 사람이 왜 저렇게 변덕을 부리는지 도무지 알 수가 없었다. 더없이 해괴한 생각으로 다들 머리가 지끈지끈 아팠다. 모두 부엌에 모여 끝없이 토론하고, 말도 안 되는 일들을 상상했다. 어쩌면 승객들을 인질로 잡아 두려는 건지도 모른다. 하지만 무슨 목적으로? 아니면 승객들을 포로로 잡아 끌고 가려는 걸까? 그도 아니면 몸값을 두둑이 요구하려는 걸까? 이 생각을 하니 이들은 겁이 더럭 나 어찌할 바를 모르게 되었다. 가장 부유한 사람이 가장 겁을 많이 먹었다. 목숨을 부지하기 위해서는 쩔렁거리는 금화가 가득한 자루를 풀어 이 당돌한 프로이센 군인의 양손에 쥐어 주어야만 하는 처지가 된 자신들의 모습이 눈에 선했다. 그들은 그럴듯한 거짓말을 찾아내고, 자기들이 부자라는 걸 감추고 아무것도 없는 척하기 위해 골똘히 궁리했다. 루아조는 차고 있던 금시계를 풀어 슬그머니 주머니 속에 감추었다. 해가 지니 걱정이 더 커졌다. 등불이 켜졌고 루아조 부인이 저녁을 먹으려면 두 시간이나 있어야 하니 기분 전환을 위해 31점을 만드는 카드놀이를 하자고 했다. 사람들은 그러자고 했다. 코르뉘데마저도 예의상 파이프 담배를 끄고 게임에 참가했다.

백작이 카드를 섞고 돌렸다. 비곗덩어리는 단숨에 31점을 만들었다. 카드 게임에 관심을 쏟으니 사람들 머릿속을 떠돌던 공포가 가라앉았다. 하지만 코르뉘데는 루아조 부부가 한통속이 되어 속임수를 쓰고 있다는 것을 알아챘다.

다들 식탁에 앉으려는데 폴랑비 씨가 다시 나타나서 쉰 목소리로 말했다. "프로이센 장교님이 엘리자베트 루세 양에게 아직도 생각을 바꾸지 않았느냐고 물어보라고 하십니다."

비곗덩어리는 하얗게 질려 가만히 있었다. 그러다가 갑자기 얼굴이 새빨개지더니 숨을 못 쉴 정도로 화가 나서 더 이상 말을 할 수 없는 듯했다. 마침내 그녀는 폭발했다. "그 비열한 인간에게, 그 더러운 놈에게, 그 치사한 프로이센 놈에게 가서 말하세요. 내가 그러고 싶을 것 같으냐고요. 잘 들으세요. 절대, 절대, 절대 안 해요."

뚱뚱한 주막집 주인이 밖으로 나갔다. 그러자 다들 비곗덩어리를 둘러쌌다. 주인이 찾아오다니 대체 왜 저러는 거냐고 물어보고 알려 달라고 간청했다. 그녀는 처음엔 싫다고만 했다. 하지만 곧 화가 나서 말했다. "그가 뭘 원하느냐고요? …… 뭘 원하느냐고요? 나랑 자고 싶어 한다고요!" 그녀가 소리쳤다. 아무도 이 말에 충격받지 않았다. 그만큼 다들 분노하고 있었던 것이다. 코르뉘데는 맥주잔을 격하게 탁자에 내려놓다가 그만 깨뜨리고 말았다. 그건 이 비열하고 난폭한 프로이센 군인에 대한 비난의 아우성이었고, 분노의 숨결이었다. 마치 누가 각자 희생해야 한다며 제 몫의 희생을 요구하기나 한 듯이 모든 이가 저항을 위해 한데 뭉쳤다. 백작은 역겹다는 듯, 이런 사람은 옛 야만인처럼 행동한 셈이라고 말했다. 특히 여자들은 비곗덩어리에게 힘 있고 정답게 동정의 염을 표했다. 식사 때만 나타나는 수녀들은 고개를 숙이고 아무 말도 하지 않았다.

그런데도 처음의 분노가 진정되자 다들 저녁을 먹었다. 하지만 말은 거의 하지 않고 모두 생각에 잠겼다.

여자들은 일찌감치 방으로 자러 갔고, 남자들은 담배를 피우면서 카드 판을 만들고 폴랑비 씨를 그 자리에 불렀다. 장교의 고집을 꺾기 위해 무슨 방법을 써야 할지 넌지시 물어보려는 의도였다. 하지만 폴랑비 씨는 카드놀이만 하며 누구의 말에도 귀 기울이지 않고 대답하지도 않았으며 끊임없이 이 말만 반복했다. "카드 치세요. 손님들, 카드에 집중하시라고요."

폴랑비는 카드 게임에 너무나 집중한 나머지 가래를 뱉는 것도 잊어버렸는데, 그래서 때로는 그 가르랑대던 시간이 더 늘어났다. 씩씩거리던 그의 허파에서는 나지막하고 깊은 소리부터 노래하려는 젊은 수탉같이 날카롭고 목쉰 소리까지, 천식 걸린 사람이 낼 수 있는 소리란 소리는 다 흘러나왔다.

잠이 와서 쓰러질 것 같은 아내가 찾으러 왔지만 폴랑비 씨는 침실로 올라가는 것을 거부해서 아내는 혼자서 가 버렸다. 아내는 해가 뜨면 일어나는 '아침형 인간'이었는데 남편은 친구들과 걸핏하면 밤을 새우는 '저녁형 인간'이었던 것이다. 그는 아내에게 소리쳤다. "내 에그 노그[13]나 이따 마시게 불 앞에 놔 주구려." 그러고는 다시 카드 게임에 몰두했다. 누가 봐도 그에게서 아무것도 끌어낼 수 없을 것 같자 다들 자러 갈 시간이 되었다며 방으로 돌아갔다.

---

13 뜨거운 우유에 계란 노른자를 풀고 알코올을 약간 탄 음료.

이튿날 사람들은 막연한 희망 그리고 희망보다 큰, 떠나고 싶다는 마음과 이 끔찍한 주막집에서 또 하루를 보내게 되면 어쩌나 하는 공포심을 품고 상당히 일찍 일어났다.

아아! 말들은 마구간에 그대로 있었고 마부는 보이지 않았다. 사람들은 하릴없이 마차 주위만 빙빙 돌았다.

점심 식사 분위기는 아주 을씨년스러웠다. 비곗덩어리에 대해 냉담한 분위기 같은 것이 감지되었다. 밤새 생각해 본 사람들의 판단이 좀 바뀐 것 같았다. 이제는 그 여자가 몰래 장교를 만나러 가서 아침에 일어나 깜짝 놀라게 해 주지 않았다고 원망하다시피 했다. 그보다 더 간단한 일이 어디 있겠는가? 게다가 그걸 누가 알 수 있단 말인가? 일행이 실망하는 것이 안 돼서 온 거라고 장교에게 말하면 비곗덩어리의 체면도 살릴 수 있으련만. 그녀에게는 남자랑 한 번 자는 것쯤이야 아무것도 아니지 않은가!

하지만 아무도 아직은 이런 생각을 입 밖에 내지 못했다.

오후에는 하도 심심해서 백작이 마을 주변을 한 바퀴 돌아보자고 제안했다. 코르뉘데와 수녀들만 뺀 나머지 사람들이 꽁꽁 싸매고 출발했다. 코르뉘데는 불을 쬐며 그냥 앉아 있는 것이 더 좋다고 했고, 수녀들은 하루 종일 성당이나 사제관에 가 있었다.

점점 더 심해지는 추위에 코와 귀가 찌를 듯 아팠고, 발이 너무 시려워 한 걸음 한 걸음 내딛는 것이 고역이었다. 시골 들판이 모습을 드러내자 끝없이 하얗기만 한 그곳이 너무 겁나고 불길해 보여서 모두의 마음이 얼어붙고 가슴이 조여들어 돌아서 버리고 말았다.

여자 넷이 앞에 걸어가고 남자 셋이 조금 뒤에서 따라 걸었다.

상황을 파악하고 있던 루아조가 갑자기 그 "창녀" 때문에 우리가 이런 곳에 오래 있어야 하는 거냐고 물었다. 항상 예절 바른 백작이 말했다. 한 여성에게 그런 괴로운 희생을 강요할 수는 없고, 어디까지나 본인이 저절로 마음에서 우러나서 가야 한다고 했다. 카레라마동 씨는 프랑스군이 지금 계획대로 디에프를 거쳐 공격한다면 아마 교전은 토트에서 이루어질 거라고 말했다. 다른 두 남자는 이 생각을 하니 더럭 걱정이 되었다. "우리, 걸어서 도망치면 어떨까요?" 루아조가 말했다. 백작은 어깨를 으쓱해 보였다. "이 눈 속에 그럴 수 있을 것 같아요? 여자들까지 데리고 말이에요. 그랬다간 우린 금방 군에게 쫓기다가 10분 만에 잡혀 병사들이 생사여탈권을 가진 포로가 되어 끌려갈걸요." 맞는 말이었다. 사람들은 입을 다물었다.

부인네들은 몸치장 이야기를 했지만, 왠지 모를 거북함 때문에 서먹서먹한 듯했다.

갑자기 길 끝에 장교가 나타났다. 지평선이 안 보일 만큼 가득 쌓여 있는 눈 위에 군복 입은 말벌처럼 보이는 큰 키의 그가 정성껏 왁스 칠을 해 윤을 낸 장화에 얼룩이 지지 않게 하려는 군인 특유의 움직임으로 양 무릎을 벌리고 어기적어기적 걸어오고 있었다.

장교는 부인들 곁을 지나가면서 허리 굽혀 인사했다. 루아조가 모자를 벗고 인사하는 시늉을 했지만, 그는 모자를 벗고 인사하지 않을 만큼의 자존심은 있는 다른 남자들을 경멸의 눈초리로 바라보았다.

비곗덩어리는 귀까지 빨개졌고, 세 명의 기혼 여성은 이렇게 비곗덩어리와 같이 있으면서 기사처럼 여자를 대하는 병사와 마주쳤다는 것이 심히 모욕적으로 느껴졌다.

여자들은 장교에 대해, 그의 외모와 얼굴에 대해 이야기했다. 예전에 장교를 여럿 알고 전문 감별사처럼 판단했던 카레라마동 부인은 내심 이 장교가 괜찮다고 했다. 그가 프랑스인이 아닌 것을 애석해할 정도였다. 프랑스 사람이었다면 아주 멋진 경기병이 되어 여자들이 틀림없이 모두 좋아죽겠다고 했을 것이기 때문이었다.

일단 숙소에 돌아왔지만 더 이상 뭘 해야 할지 몰랐다. 별것 아닌 일들에 관해서도 예민한 말이 오갔다. 말 없는 저녁 식사는 금방 끝났고, 저마다 시간을 보내려 방에 올라가 잠자리에 들었다.

다음 날은 다들 피곤한 얼굴과 화난 마음으로 방에서 내려왔다. 여자들은 비곗덩어리에게 말도 걸지 않았다.

성당 종이 울렸다. 아기의 세례 성사를 알리는 종소리였다. 뚱뚱한 이 창녀에겐 이브토의 농사꾼 집에 맡겨 키우는 어린애가 하나 있었다. 1년에 한 번도 채 못 보는 애였고 그 아이를 생각하는 일도 없었지만, 지금 세례 받는 아이 생각을 하니 그녀의 마음속에 자기 아이에 대한 갑작스럽고 격렬한 애정이 솟아나 꼭 그 예식에 참석하고 싶었다.

그녀가 예식을 보러 가자마자 남은 일행은 모두 서로 쳐다보았고 그다음엔 의자들을 가까이 모아 붙여 놓았다. 끝내는 의논해 결정해야 한다는 생각이 들었기 때문이다. 루아조에게 한 가지 생각이 있었다. 그는 장교에게 비곗덩어리 혼자만 잡아 놓고 나머지 사람들은 출발하게 해 달라고 제안할 생각이었다.

폴랑비 씨가 이번에도 심부름을 맡았다. 하지만 그는 거의 가자마자 다시 내려왔다. 인간의 본성을 잘 아는 프로이센 장교가 그를 내쫓았던 것이다. 장교는 자기 욕망이 채워지지 않는 한 모두 억

류해 놓겠다고 주장했다.

그러자 루아조 부인의 상스러운 기질이 와락 폭발하고 말았다. "하지만 여기서 늙어 죽을 순 없잖아요. 남자들과 그 짓을 하는 게 직업이니 이 사람은 되고 저 사람은 안 된다며 거절할 권리가 그녀에겐 없다고 생각해요. 좀 물어봅시다. 그녀는 루앙 남자란 남자는 다 상대해 봤거든요. 심지어 마부들까지도요! 네, 그렇다니까요. 도청의 마부도요! 내가 잘 알죠. 그 마부가 우리 가게에서 포도주를 사거든요. 우리를 곤경에서 건져 내야 하는데 인제 와서 저 여자는, 저 새침데기 여자는 요조숙녀인 척하고 있는 거예요! 난 저 장교의 행동이 아주 옳다고 봐요. 아마 그는 오랫동안 여자를 못 봤을 테고, 우리 여자들 셋이 나타나니 아마 몸 파는 여자보단 우리가 더 좋았겠지요. 그런데 그 여자로 만족하는 거예요. 양갓집 유부녀들은 존중하는 거죠. 생각을 좀 해 보세요. 그는 뭐든 맘대로 할 수 있어요. '내가 원해'라는 말만 하면 돼요. 병사들과 함께 우리를 강제로 덮칠 수도 있잖아요."

루아조 부인의 말을 듣고 있던 다른 두 여자는 조금 몸을 떨었다. 예쁜 카레라마동 부인의 두 눈은 빛났고 낯빛은 조금 창백해졌다. 마치 장교가 이미 그녀를 강제로 덮치기라도 한 것 같았다.

옆에서 따로 이야기하던 남자들이 다가왔다. 화가 치민 루아조는 "그 한심한 여자"의 손발을 꽁꽁 묶어서 적군에게 넘겨주고 싶었다. 하지만 3대에 걸쳐 대사를 역임했고 지금도 대사다운 풍모를 지닌 백작은 좀 더 능수능란하게 굴었다. "본인이 직접 결정하게 해야 합니다." 그는 말했다.

그러자 사람들은 쑥덕공론을 했다.

여자들은 서로 바짝 다가서서 목소리를 낮추었고 저마다 의견을 내 어느덧 전원이 토론에 참가했다. 게다가 이렇게 하는 대화는 예법에도 아주 들어맞았다. 특히 부인네들은 더없이 남사스러운 이일을 입에 올리면서도 섬세한 어투, 미묘하고 매력적인 표현을 찾아냈다. 모르는 사람이 들었다면 아무것도 이해하지 못했을 만큼 조심스러운 말만 가려 썼다. 하지만 모든 사교계 여자가 처바른 정숙이라는 표피층은 워낙 얄팍하고 겉만 번지르르한 것인지라, 여자들은이 외설스러운 사건을 논하면서도 이 일이 천성에 맞는다는 게 느껴져 활짝 웃고 내심 좋아죽겠다는 듯 즐기고 있었다. 마치 먹을 것을좋아하는 요리사가 남이 먹을 식사를 준비하듯이 관능적으로 사랑을 주물럭거렸다.

유쾌한 분위기가 저절로 다시 찾아왔다. 그만큼 이야기가 재미있었던 것이다. 백작이 조금 아슬아슬한 농담을 했지만 말솜씨가워낙 좋다 보니 사람들은 미소만 머금었다. 루아조는 이보다 더한음담패설을 입 밖에 냈지만, 그걸 듣고 기분 나빠 하는 사람은 아무도 없었다. 그리고 그의 아내가 노골적으로 표현했던 말이 모든 사람의 마음속에 있었다. "그게 직업이면서 왜 누구는 다른 누구보다더 싫다는 거죠?" 심지어 얌전한 카레라마동 부인은 자기라면 다른남자보다는 그 장교가 차라리 낫겠다는 생각까지 하는 것 같았다.

사람들은 방비를 갖춘 성채를 함락시키듯 오랫동안 포위 공격을 준비했다. 모두 각자의 역할과 논거와 실행 방도에 동의했다. 그살아 있는 성채가 당장 적을 받아들이도록 밀어붙이기 위해 공격계획과 사용할 전략과 깜짝 놀랄 만한 공략법도 정했다.

하지만 코르뉘데는 이 일에 완전히 무관한 사람인 것처럼 일행과 동떨어져 나 몰라라 하고 있었다.

너무도 깊이 논의에 몰두하느라 사람들은 비곗덩어리가 들어오는 소리도 듣지 못했다. 하지만 백작이 가볍게 '쉿' 소리를 내니 모든 사람이 눈을 들어 그쪽을 바라보았다. 그녀가 와 있었다. 사람들은 갑자기 입을 다물었고 처음에는 왠지 모르게 다들 곤란해서 비곗덩어리에게 말을 붙이지도 못했다. 남들보다 사교계의 이중성에 더 잘 길든 백작 부인이 물었다. "그래, 영세는 재미있던가요?"

통통한 그 여자는 아직도 가슴이 벅차 세례를 축하하러 온 사람들의 얼굴과 태도, 성당이 어떻게 생겼는지까지 모든 것을 말했다. 그러고 이 말을 덧붙였다. "가끔 기도를 하면 너무나 좋아요."

한편 여자들은 그녀가 그들의 조언을 더욱더 믿고 고분고분하게 굴도록 점심때까지는 비곗덩어리에게 상냥하게 대했다.

식탁에 앉자마자 공략이 시작되었다. 처음에는 헌신에 관한 막연한 대화로 시작했다. 고사故事들을 예로 들었다. 유디트와 홀로페르네스,[14] 그리고 이유도 없이 루크레치아와 섹스투스,[15] 모든 적장이 자기 침대를 거쳐 가게 해 노예처럼 고분고분하게 만들었던 클레오파트라 얘기를 했다. 그러자 이 무식한 백만장자들의 상상 속에서 황당한 이야기가 펼쳐졌다. 로마 여자 시민들이 카푸아에서 한니발과 그 휘하의 장수들과 용병들을 품에 안아 재웠다고 이야기했다.

---

14 구약성시의 외경 「유니트서」에 나오는 인물들. 아시리아의 침공으로 이스라엘의 여러 민족이 초토화되자 유대인 과부 유디트가 적진으로 들어가 아시리아 장군 홀로페르네스를 유혹한 뒤 그의 목을 베었다.
15 로마의 마지막 왕 루키우스 타르퀴니우스 수페르부스의 아들인 섹스투스 타르퀴니우스가 덕성스러운 미인 루크레치아를 강간하자 루크레치아는 수치심을 못 이겨 자살한다.

또 정복자들을 저지하고 자기 몸을 전장이자 지배 수단, 무기로 삼은 모든 여성, 영웅적 애무로 싫거나 추한 존재들을 공략하고 자신의 순결을 복수와 헌신을 위해 희생했던 여성들이 인용되었다.

사람들은 심지어 명문가의 영국 여성이 보나파르트에게 끔찍한 전염병을 옮기려고 일부러 그 균을 접종받았지만 보나파르트가 갑작스레 무력해지는 바람에 그녀와의 밀회 약속을 못 지켜 기적적으로 목숨을 구한 일도 은근슬쩍 모호하게 언급했다.

이 모든 이야기가 예의 바르고 절제된 분위기에서 이루어졌다. 때로는 이야기 중에 경쟁심을 부추기기 딱 좋은, 일부러 하는 찬탄이 터져 나오기도 했다.

결국 이 세상에서 여성의 유일한 역할은 제 한 몸을 끝없이 희생하는 것, 군인의 변덕을 지속해서 맞춰 주는 일인 뿐인 듯했다.

두 수녀는 아무 말도 안 들리는 듯 깊은 생각에 잠겨 있었다. 비곗덩어리는 아무 말도 하지 않았다.

오후 내내 일행은 비곗덩어리가 깊이 생각하게 놔두었다. 하지만 지금까지처럼 그녀를 칭할 때 '부인'이라고 부르는 대신 '아가씨'라고 불렀다. 아무도 그 이유를 몰랐지만, 마치 그녀가 겨우 딛고 올라선 자리에서 한 단계 격을 낮춤으로써 그녀에게 이 창피한 상황을 느끼게 하려는 것 같았다.

야채수프가 나올 무렵 폴랑비 씨가 다시 나타나더니 전날 했던 말을 반복했다. "프로이센 장교님이 엘리자베트 루세 양에게 아직도 생각을 바꾸지 않았는지 물어보라십니다."

비곗덩어리는 건조하게 대답했다. "네. 안 바꿨어요."

저녁 먹을 때가 되자 사람들 사이의 결속이 약해졌다. 루아조는 썰렁한 얘기를 세 마디쯤 했다. 저마다 새로운 본보기를 찾으려고 부심했지만 아무것도 찾지 못했다. 그때 백작 부인이 미리 생각한 것은 아니지만 종교에 경의를 표해야겠다는 필요성을 막연히 느낀 듯, 수녀 중 나이 많은 쪽에게 성인의 업적들로는 무엇이 있느냐고 물었다. 많은 성인들이 사람들이 보기에는 죄가 되는 행위를 저질렀지만 성당에서는 신의 영광이나 이웃의 안녕을 위해 한 일이라면 잘못이 쉽게 용서된다고 했다. 이는 강력한 논거였고, 백작 부인은 이를 이용했다. 그러자 암묵적 동의, 수도자들이 뛰어나게 능한 속인과의 은근한 결탁 때문인지, 아니면 단지 행복한 무지와 어리석음의 소치인지 수녀 중 나이 많은 쪽이 많은 예를 들어 이 음모에 굉장한 뒷받침이 되어 주었다. 다들 그 수녀가 수줍은 사람인 줄 알고 있었지만, 그녀는 대담하고 말 많고 격한 본모습을 보여 주었다. 그 수녀는 궤변론자의 망설임 같은 것으로 흔들리지도 않았고, 그 견해는 철통같이 확고했다. 그녀의 믿음은 흔들림이 없었고 양심에는 아무 거리낌이 없었다. 그녀는 아브라함의 희생을 아주 당연하게 여겼다. 하느님의 명령이라면 즉시 부모도 죽일 수 있었다. 수녀의 생각에 따르면, 의도만 좋다면 주님의 마음에 들지 않는 것은 아무것도 없다는 것이었다. 백작 부인은 뜻하지 않게 얻은 같은 편의 거룩한 권위를 활용하여, '목적이 수단을 정당화한다'는 도덕적 금언과 비슷한 교훈을 들려 달라고 했다.

백작 부인이 물었다.

"그러니까 수녀님, 수녀님 생각에는 동기만 순수하다면 하느님께서 모든 수단을 받아들이시고, 이왕 저지른 일도 용서하신다는 거죠?"

"의심할 나위가 있겠어요, 부인? 그 자체로선 비난받을 만한 일도 동기만 좋으면 공덕이 되는 수가 많지요."

수녀와 백작 부인은 이렇게 하느님의 뜻을 알아내고 그분의 결정을 예단하고 하느님과 무관한 일들에 하느님을 연관시키면서 계속 이야기를 이어 나갔다.

이 모든 것이 은근하고, 능숙하고 신중했다. 하지만 두건을 쓴 거룩한 수녀의 말 한마디에 창녀의 분노 어린 저항에 구멍이 났다. 그러다가 대화는 조금 방향을 바꿔, 묵주를 늘어뜨린 수녀는 자기 수도회의 수녀원들이 어디에 있는지, 수녀원장과 자신과 옆에 있는 귀여운 후배 생니세포르 수녀가 어떤 사람인지와 같은 이야기를 죽 늘어놓았다. 천연두에 걸린 군인을 치료하는 르아브르의 병원에서 간호차 그녀들을 오라고 했다는 것이다. 수녀는 그 군인들, 그 불쌍한 사람들 얘기를 하며 그들의 병을 자세히 묘사했다. 가던 길에 프로이센 장교의 변덕 때문에 이렇게 붙들려 있는 지금, 그녀들이 구해 낼 수도 있었을 수많은 프랑스 군인이 죽을지도 모를 일이었다. 군인들 간호는 수녀들의 전공이라고 했다. 그녀는 크림반도에도 가 보았고 이탈리아, 오스트리아에도 가 봤다고 늘어놓았다. 참전했던 이야기를 할 때면, 갑자기 군대를 따라다니며 북과 나팔 소리가 울리는 전투의 소용돌이 속에서 부상병들을 안아 올리고 말 한마디로 군기 빠진 군인들을 상관보다 더 잘 다독이는 '사기를 북돋는' 수녀가 되었다. 얽고 수없이 구멍이 팬 그녀의 얼굴이 전쟁의 황폐한 모습과도 같았다.

그 수녀 다음에는 아무도 얘기하지 않았다. 그만큼 그녀가 한 말의 효과가 타의 추종을 불허했던 것이다.

식사가 끝나자마자 사람들은 재빨리 방으로 올라갔고, 다음 날 아침 꽤 늦은 시간에야 내려왔다.

점심 식사는 조용했다. 전날 씨를 뿌려 놓았으니, 이젠 싹틔우고 열매 맺을 시간이 필요했다.

백작 부인은 오후에 다들 산책을 하자고 제안했다. 그러자 백작은 미리 얘기했던 대로 비곗덩어리의 한 팔을 잡고 그녀와 함께 다른 사람들 뒤에 서 있었다.

백작은 그녀에게 허물없고 아버지 같은, 그러나 조금 낮춰 보는 어조로 말했다. 허세 부리는 남자들이 여자들과 말할 때처럼 그녀를 "내 사랑하는 아이"라고 부르면서 높은 사회적 지위와 명예로운 위치에서 상대방을 내려다보며 단도직입적으로 문제의 핵심을 찔렀다.

"그러니까 당신이 살면서 그토록 자주 해 온 일을 하느니, 우리뿐 아니라 당신도 프로이센군의 패배에 따를 온갖 난폭한 행위를 다 당하면서 여기서 그냥 잡혀 있는 편이 낫다는 말이죠?"

비곗덩어리는 아무 대답도 하지 않았다.

백작은 부드러운 태도로, 이성적 추론과 감정으로 그녀를 구슬렀다. 그는 필요할 땐 칭찬하고 다정하게 굴어 여자의 환심을 사면서도 어디까지나 '백작님'답게 처신할 줄을 알았다. 그는 그녀의 도움을 상찬하고, 일행이 얼마나 고마워할지 얘기하다가 갑자기 쾌활하게 반말로 말을 했다. "알잖나, 이 사람아. 저 장교는 자기 나라에선 보기 힘든 예쁜 여자를 프랑스에서 경험해 봤노라고 자랑할 수도 있을 거라고."

비곗덩어리는 이 말에 대답하지 않은 채 여럿이 모여 있는 데에 합류했다.

　숙소에 돌아오자마자 그녀는 자기 방에 올라가더니 다시는 나타나지 않았다. 사람들의 불안은 극에 달했다. 대체 어쩌려고 저러는 거지? 저 여자가 끝까지 싫다고 하면 우리 입장이 얼마나 곤란해질까!

　어느덧 저녁 먹을 시간이 되어 식사를 알리는 종이 울렸다. 사람들은 비곗덩어리가 저녁 먹으러 오기를 기다렸지만 그녀는 오지 않았다. 그때 폴랑비 씨가 들어오더니 루세 양이 지금 몸이 불편하다 하시니 다른 분들은 먼저 식사하시라고 알렸다. 모두 귀를 쫑긋했다. 백작이 주막집 주인에게 다가가 낮은 소리로 물었다. "그럼 된 겁니까?" "네." 예의상 일행에게는 아무 말도 하지 않았지만, 백작은 고개를 까딱해 보였다. 곧 휴 하는 안도의 한숨이 모두의 가슴에서 새어 나왔다. 얼굴마다 기쁨이 드러났다. 루아조는 외쳤다. "야호! 이 주막집에 샴페인이 있다면 내가 사지요." 주막집 주인이 양손에 샴페인 네 병을 들고 다시 식당으로 들어오자, 알뜰한 루아조 부인은 돈이 나갈까 봐 내심 걱정이 되었다. 저마다 갑자기 말이 많아지고 시끄러워졌다. 모두의 마음은 음탕한 기쁨으로 가득 찼다. 백작은 카레라마동 부인이 매력적이라는 것을 새삼스레 알게 된 것 같았고, 공장 주인은 백작 부인이 아름다우시다며 칭찬을 늘어놓았다. 대화는 활발하고 유쾌하고 떠들썩했다.

　갑자기 루아조 씨가 걱정스러운 얼굴로 양팔을 들고 부르짖었다. "조용히!" 모두 놀라 지레 겁을 먹고 입을 다물었다. 그러자 그는 귀를 쫑긋 세우며 두 손으로 쉿 하는 시늉을 하고 눈을 들어 천장을 바라보더니 다시 귀를 기울여 소리를 듣고 평소 목소리로 말했다. "안심하세요. 잘돼 갑니다."

사람들은 처음엔 이게 무슨 소린가 했지만 곧 다들 미소를 지었다.

15분 후 그는 똑같은 농담을 다시 시작했고, 이날 저녁 내내 이 농담을 여러 번 되풀이했다. 그는 위층에 있는 누군가를 불러서 영업 사원 경력에서 짜낸, 이중적 의미를 띤 조언을 해 주는 척했다. 때때로 그는 "가엾은 여자"라고 소곤거리거나 화가 난 표정으로 이를 갈며 "나쁜 프로이센 놈, 꺼져!"라고 중얼거리기도 했다. 가끔 아무도 그 생각을 안 하고 있을 때 그는 떨리는 음성으로 여러 번 "그만! 됐어!"라고 비명을 지르기도 했고, 마치 혼잣말을 하듯이 "우리가 그녀를 다시 볼 수 있으면 좋을 텐데. 그 나쁜 놈이 그녀를 죽이지 않아야 할 텐데!"라고 덧붙였다.

비록 이런 농담들이 저속했지만, 재미가 있었고 아무에게도 상처를 주지는 않았다. 다른 것도 그렇지만 분노도 주변 환경에 좌우되는 것인데, 그들 주위에 형성된 분위기가 외설스러운 생각들로 가득 차 있었기 때문이다.

후식을 먹을 때는 여자들조차도 재치 있으며 은근한 암시를 했다. 시선들이 의미심장했다. 사람들은 술을 많이 마셨고, 짐짓 따로 떨어져 앉아 있으면서 당당한 풍모를 잃지 않은 백작은 극지에서 긴 겨울이 끝나고 마침내 남쪽으로 갈 길이 뚫린 것을 본 난파한 사람들의 기쁨이라는 훌륭한 비유를 생각해 냈다.

얼근히 취한 루아조가 손에 샴페인 잔을 들고 벌떡 일어났다. "우리가 해방된 걸 축하하며 건배!" 모두 일어서 박수를 쳤다. 두 수녀마저 부인들의 간청에 못 이겨 한 번도 맛보지 않은 거품 나는 술로 입을 축였다. 그녀들은 이 술이 탄산 섞인 레모네이드와 비슷하지만 맛은 좀 더 좋다고 말했다.

루아조가 상황을 요약했다.

"여기 피아노가 없는 게 유감이오. 있으면 내가 4인무 반주를 할 수 있을 텐데……."

코르뉘데만 말 한마디 하지 않았고 움직이지도 않았다. 그는 무척 심각한 생각에 잠긴 것 같았고, 가끔 화난 몸짓으로 긴 콧수염을 잡아당기고 있었다. 마치 그 수염을 더 길게 늘이려는 것 같았다. 마침내 자정 무렵이 되어 사람들이 헤어지려 할 때 취해서 비틀거리던 루아조가 갑자기 코르뉘데의 배를 탁 치더니 웅얼거렸다. "오늘 저녁에는 재미가 없나 봐요. 이봐요, 민주 시민님, 아무 말씀도 없으시네요." 하지만 코르뉘데는 갑자기 고개를 들어 번들거리고 무서운 눈길로 좌중을 훑어보더니 말했다. "당신들은 오늘 염치없는 짓을 저지른 거요." 그는 자리에서 일어서서 문으로 가더니 한 번 더 되풀이했다. "염치없는 짓 말이오!" 그러고는 사라졌다.

처음엔 찬물을 끼얹은 듯 분위기가 썰렁해졌다. 루아조는 말문이 막혀 바보처럼 가만히 있었지만, 곧 다시 정신을 차리고 갑자기 "이보게. 너무 설익어서 시어, 너무 시어"라는 말을 되풀이하며 몸을 비비 꼬았다. 사람들이 못 알아들으니, 그는 '복도의 비밀'에 대해 들려주었다. 그러자 놀랍게도 좌중은 다시 즐거워했다. 여자들은 미친 듯이 웃어 댔다. 백작과 카레라마동 씨는 웃느라 눈물을 흘리다시피 했다. 그들은 이게 진짜 있었던 일이라고 믿을 수 없었다.

"뭐라고요? 정말 확실해요? 그가 하고 싶어 했다고요……."

"내가 똑똑히 봤다니까요."

"그런데 그 여자가 거부했다고요……."

"프로이센 사람이 바로 옆방에 있었으니까요."

"정말로요?"

"정말 그렇게 말하더라고요. 진짜로 제가 들었다니까요."

백작은 웃느라 숨이 막혔다. 공장주는 두 손으로 자기 배를 꾹 눌렀다. 루아조가 말을 계속했다.

"아시겠죠. 오늘 저녁에는 그녀의 일이 그의 눈에 그리 흥미롭게 보이지 않은 겁니다. 전혀 아니죠."

그러고는 셋이 몸이 아플 정도로 숨 가빠 다시 웃기 시작했다.

그쯤에서 사람들은 흩어졌다. 하지만 성정이 쐐기풀 같은 루아조 부인은 잠자리에 들어 남편에게 "저 새침데기 같은" 자그만 카레라마동 부인이 저녁 내내 쓴웃음을 짓더라고 알려 주었다. "당신도 알죠, 하여간 속없는 여자들은 군복만 걸쳤다 하면 프랑스군이든 프로이센군이든 상관하지 않는다니까요. 세상에, 얼마나 가련한 일인가요!"

밤새도록 어두컴컴한 복도에서는 물이 바르르 끓어오르는 것 같은 소리, 숨소리같이 맨발 스치는 소리, 들릴 듯 말 듯 삐걱거리는 소리가 들렸다. 사람들은 아주 늦게야 잠들었다. 불빛 여러 줄기가 문 밑으로 오랫동안 새어 나왔다. 샴페인은 이런 효과가 있다. 샴페인을 마시면 잠이 잘 안 온다고들 한다.

다음 날, 겨울날의 쨍한 햇빛이 비쳐 쌓인 눈이 한층 더 눈부셨다. 마침내 말을 맨 합승 마차가 주막집 문 앞에서 기다리고 있었다. 빽빽한 깃털에 파묻힌 흰 비둘기들 한 떼가 검은 점이 찍힌 분홍색 눈을 빛내며 여섯 마리 말들의 다리 사이를 자못 심각하게 돌아다니며 말들이 여기저기 떨어뜨린 똥을 파헤쳐 먹이를 찾고 있었다.

양가죽 옷을 입은 마부가 마부석에 앉아 파이프 담배를 뻑뻑 피우고 있었다. 기쁨이 넘친 승객들은 모두 주막집에다 남은 여행길에서 먹을 것들을 빨리 싸 달라고 부탁하고 있었다.

이제 비곗덩어리만 타면 되었다. 드디어 그녀가 나타났다.

그녀는 좀 당황하고 창피해하는 것 같았고, 쭈뼛쭈뼛 승객들 쪽으로 다가갔지만 승객들은 한결같은 동작으로 마치 그녀를 못 알아본 듯이 돌아섰다. 백작은 점잖게 자기 부인의 한 팔을 잡아 불결하게 그녀와 닿지 않게 멀리 떨어뜨렸다.

통통한 그 여자는 어안이 벙벙하여 그 앞에 멈추어 섰다. 그리고 용기를 있는 대로 그러모아 상대방에게 다가가 겸손하게 "안녕하세요"라고 작은 소리로 말했다. 상대방은 고개만 까딱하여 시답잖다는 듯 인사를 하면서, 마치 자신의 정절을 모욕받았다는 듯한 시선을 보냈다. 모두가 짐짓 바쁜 것처럼 행동했고, 마치 비곗덩어리가 전염병을 치마폭에 묻혀 오기나 했듯이 그녀에게서 멀찌감치 떨어져 서 있었다. 사람들은 서둘러 마차로 달려가 올라탔고, 그녀는 마지막으로 혼자 마차에 올라 처음에 이곳에 올 때 앉았던 자리에 말없이 앉았다.

다른 사람들은 그녀를 보지 못하고 알지도 못하는 듯 굴었지만, 루아조 부인만은 멀리서 분노에 찬 듯 그녀를 째려보면서 남편에게 작은 소리로 말했다. "내가 저 여자 옆이 아닌 것이 다행이지 뭐예요."

무거운 마차가 덜컹 흔들리더니 여행이 다시 시작되었다.

처음엔 아무도 이야기하지 않았다. 비곗덩어리는 감히 눈을 들

엄두도 내지 못했다. 그녀는 일행 모두에게 분노를 느꼈고, 프로이센 장교의 뜻에 순순히 굴복하여 그 품에 던져져, 그의 입맞춤에 몸을 더럽힌 것이 모욕적으로 느껴졌다.

백작 부인이 카레라마동 부인을 돌아보며 이 힘겨운 침묵을 깼다.

"데트렐 부인을 아시죠?"

"네, 제 친구 중 하나죠."

"얼마나 좋은 분인지 몰라요!"

"사람 참 좋죠! 본래는 교육을 많이 받은 엘리트인데, 뼛속까지 예술가라서 노래도 매혹적으로 잘 부르고 그림도 완벽하게 잘 그린답니다."

공장주는 백작과 이야기를 나눴고, 차창이 덜컹거리는 중에 이런 단어가 들려왔다. 배당권, 지급 기한, 프리미엄, 만기.

대충 닦은 주막집 식탁 위에서 5년간 닳고 닳아 기름때가 묻은 낡은 카드 한 벌을 슬쩍 챙겨 온 루아조는 아내와 카드로 베지그 게임을 하기 시작했다.

수녀들은 허리띠에 매달았던 묵주를 끌러 기도에 들어갔다. 성호를 그은 뒤에는 갑자기 입을 재빨리 움직이기 시작했다. 처음에는 모호하게 중얼거리다가 마치 기도를 누가 더 빨리 하나 시합이라도 하듯 속도가 점점 더 빨라졌다. 가끔 수녀들은 묵주의 메달 부분에 입을 맞추고 다시 성호를 긋고, 예의 그 빠른 중얼거림을 다시 계속했다.

코르뉘데는 꼼짝하지 않고 생각에 잠겨 있었다.

세 시간 동안 달린 뒤 루아조는 카드를 그만 치고 그러모으며

"슬슬 배가 고프군"이라고 말했다.

　　그러자 그의 아내는 끈으로 칭칭 감은 꾸러미에서 차가운 송아지 고기 한 조각을 꺼냈다. 그녀는 고기를 적당히 얇게 썰어 부부 둘이 먹기 시작했다.

　　"우리도 먹으면 어떨까요?" 백작 부인이 말했다. 남편이 동의하자 그녀는 두 내외가 먹으려고 아까 주막집에서 싸 온 음식들을 풀어 놓았다. 토끼 고기 파이가 안에 들어 있다는 것을 표시하기 위해 뚜껑에 도자기로 만든 토끼 장식을 붙인 기름한 토기 안에 맛있는 토끼 고기 파이가 들어 있었다. 먹음직스러운 보관용 고기로서 사냥해서 잡은 산토끼의 갈색 살 사이로 하얀 기름이 섞여 있었고, 잘게 다진 다른 고기들도 있었다. 신문지에 싸인 반듯하고 말랑한 정사각형 그뤼에르 치즈 덩어리에는 "사건 사고들"이라는 신문의 인쇄 활자가 찍혀 있었다.

　　두 수녀는 마늘 냄새 나는 동그란 소시지 한 토막을 펴 놓았다. 코르뉘데는 두 손을 한꺼번에 가방 같은 커다란 외투 주머니 속에 넣더니, 주머니 하나에서 삶은 달걀 네 알을 꺼내고 다른 주머니에서는 빵을 잘게 자른 것을 꺼냈다. 그는 달걀 껍데기를 까서 발밑의 짚 속에 던져 버리고는 깐 달걀을 덥석 베어 먹기 시작했다. 그의 풍성한 수염에 연노란색 노른자 부스러기가 붙어 마치 반짝이는 별들같이 보였다.

　　비곗덩어리는 아침엔 서둘러 일어나느라 경황이 없어 아무것도 준비해 올 생각을 할 수가 없었다. 그녀는 화가 나고 분노가 치밀어 숨이 턱턱 막혀 와 아무렇지도 않게 음식을 먹고 있는 사람들을 바라보았다. 처음엔 화가 부글부글 끓어올라 몸이 뻣뻣해졌다. 입

밖에 나오려는 욕설을 내뱉어 주려고 입을 열었으나 말을 할 수도 없을 만큼 화가 나서 목이 꽉 막혔다.

아무도 그녀를 쳐다보지 않았고 그녀 생각을 하지도 않았다. 그녀는 자기를 희생시키고 그다음엔 더럽고 쓸모없는 물건처럼 내쳐 버린 이 겉모습만 선남선녀인 나쁜 인간들의 경멸 속에서 허우적거리는 자신을 느꼈다. 그러자 맛있는 음식이 잔뜩 담겨 있던 커다란 바구니가 생각났다. 이 사람들이 게걸스럽게 그 안에 든 것들을 다 먹어 치웠다. 기름이 번질거리던 통닭 두 마리, 고기 파이, 배 몇 개, 보르도 포도주 네 병도 생각났다. 고무줄을 너무 팽팽하게 당기면 끊어지듯이 갑자기 화가 스르르 풀리면서 당장이라도 울음이 터질 것 같았다. 그녀는 울지 않으려고 무진 애를 쓰고, 몸을 꼿꼿이 세우고, 어린아이처럼 울음을 삼켜도 보았지만, 울음은 계속 치밀어 올라 눈가가 붉어지더니 이내 두 줄기의 굵은 눈물이 양 볼 위로 천천히 흘러내렸다. 또 바위에서 새어 나오는 물방울처럼 눈물이 더 빨리 흘렀고, 봉긋한 가슴 위로 규칙적으로 떨어져 내렸다. 그녀는 똑바로 앉아서 한 곳만 응시한 채, 굳고 창백한 얼굴로 남들이 제발 자기를 보지 않기를 바랐다.

하지만 백작 부인이 그걸 알아채고 자기 남편에게 신호를 보냈다. 백작은 이런 말을 하려는 듯 어깨를 으쓱해 보였다. "어쩌겠소. 내 잘못이 아닌걸." 루아조 부인은 승리의 미소를 지으며 중얼거렸다. "저 여잔 지금 창피해서 우는 거야."

두 수녀는 남은 소시지를 종이에 둘둘 말아 싼 다음, 다시 기도하기 시작했다.

삶은 달걀을 다 먹고 소화하던 코르뉘데는 긴 다리를 앞자리의 긴 의자 밑으로 쭉 뻗으며 몸을 뒤로 젖히고 팔짱을 끼고 방금 재미있는 농담을 들은 사람처럼 빙긋 웃더니 「라마르세예즈」를 휘파람으로 불기 시작했다.

사람들의 얼굴이 흙빛이 되었다. 분명 이 민중의 노래는 동승자들 마음에 안 들 터였다. 그들은 신경이 바짝 곤두서고 짜증이 나 야만인의 오르간 연주를 들은 개처럼 금방이라도 크게 짖어 댈 것만 같은 표정을 지었다. 코르뉘데는 이를 눈치채고도 휘파람을 멈추지 않고 불었다. 가끔가다 가사를 읊조리기까지 했다.

조국을 향한 거룩한 애국심이
복수에 불타는 우리 팔을 이끌고 잡아 주나니
자유여, 사랑스러운 자유여,
그대를 수호하려는 이들과 함께 싸우라!

마차는 더 빨리 달렸고 눈은 더 펑펑 내렸다. 디에프까지 울퉁불퉁한 길을 몇 시간 동안 지루하게 달리다 보니 어느새 밤이 되었다. 그는 마차 안의 깊은 어둠 속에서 그악스럽도록 집요하게도 이 단조로운 가락을 복수하듯 휘파람으로 계속 불어 댔다. 지치고 화가 났지만 사람들은 자기도 모르게 이 노래를 처음부터 끝까지 따라 부르게 되어 가사를 일일이 떠올리지 않을 수 없었다.

비곗덩어리는 계속 울고 있었고, 때로 그녀가 억누를 수 없는 흐느낌 소리가 후렴구 사이에 어둠 속으로 퍼져 나갔다.

두 친구

파리는 포위되고, 굶주리고, 신음하고 있었다. 지붕 위엔 참새도 보기 드물어졌고, 하수구엔 시궁쥐조차 자취를 감추었다. 사람들이 무엇이든 잡아먹었던 것이다.

1월의 어느 화창한 아침나절, 시계포 주인이지만 지금은 빈둥거리며 지내는 모리소 씨는 바지 주머니에 두 손을 찔러 넣고 빈속으로 처량하게 파리 외곽 대로를 따라 거닐다가 문득 걸음을 멈추었다. 거리를 걷고 있는 행인이 바로 자기 친구였기 때문이다. 강변에서 낚시하며 알게 된 소바주 씨였다.

전쟁이 터지기 전에는 일요일 새벽 동이 텄다 하면 한 손에는 대나무 낚싯대를 들고, 등에는 양철통 하나를 걸머지고 집을 나서곤 했다. 아르장퇴유로 가는 기차를 타고 가다가 콜롱브에서 내려 걸어서 마랑트섬에 도착했다. 꿈에 그리던 장소인 그곳에 도착하면 곧바로 낚시를 시작하여 밤중까지 내내 낚시질을 했다.

일요일마다 그는 거기서 통통하고 쾌활한 소바주 씨와 마주치곤 했다. 파리의 노트르담드로레트 거리에서 봉제 재료상을 하는 소바주 씨도 그 못지않은 낚시광이었다. 그들은 손에 낚싯대를 들고 강둑에 나란히 앉아 흘러가는 강물 위로 내려뜨린 두 발을 흔들어가며 하루의 절반을 꼬박 보냈다. 그러다 보니 자연스럽게 친해지게 되었다.

어떤 날은 서로 아무 말도 하지 않았고, 어떤 날은 이야기를 나누었다. 하지만 그들은 아무 말이 없어도 기막히게 잘 맞았다. 취미가 같고 느낌이 같으니 그랬다.

봄날 아침 10시쯤, 다시 살아난 햇살을 받아 잔잔한 강물 위에 엷은 물안개가 피어오르고, 두 낚시광의 등에 기분 좋은 새봄의 따스한 기운이 퍼질 때면 모리소 씨는 가끔 옆에 앉은 소바주 씨에게 이렇게 말하곤 했다.

"아! 참 좋다!"

그러면 소바주 씨는 이렇게 대답했다.

"이보다 더 좋은 건 없을 거야."

이 말만으로도 그들은 충분히 서로를 이해하고 인정할 수 있었다.

가을날 저물녘, 붉게 노을 진 하늘의 주홍색 구름 모양이 물 위에 어룽져 강물 전체가 불그죽죽히 물이 든 것 같고 수평선이 불타오르는 듯하며, 두 친구의 얼굴도 발갛게 달아올라 보이고 막 단풍 들기 시작한 나무들이 겨울날처럼 바르르 떨며 황금빛으로 반짝일 때면, 소바주 씨는 빙그레 웃으며 모리소 씨를 바라보다가 이렇게 한마디 했다.

"정말 대단한 경치야!"

그러면 모리소 씨는 부유하는 찌에서 눈을 떼지 않고, 감탄하는 어조로 대꾸했다.

"큰길보다 여기가 훨씬 낫지?"

거리에서 그들은 서로를 알아보자마자 힘주어 악수하고, 이렇게 달라진 상황에서 다시 만난 것을 감격스러워했다. 소바주 씨는 한숨을 내쉬며 중얼거렸다.

"그것참, 이렇게 만나다니!"

아주 침울한 모리소 씨가 신음하듯 내뱉었다.

"게다가 날씨는 어떻고! 오늘이 올해 들어 처음으로 활짝 갠 날이네."

정말 하늘은 푸르디푸르고 햇빛이 가득했다.

그들은 서글픈 마음으로 생각에 잠겨 나란히 걷기 시작했다. 모리소 씨가 말을 이었다.

"그런데 낚시 말이야, 얼마나 멋진 추억인지 몰라!"

소바주 씨가 물었다.

"언제쯤 다시 거기 갈 수 있을까?"

그들은 작은 카페에 들어가 함께 압생트 한 병을 나눠 마셨다. 그러고는 다시 거리를 걷기 시작했다.

모리소 씨가 문득 걸음을 멈추더니 말했다.

"한잔 더 어때?" 소바주 씨가 동의했다. "맘대로." 그들은 술을 파는 다른 가게로 들어갔다.

술집에서 나올 무렵에는 얼근히 취해 있었고, 빈속에 술만 들어간지라 알딸딸해진 상태였다. 날씨는 온화했다. 살랑살랑 불어오는 산들바람이 두 사람의 얼굴을 간질였다.

훈훈한 바람을 맞아 취흥이 더해진 소바주 씨가 걸음을 멈추었다.

"같이 거기 가 보면 어떨까?"

"어디?"

"그야 낚시터 말이지."

"어느 낚시터?"

"우리가 가던 그 섬 말이야. 프랑스군 전초 기지가 콜롱브 근처에 있지. 내가 지휘관 뒤물랭 대령을 알거든. 아마 쉽게 통과시켜 줄 거야."

모리소 씨는 그곳에 너무도 가고 싶어 몸을 떨었다.

"좋아, 그럼 가는 거야." 그들은 헤어져 각자 낚시 도구를 챙기러 집으로 돌아갔다.

한 시간 뒤 두 사람은 큰길을 나란히 걷고 있었다. 그들은 지휘관의 거처에 도착했다. 대령은 그들의 요청을 듣더니 웃음을 지으며 엉뚱한 부탁을 들어 주었다. 둘은 통행증을 받아 지니고 다시 걷기 시작했다.

그들은 곧 초소들을 지나 인적 없는 콜롱브를 가로지른 뒤 센 강 쪽으로 비탈이 진 작은 포도밭 언저리에 다다랐다. 시각은 11시경이었다.

맞은편의 아르장퇴유 마을은 쥐 죽은 듯 괴괴했다. 오르주몽 언덕과 사누아 언덕이 이 일대를 굽어보며 우뚝 솟아 있었다. 낭테르까지 널리 펼쳐진 들판은 텅 비어 있었고, 벚나무들은 잎 하나 안 달린 앙상한 모습이었으며, 땅은 잿빛이었다.

소바주 씨가 손가락으로 언덕 꼭대기를 가리키며 중얼거렸다.

"저 위에 프로이센군이 있어!"

그러자 황량한 고장을 앞에 둔 두 친구는 불안해서 온몸이 마비되는 듯했다.

"저기 프로이센군이 있다고!"

그들은 프로이센군을 한 번도 보지 못했지만 여러 달째 파리 주변에 포진해 프랑스를 망치고 약탈하고 학살하고 굶주리게 만드는, 눈에 보이진 않지만 무슨 짓이든 할 수 있는 그들의 존재를 느끼고 있었다. 정체 모를 승리자인 그 민족에 느끼는 증오심에 일종의 미신 같은 공포감까지 더해졌다.

모리소 씨가 더듬거리며 말했다.

"만약 가다가 프로이센군을 만나면 어떡하지?"

이 와중에도 파리 토박이다운 야유를 섞어 소바주 씨가 대답했다.

"그럼 생선 튀김이나 주지 뭐."

하지만 지평선 쪽이 온통 괴괴하고 적막하니 겁이 더럭 나서, 막상 벌판에 발을 들여놓기가 망설여졌다.

마침내 소바주 씨가 결심을 했다.

"자, 전진! 하지만 조심조심!"

그들은 허리를 90도로 꺾어 기어가며, 포도 덩굴로 몸을 가리면서 비탈진 포도밭을 내려갔다. 눈에는 불안이 가득했고 귀는 쫑긋 세워져 있었다.

강가로 가려면 아무것도 없는 나대지를 가로질러야 했다. 그들은 냅다 뛰기 시작했다. 그리고 강둑에 이르자마자 마른 갈대 사이에 납작 엎드려 숨었다.

모리소 씨는 땅에 뺨을 딱 붙이고 혹시 근방에서 누가 걷고 있지나 않은지 귀를 기울였다. 아무 소리도 들리지 않았다. 오직 그들 둘뿐이었다.

그들은 안심하고 낚시를 시작했다.

맞은편에 인적 없는 마랑트섬이 그들을 저쪽 강기슭으로부터 가려 주었다. 섬에는 문이 닫힌 채 여러 해 동안 버려진 폐가처럼 보이는 작은 집 한 채가 식당과 함께 있었다.

소바주 씨가 처음으로 모샘치를 한 마리 잡았고, 이어 모리소 씨가 또 한 마리를 잡았다. 두 사람은 파닥이는 작은 은빛 물고기가 매달린 낚싯대를 연방 위로 끌어올렸다. 정말 기적처럼 낚시가 잘되었다.

잡은 물고기는 발치의 강에 담가 둔, 구멍이 촘촘하게 뚫린 어망에 조심스럽게 넣어 두었다. 그러자 달콤한 기쁨이 둘의 마음속에 밀려들었다. 오랫동안 좋아하는 일을 못 하다 다시 하게 되었을 때 와락 밀려드는 그런 기쁨이었다. 햇볕을 받아 양어깨 사이가 따스했다. 아무 소리도 들리지 않았고, 아무 생각도 나지 않았다. 다른 세상사도 모두 잊어버렸다. 오로지 낚시에만 몰두했다.

그런데 갑자기 마치 땅 밑에서 들려오는 듯한 둔탁한 쿵 소리가 나더니 땅이 흔들렸다. 대포가 펑펑 터지기 시작한 것이다.

모리소 씨는 고개를 돌려 강기슭 위 왼쪽을 보았다. 몽발레리앵 언덕의 거대한 윤곽이 보였는데, 언덕은 이마에 흰 깃털 장식을 두른 듯한 것이 방금 새하얀 화약 연기를 내뿜어 낸 모양이었다.

바로 뒤이어 요새 꼭대기에서 두 번째 연기가 뿜어져 나왔다. 몇 초 뒤에는 또 펑 하고 포탄 소리가 울렸다.

그러더니 연이어 대포 소리가 났다. 그때마다 언덕은 죽음의 숨결을 토해 내는 듯 우윳빛 뽀얀 연기를 뱉어 냈고, 연기는 천천히 고요한 하늘로 올라가 언덕 위에 구름처럼 퍼졌다.

소바주 씨가 어깨를 으쓱하며 말했다.

"저놈들 또 시작이군."

찌에 매단 깃털이 번번이 물속으로 가라앉는 것을 걱정스레 지켜보던 모리소 씨는 욱하고 분노가 치밀었다. 조용히 사는 시민으로서 이렇게 미친 듯 싸워 대는 사람들에게 화가 나 투덜댔다.

"대체 어떤 멍청한 인간들이 저렇게 서로 죽일 듯 싸워 대는지……."

소바주 씨가 말을 받았다.

"짐승보다 못한 놈들."

잉어 한 마리를 방금 낚아 올린 모리소 씨가 이렇게 말했다.

"정부란 것이 있는 한 영원히 이럴 테지……."

소바주 씨가 모리소 씨의 말을 가로막고 끼어들었다.

"만약 프랑스가 공화국이었다면, 선전 포고 같은 건 하지 않았을 텐데……."

모리소 씨도 지지 않고 그의 말을 막았다.

"왕이 있으면 나라 밖에서 전쟁을 벌이고, 공화정이 들어서면 나라 안에서 저희끼리 싸워 댄다니까."

그들은 이 와중에 태평하게도 정치 토론을 시작했다. 온순하고 고지식한 사람들답게 자기 나름의 건전한 이성으로 중대한 정치 문제를 이렇게 저렇게 따져 보았다. 그러다가 사람은 결코 자유로울 수 없다는 점에서 의견 일치를 보았다. 그러는 동안에도 몽발레리앵 언덕에서는 끊임없이 포탄 터지는 소리가 났다. 포탄에 맞아 프랑스의 집들이 부서지고, 수많은 목숨이 살상되고, 사람들이 짓밟히고, 많은 꿈과 기쁨과 행복이 산산조각 났다. 그래서 저기 먼 다른 나라의 아내와 딸과 어머니의 가슴속에도 결코 끝나지 않을 고통의 길이 열렸다.

"이게 바로 삶이야."

소바주 씨가 단언했다.

"이게 바로 죽음이라고 말하지그래, 차라리."

모리소 씨가 웃으며 말했다.

그러다가 두 사람은 등 뒤에 누군가 걸어오는 기척을 느끼고 질겁하여 벌벌 떨었다. 뒤를 돌아보니 네 남자가 둘의 등 뒤에 바짝 붙어 서 있었다. 턱수염이 난 장정 넷은 무장을 하고 있었다. 군복을 차려입고 납작한 모자를 쓴 그들은 긴 총의 총구를 두 사람의 뺨에 바싹 갖다 댔다.

두 사람의 손에서 낚싯대가 스르르 떨어져 강물을 따라 흘러갔다.

그들은 순식간에 붙잡혀 꽁꽁 묶인 채 던져지듯 배에 실려 섬으로 끌려갔다.

그들이 폐가라고 생각했던 집 뒤에는 프로이센 군인들이 스무 명가량 있었다.

거구의 털북숭이 남자가 의자에 말 타듯 걸터앉아 도자기로 만든 커다란 파이프를 입에 물고 뻑뻑 피우다가 두 친구에게 유창한 프랑스어로 물었다.

"그래, 선생들, 낚시는 잘 하셨나?"

그러자 사병 하나가 장교의 발치에 물고기가 가득한 어망을 내려놓았다. 그것까지 챙겨 온 것이었다. 프로이센 장교가 씩 웃었다.

"어! 어! 꽤 잡았군그래. 하지만 문제는 그게 아니야. 내 말 잘 듣고 떨지들 말라고. 내 보기에 당신들은 우리 쪽을 염탐하러 파견된 간첩들이야. 난 당신들을 잡아서 총살할 거야. 당신들은 간첩 행위를 숨기려고 낚시하는 척하고 있었던 거지. 이제 내 손에 걸렸으니 안됐지만 어쩔 수 없어. 전쟁이란 그런 거니까. 그런데 대체 어떻게 전초 기지를 통과한 거지? 그리로 해서 여기까지 오려면 틀림없이 암호를 댔을 텐데. 그 암호를 대면 내 당신들을 풀어 주지."

얼굴이 납빛으로 질린 두 친구는 나란히 서서 묶인 두 손을 바르르 떨기만 할 뿐 아무 말도 하지 못했다.

장교가 말을 이었다.

"절대 아무도 모르게 하지. 아무 일 없이 집으로 돌려보내 주겠단 말이야. 당신들이 여길 떠나면 비밀도 함께 사라지는 거야. 만약 암호를 못 대겠다면, 그 즉시 죽음이라고. 자, 살 건가 죽을 건가, 둘 중 하나를 골라 봐."

그들은 입도 벙긋 못하고 꼼짝없이 서 있었다.

프로이센 장교는 여전히 침착한 태도로 손을 죽 뻗어 강 쪽을 가리키며 말을 이었다.

"5분 뒤에는 저 강바닥에 있게 될 신세라고. 생각 좀 해 보셔. 5분이야! 당신들에게도 부모가 있겠지?"

몽발레리앵 언덕에서는 여전히 대포 소리가 쾅쾅 울렸다.

두 낚시꾼은 잠자코 서 있기만 했다. 프로이센 장교가 자기 나라말로 뭐라고 명령을 내렸다. 그러고는 두 사람과 조금 떨어진 곳으로 자기 의자를 옮겨 놓았다. 사병 열두 명이 스무 걸음쯤 떨어진 곳으로 가서 총을 쥐었다.

장교가 말을 이었다.

"자, 1분만 시간을 주지. 그 이상은 안 되고 딱 1분이야."

그러더니 갑자기 벌떡 일어나 두 프랑스인에게 다가갔다. 그는 모리소 씨의 팔을 잡아끌고 멀찌감치 가서 작은 소리로 말했다.

"얼른 대 보라고. 암호가 뭐야? 말해도 당신 친구는 아무것도 모를 거야. 난 그걸 듣고 감동한 척할 테니."

모리소 씨는 아무 대답도 하지 않았다.

그러자 프로이센군은 소바주 씨를 데려다 같은 질문을 했다.

소바주 씨도 아무 대답도 하지 않았다.

두 사람은 나란히 섰다.

장교가 명령을 했다. 사병들이 총을 들었다.

그때 모리소 씨는 몇 발짝 떨어진 풀밭에 놓인 어망에 눈길이 갔다. 망에는 모샘치가 가득했다.

아직도 살아서 파닥거리는 물고기 떼가 햇빛을 받아 반짝반짝 빛나 보였다. 모리소 씨는 이대로 기절할 것만 같았다. 아무리 참으려고 애써도 두 눈에 눈물이 그렁그렁 괴었다.

모리소 씨는 더듬거리며 말했다.

"잘 가, 소바주."

소바주 씨가 대답했다.

"잘 가, 모리소."

그들은 서로의 손을 꽉 쥐었고, 걷잡을 수 없이 몸이 떨려 와 발끝에서 머리끝까지 와들와들 떨었다.

두 친구

장교가 외쳤다.

"발사!"

총알 열두 발이 한꺼번에 발사되었다.

소바주 씨가 땅에 코를 박고 쿵 쓰러졌다. 좀 더 키가 큰 모리소 씨는 비틀거리며 빙그르르 돌다가 얼굴을 하늘로 향한 채 소바주 씨의 몸에 비스듬히 쓰러졌다. 가슴 쪽에 뚫린 구멍으로 피가 콸콸 쏟아졌다.

프로이센 장교는 다시 명령을 내렸다.

부하들이 흩어지더니 끈과 돌을 갖고 왔다. 그들은 죽은 두 사람의 발에 돌을 매달아 꽁꽁 묶은 다음 강둑 위로 끌고 갔다.

몽발레리앵 언덕에서는 여전히 쿵쿵 포성이 울리고, 자욱한 포연이 산꼭대기를 휩싸고 있었다.

두 병사가 모리소 씨의 머리와 두 다리를 들고, 다른 두 병사가 같은 방법으로 소바주 씨를 들었다. 그들은 두 사람의 시체를 힘차게 앞뒤로 몇 번 흔들더니 멀리 던졌다. 시체들은 포물선을 그리며 던져졌고, 선 채로 돌을 매단 발부터 강물 속에 가라앉았다.

강물이 첨벙 솟구쳐 오르더니 소용돌이치며 휘돌다가 잔잔해졌다. 잔물결이 강가로 퍼져 갔다.

수면에 핏자국이 어룽졌다.

장교는 여전히 아무렇지 않게 작은 소리로 말했다.

"이젠 물고기들을 처치해야지."

그러더니 건물 쪽으로 향했다.

문득 장교는 풀밭에 놓인 모샘치 어망을 보았다. 그것을 집어 들어 자세히 살펴보더니 빙긋 웃으며 소리쳤다.

"빌헬름!"

하얀 앞치마를 두른 사병 하나가 달려왔다. 그러자 장교는 방금 총살당한 두 사람이 잡은 물고기를 그에게 던져 주며 명령했다.

"요 쪼끄만 놈들이 아직 살아서 펄펄 뛸 때 당장 기름에 튀겨 내와 봐. 거참, 맛있겠네."

그러고는 다시 파이프 담배를 피우기 시작했다.

결투

전쟁은 끝났다. 독일 사람들이 프랑스를 점령했다. 승자의 무릎 아래 고꾸라진 패배한 무사처럼 프랑스는 헐떡거리고 있었다.

겁에 질리고 굶주리고 희망을 잃은 파리에서 출발한 첫 기차가 새로 정해진 국경[16]으로 향하면서 천천히 시골과 마을들을 지나고 있었다. 첫 기차를 탄 승객들이 차창 너머로 황폐해진 들판과 불탄 작은 마을들을 내다보았다. 무너지지 않은 집들의 문 앞에서는 끝이 뾰족한 검은색 구리 모자를 쓴 프로이센 병사들이 의자에 걸터앉아 파이프 담배를 뻑뻑 피우고 있었다. 또 어떤 병사들은 가족의 일원인 듯이 일을 하거나 수다를 떨고 있었다. 기차가 도시를 지날 때는 광장에서 훈련 중인 부대가 보였는데, 시끄러운 기차 바퀴 소리에도 간간이 목쉰 구령 소리가 들려왔다.

---

16 프로이센-프랑스 전쟁 이후 새로 정해진 국경. 독일은 이 전쟁이 끝나면서 독일 제국으로 통일되고 예전의 영토인 알자스 지방을 수복했다.

프랑스가 포위되었던 기간 내내 파리의 국민 방위대 소속으로 복무했던 뒤뷔 씨는 이제 스위스로 가서 프로이센군이 쳐들어오기 전에 외국에 보내 놓은 아내와 딸을 만날 생각이었다.

굶주리고 고단한 시절이었지만, 부유하고 태평스러운 이 상인의 툭 튀어나온 배는 조금도 들어가지 않았다. 그는 인간의 야만성에 대해 체념하고, 쓸쓸히 몇 마디 말만 중얼거리며 끔찍한 사건들을 견뎌 냈다. 전쟁이 끝난 지금, 그는 국경에 가까이 와서야 처음으로 프로이센군을 보았다. 전쟁 기간에 성벽 위에서 복무했고, 추운 밤에도 보초를 많이 섰다고 하지만, 그들을 이렇게 직접 본 것은 처음이었다.

그는 무기를 들고 프랑스 영토에 들어와 제 나라인 양 자리 잡은 이 프로이센 사람들을 고깝고 두려운 마음으로 바라보았다. 신중함이 꼭 필요하다는 생각과 새삼스러운 본능과 동시에, 마음속에 일종의 열기 같은 애국심이 움터 오르는 걸 느꼈다.

그가 탄 열차 칸에는 여행 온 영국인 두 사람이 태평하고 호기심 어린 눈초리로 광경을 지켜보고 있었다. 그들도 모두 살이 쪘고 영어로 이야기를 나누면서 때로는 안내서를 큰 소리로 읽으며 거기 적힌 장소들을 확인하고 있었다.

갑자기 기차가 어느 소도시의 역에 멈춰 서더니 프로이센 장교 하나가 칼을 철커덕거리며, 계단을 두 개씩 딛고 그 열차 칸에 올라탔다.

그는 몸에 딱 맞는 군복을 입었고 키가 크고 눈 밑까지 수염이 덥수룩하게 나 있었다. 적갈색 수염은 활활 타오르는 것 같았고, 좀 더 옅은 색의 긴 콧수염이 얼굴 양쪽으로 뻗어 있었다.

영국인들은 호기심이 충족된 듯한 미소를 지으며 장교를 뜯어보기 시작했고, 뒤뷔 씨는 신문을 보는 척했다. 그는 경찰과 마주친 도둑처럼 구석에 웅크려 앉아 있었다.

기차가 다시 움직이기 시작했다. 영국인들은 계속 뭐라 뭐라 떠들어 대면서 전투가 벌어진 장소를 찾고 있었다. 그들 중 하나가 팔을 뻗어 어느 마을을 가리킬 때 프로이센 장교가 갑자기 긴 다리를 쭉 뻗더니 뒤로 벌렁 눕다시피 등을 기대며 프랑스어로 말했다.

"난 이 마을에서 프랑스인을 열둘이나 죽였어요. 그리고 포로는 100명 넘게 참았죠."

영국인들은 무척 흥미가 끌리는지 물었다.

"와! 그 마을 이름이 뭐죠?"

프로이센 장교가 대답했다. "파르스부르."

그가 말을 이었다.

"난 크 못된 프랑스 놈들의 귀를 잡고 질질 끌고 다녔죠."

그러더니 북슬북슬한 털에 감추어진 입으로 오만하게 웃으며 뒤뷔 씨를 바라보았다.

기차는 점령당한 작은 마을들을 지나며 달리고 있었다. 대로변과 밭 주위와 카페 앞에서 이야기를 나누는 프로이센 병사들이 보였다. 그들은 아프리카 메뚜기 떼처럼 땅을 온통 뒤덮고 있었다.

장교가 손을 내밀었다.

"내가 명령만 내릴 수 있었다면 파리를 점령하고 모든 걸 불태우고 다 죽여 버렸을 텐데. 프랑스란 나라는 더 이상 없는 커줘!"

영국인들이 예의상 대답했다.

"와! 예스."

장교가 계속 말했다.

"20년 후엔 유럽 전체가 우리 땅이 될 텐데 뭐. 프로이센이 제일 캉한 거쥐."

영국인들은 걱정이 되는지 더 이상 아무 말도 하지 않았다. 구레나룻을 길게 기른 그들의 얼굴은 무표정했고 하얗게 질려 있었다. 그러자 프로이센 장교가 껄껄 웃기 시작했다. 여전히 상체를 젖히고 앉은 채 농지거리를 해 댔다. 그는 짓밟힌 프랑스를 비웃고 전투를 벌였던 프랑스군들을 모독했다. 예전에 패전한 오스트리아를 비웃었다. 악착같이 저항했지만 무능했던 지역을 비웃고, 국민 방위대나 아무짝에도 쓸모없는 포병대도 비웃었다. 그는 비스마르크가 대포를 징발해 철의 도시를 세울 거라고 공언했다. 그러고는 갑자기 장화 신은 발을 뒤뷔 씨의 허벅지에 갖다 댔다. 귀까지 얼굴이 시뻘게진 뒤뷔 씨는 눈길을 딴 데로 돌렸다.

영국인들은 마치 갑자기 세상의 시끄러운 소리에서 멀리 떨어져 그들만의 섬나라에 갇힌 듯 만사에 무관심해졌다.

장교는 파이프를 꺼낸 뒤 프랑스인을 뚫어지게 바라보더니 말했다.

"여기에 재워 넣을 담배 좀 있소?"

뒤뷔 씨가 대답했다.

"없는데요, 장교님!"

프로이센인이 다시 말했다.

"기차가 멈추면 카서 담배 좀 사 오시오."

그러더니 다시 껄껄 웃기 시작했다.

"내가 팁은 추지."

기차가 기적 소리를 울리더니 속도를 늦추었다. 어느 역의 불타 버린 건물들 앞을 지나더니 완전히 멈추었다.

프로이센 장교는 열차 문을 열고 뒤뷔 씨의 한 팔을 잡았다.

"카서 내 쉼부름 좀 하라고. 팔리!"

프로이센의 선발대 한 부대가 역에 쫙 깔려 있었다. 어떤 병사들은 서서 길게 늘어선 나무 철책을 바라보고 있었다. 기차는 다시 출발하려고 쉭쉭 소리를 냈다. 뒤뷔 씨가 갑자기 플랫폼으로 확 뛰어내리더니 역장이 말리는데도 옆 칸에 재빨리 올라탔다.

이제는 혼자다! 그는 조끼를 풀어 헤쳐야 할 만큼 심장이 세차게 뛰었고, 숨차하며 이마의 땀을 닦았다.

기차는 다시 어느 역에 멈춰 섰다. 그때 갑자기 그 장교가 같은 칸에 올라탔고 호기심을 못 이긴 두 영국인도 뒤따라 올라탔다. 프로이센 장교는 프랑스인 맞은편에 앉더니 여전히 웃으며 말했다.

"내 쉼부름을 하기 싫다 이거쥐."

뒤뷔 씨가 대답했다.

"하기 싫습니다. 장교님!"

기차가 다시 출발했다.

장교가 말했다.

"당신 콧수염을 잘라 내 파이프에 넣어야겠쿤."

그러더니 한 손을 뒤뷔 씨의 얼굴 쪽으로 내밀었다.

두 영국인은 여전히 무표정한 채로 뚫어지게 그들을 보고 있었다.

장교는 뒤뷔 씨의 수염을 조금 뽑은 다음, 남은 수염을 잡아당겼다. 그러자 뒤뷔 씨는 손등으로 장교의 한 팔을 쳐낸 뒤 그의 목을 잡아 의자 위로 밀어뜨렸다. 미칠 듯 화가 나 두 눈이 시뻘게진 뒤뷔 씨가 한 손으로는 장교의 목을 조르고 다른 손으로는 그의 얼굴에 주먹질을 하기 시작했다. 프로이센 장교는 엎치락뒤치락 타격을 막으면서 칼을 뽑아 자기를 덮친 적을 죽이려 했다. 하지만 뒤뷔 씨는 엄청난 배로 그를 깔아뭉개면서 숨도 돌리지 않고 누굴 때리는 건지 모르는 채로 때리고 또 때렸다. 피가 흘러 내렸다. 목이 졸린 장교는 끙끙 신음하며 부러진 이빨을 뱉어 냈다. 그는 자신을 마구 때리는 이 뚱뚱한 남자를 밀쳐 내보려 했지만 소용없었다.

영국인들이 일어서서 좀 더 잘 보려고 다가갔다. 그들은 즐거워하고 호기심이 발동해 선 채로 누가 이길지 내기하려 했다.

그런데 갑자기 힘을 쓰다 기진맥진해 버린 뒤뷔 씨가 몸을 일으키더니 아무 말 없이 자리에 앉았다.

프로이센 장교는 그에게 달려들지 않았다. 그만큼 질겁한 데다 놀라고 고통스러워 정신이 멍했던 것이다. 일단 숨을 돌리고 나서 그가 말했다.

"만약 탕신이 나랑 권총으로 결투하지 않겠다면, 탕신을 축여 버리겠소."

뒤뷔 씨가 대답했다.

"결투하겠습니다. 언제든 원하실 때."

장교가 말을 이었다.

"이제 스트라스부르크에[17] 다 와 가니 내 층인으로 창교 두 명

---

[17] 프로이센-프랑스 전쟁으로 프로이센 영토가 되었다 수복된 도시로 현재는 프랑스 땅이다. 프랑스어 발음으로는 스트라스부르이다.

을 데려오겠소. 기차가 다시 출발하기 전까지 결투할 시간이 있어."

증기 기관처럼 쉭쉭 가쁜 숨을 내쉬던 뒤뷔 씨가 영국인들에게 말했다.

"제 증인이 돼 주시렵니까?"

영국인들은 이구동성으로 대답했다.

"와! 예스!"

기차가 멈추었다.

프로이센 장교는 1분 만에 동료 둘을 찾아 데려왔다. 이들은 권총을 갖다주었고, 모두 다 같이 성벽으로 갔다.

두 영국인은 혹시 기차 출발 시간을 놓칠까 싶어 발걸음을 재게 놀리고 끊임없이 회중시계를 꺼내 들여다보았다.

뒤뷔 씨는 지금까지 권총을 잡아 본 적이 없었다. 증인들이 그를 적에게서 스무 발짝 떨어진 곳에 세워 놓은 뒤 물었다.

"준비되셨나요?"

"네"라고 대답할 때 뒤뷔 씨의 눈에 영국인 둘 중 하나가 햇빛을 가리려고 우산을 펴든 모습이 띄었다.

누군가 명령을 내렸다.

"발사!"

뒤뷔 씨는 아무렇게나 총을 쏘았다. 그러자 어이없게도 맞은편에 서 있던 프로이센 장교가 비틀거리더니 두 팔을 든 채 바닥에 그대로 코를 박고 쓰러지는 것이 보였다. 그를 죽인 것이다.

영국인 하나가 호기심과 행복한 조바심으로 기뻐하며 "와!" 하고 소리쳤다. 여전히 회중시계를 들고 있던 다른 영국인은 뒤뷔 씨의 한 팔을 잡아 운동선수 같은 걸음걸이를 하며 역 쪽으로 끌어당겼다.

아까 소리치던 영국인은 두 주먹을 꽉 쥐고 팔꿈치를 몸에 붙인 채 달리면서 이렇게 외쳤다.

"하나, 둘! 하나, 둘!"

셋 다 배가 불뚝 나왔지만, 웃기는 기사만 내는 신문에 실린 괴짜들처럼 나란히 달렸다.

기차가 출발했다. 그들은 아까 탔던 열차 칸에 올라탔다. 영국인들은 여행용 모자를 벗어 치켜들고 흔들며 세 번 연거푸 외쳤다.

"힙, 힙, 힙, 허라!"[18]

그러더니 한 명씩 차례로 뒤뷔 씨에게 오른손을 점잖게 내밀어 악수를 청한 뒤, 구석 자리로 돌아가 나란히 앉았다.

---

18 감탄사는 영국인들이 말한 것이어서 그대로 적었다. 우리말로 옮기면 "영차, 영차, 만세!" 정도가 될 것이다.

29번 병상

에피방 대위가 길에 지나가면 여자들이 모두 돌아보았다. 그는 정말로 잘생긴 경기병 장교의 표본 같았다. 그러니 항상 뽐내듯이 돌아다녔고, 끊임없이 잘난 척하며 자기 허벅지와 몸매와 콧수염에 신경을 쓰면서 으스대고 걸었다. 그의 콧수염과 몸매와 허벅지는 일품이었다. 특히 콧수염은 황금색이고 아주 강했으며 잘 익은 밀처럼 노란빛의 멋진 똬리를 이루며 입술 위로 엄숙하게 내려오다가 끝부분이 섬세하게 공들인 것처럼 도르르 말렸고, 입 양쪽에 이르면 위풍당당하게 털이 두 갈래로 쏟아져 내렸다. 몸매는 속에 코르셋을 입은 듯 날씬했고, 정력적이고 남성적인 가슴팍은 둥글게 튀어나와 활처럼 휘었고 몸통은 떡 벌어져 있었다. 허벅지는 체조 선수나 무용수의 허벅지처럼 근육질의 살이 탄탄하여 몸에 딱 붙는 빨간 바지 밑에서 움직임을 그대로 보여 주었다.

그는 기병대 용사들이 걷듯이 넓적다리를 쭉 뻗고 팔과 다리를 벌리면서 걸었는데, 이렇게 걸으면 다리와 큰 키가 돋보여 군복을 입었을 때는 당당해 보였지만 사복으로 프록코트를 입으면 평범해 보였다.

많은 장교가 그렇듯이 에피방 대위는 민간인 복장이 잘 어울리지 않았다. 특히 회색이나 검은색 평상복을 입으면 그는 여느 가게 점원처럼 보였다. 하지만 군복을 입으면 아주 멋있었다. 게다가 얼굴도 잘생겼다. 코는 날씬하고 콧날은 멋지고 눈은 파랗고 이마는 좁았다. 하지만 대머리였는데 왜 머리가 빠지는지 그 이유는 도무지 알 수가 없었다. 콧수염이 길게 나 있으니 머리가 좀 벗겨졌어도 봐 줄 만했다.

그는 대부분의 사람들을 무시했다. 무척이나 무시했다. 그는 사람들을 짐승 보듯, 마치 참새나 암탉 보듯 심드렁하게 보았다. 세상에서 중요한 것은 오직 장교들밖에 없는 듯했지만, 장교라고 다 같은 것도 아니었다. 그는 전반적으로 장교를 높이 쳤지만, 군인의 중요한 자질은 위엄이어야 하므로 잘생긴 장교만 존중했다. 사병은 장정들, 전쟁하고 연애하라고 태어난 키 큰 남자, 완력이 세고 털이 많고 허릿심이 좋은 남자일 뿐이었다. 그는 프랑스 군대를 이끄는 장군들도 키와 차림새와 얼굴 생김으로 등급을 매겼다. 그가 보기에 당시에는 부르바키가 손에 꼽을 수 있는 위대한 군인인 것 같았다.

그는 땅딸막하고 살찌고 걸으면 숨이 차서 씩씩거리는, 열에 하나씩 있는 장교들을 몹시 비웃었다. 특히 에콜 폴리테크니크를 졸업한 키 작은 남자들, 안경을 쓰고 어설프고 서투르며 삐쩍 마른 왜소한 남자들, 그의 말마따나 토끼가 미사와 전혀 어울리지 않듯이 군복과는 전혀 어울리지 않는 이 사람들을 혐오에 가까울 만큼 낮게 평가했고, 이 생각은 무엇으로도 깨뜨릴 수 없는 확신이었다. 게

처럼 어기적거리며 걷고, 팔다리가 가느다랗고, 술을 마시지 않고, 밥도 조금 먹고, 예쁜 여자보다는 승마를 더 좋아할 것 같은 미숙아 같은 놈들을 군에서 참아 주는 것에 대해 그는 격노했다.

에피방 대위는 꾸준히 여자들에게도 인기가 좋았고, 여자들은 그를 보기만 하면 넘어갔다.

여자와 함께 저녁을 먹을 때마다 그는 밤새도록 한 침대에 그 여자랑 단둘이 있게 되리라 확신했다. 그리고 넘을 수 없는 장애 때문에 그날 저녁에 여자를 차지할 수 없다 해도, 적어도 '다음 날 속편'을 이어 나갈 수 있으리라 확신했다. 동료들은 자신의 애인을 그에게 소개해 주길 좋아하지 않았고, 예쁜 여자를 계산대에 앉히고 장사하는 남자들은 그를 꺼렸고 무척 싫어했다.

그가 지나가면 가게를 보던 부인은 자신도 모르게 진열장 유리를 통해 그와 눈빛을 교환했다. 부름과 화답, 욕망과 고백이 담긴, 다정한 말보다 더한 의미가 담긴 눈빛이었다. 그러면 일종의 본능으로 잔뜩 경계 태세에 들어간 남편은 느닷없이 돌아서서, 장교의 뽐내는 듯하고 낭창낭창한 몸매를 분노한 듯 쌔려보곤 했다. 대위가 싱글싱글 웃으며 자기 외모의 효과에 흡족해하며 지나가면, 상인은 한 손을 신경질적으로 놀려 가게에 전시해 놓은 물건들을 탁 쳐서 넘어뜨리면서 이렇게 말하곤 했다. "키만 멀쑥하게 큰 바람둥이 납셨군. 총칼을 차고 길거리를 건들건들 돌아다니는 저 아무짝에도 쓸모없는 놈들을 언제까지 먹여 살려야 하나? 나는 군인보단 차라리 고깃간 주인이 나은 것 같아. 고깃간 주인의 앞치마에 피가 묻어 있긴 해도, 그건 적어도 짐승의 피지. 그리고 그건 무슨 일엔가 쓸모가 있기라도 하지. 고깃간 주인이 들고 있는 칼은 사람을 죽이는 칼은 아니잖아. 저렇게 공공연히 사람을 죽이는 자들이 살인 도구를 갖고 산책로에 거들먹거리며 돌아다니게 놔두는 게 난 이해가 안 가. 물론 그런 무기들이 필요하다는 건 잘 알겠지만, 적어도 남의 눈에 안 띄게 숨겨 다녀야지. 그리고 빨간 바지며 파란 조끼 등 요란한 옷을 가면 무도회처럼 떨쳐입고 다니지나 말 것이지. 백정들은 보통 제복을 안 갖춰 입지 않나?"

부인은 남편의 이 말을 들으면 아무런 대답 없이 알게 모르게 어깨를 으쓱했고, 남편은 부인을 보지 않아도 그 몸짓이 능히 짐작되어 소리쳤다.

"저런 놈들이 어슬렁거리고 돌아다니는 꼴을 보러 여기까지 오다니, 참 바보 같은 사람들이야!"

에피방 대위가 자랑스러워하는 그의 평판이 프랑스군 전체에는 파다했다.

1868년에는 그가 속한 부대인 102 기병대가 루앙에 주둔했다.

그는 머지않아 루앙시 전역에 알려지게 되었다. 그는 날마다 오후 5시 경이면 부아엘디외 대로에 나타나서, 희극 카페에서 압생트 술을 마셨다. 하지만 이 카페에 들어가기 전에 신경 써서 산책로를 한 바퀴 돌며 다리, 몸매, 콧수염을 남들 앞에 과시했다.

한편 뒷짐을 진 채 장사 생각을 하고 물가가 올랐다는 등 내렸다는 등 얘기를 하며 대위처럼 산책하던 루앙의 상인들은 그를 한 번 흘긋 보고는 이렇게 중얼거렸다.

"이것 봐, 저 사람 참 잘생겼구먼."

그러다가 그와 친분이 생기면 이렇게 말했다.

"아, 에피방 대위님! 참 훤칠하시지!"

여자들은 그와 마주치면 무척 야릇하게 머리를 움직였다. 그녀들은 그 앞에서 약해지거나 홀딱 벗겨진 듯한, 일종의 정숙함을 자극하는 전율 같은 것을 느꼈다. 여자들은 입가에 엷은 미소를 띤 채 고개를 갸웃 숙였다. 부디 그가 자신을 매력적이라고 여겨 눈길을 주었으면 하는 바람이었다. 그가 동료와 함께 산책할 때면, 동료는 그의 이런 작전을 볼 때마다 부러운 듯 중얼댔다.

"에피방, 이 녀석은 운도 좋지!"

루앙시의 기둥서방에게 붙어사는 화류계 여자들 사이에선, 누가 에피방 대위를 차지할 것인가 하는 싸움과 경쟁이 일어났다. 그녀들은 장교가 지나가는 오후 5시가 되면 다들 부아엘디외 대로로 몰려와 둘씩 짝지어 길의 한쪽 끝에서 다른 끝까지 드레스 자락을 질질 끌고 다녔다. 대위들, 대령들, 지휘관들도 둘씩 짝을 지어 보도에 칼을 차고 다니다가 카페에 들어갔다.

그런데 어느 날 저녁, 탕플리에-파퐁의 정부라고 다들 말하는 미인 이르마가 명함을 인쇄하는 폴라르 씨 가게에 들어가려 했다. 종이를 사거나 명함을 주문하려는 듯했다. 그러나 장교들이 앉은 탁자 앞을 지나가면서 에피방 대위에게 '원할 때면 언제든지 좋아요'라는 의미가 담긴 시선을 던지기 위해서였다. 그 의도가 너무 뻔해서 휘하의 부관과 함께 초록색 독주를 마시던 중대장 프뢴 대령은 이렇게 말했다. "망할 놈의 돼지 같은 녀석! 저놈은 운도 좋지!"

대령은 이 말을 되풀이했고, 에피방 대위는 상급자가 이렇게 자기의 여자 후리는 솜씨를 알아준 데 감격하여 다음 날 정복을 차려입고 그 미인의 집 창문 아래를 연이어 오갔다.

그녀는 그를 보고 창가에 모습을 나타냈고, 웃었다.

바로 그날 저녁, 그는 그녀의 연인이 되었다.

두 사람은 공공연히 사귀는 티를 내고 다니며 자신들을 여러 사람의 주목 대상으로 만들었고, 이런 모험을 자랑스러워함으로써 서로의 입장을 곤란하게 만들었다.

루앙시에는 미인 이르마와 에피방 대위가 연애한다는 소문이 퍼졌다. 오직 탕플리에-파퐁 씨만 그 사실을 모르고 있었다.

에피방 대위는 영광에 빛났고, 이런 말을 되풀이했다.

"이르마가 방금 내게 말했어." "이르마가 오늘 밤 내게 이런 말을 하데." "어제, 이르마랑 저녁 식사하면서 말이야……."

1년이 넘도록 대위는 마치 적군 앞에 일부러 나부끼는 깃발처럼 이 연애를 루앙에 펄럭거리고 다녔고, 내보였고, 펼쳐 놓았다. 그는 이 여자를 정복함으로써 자기가 커지고, 선망의 대상이 되고, 미래가 더욱 확실해지고, 그토록 원하던 훈장도 받게 될 것임을 확신했다. 모두가 그를 쳐다보았다. 남들 눈에 잘 뜨이기만 하면 잊히지 않는 셈이었으니까.

하지만 전쟁이 터졌다. 대위가 속한 부대는 제일 처음 국경에 배치되었다. 이별이란 애타는 것이었다. 밤새도록 둘의 이별 의식은 계속되었다.

칼, 빨간 바지, 군모, 바닥에 넘어진 의자 등받이에 뒤집힌 채 걸려 있는 군복 윗도리, 드레스, 치마, 역시 바닥에 떨어져 흩어져서 융단 위에서 엉망이 된 군복 바지와 섞인 비단 양말 등 침실은 전투가 한바탕 휩쓸고 간 듯 흐트러져 있었다. 제정신이 아닌 이르마는 묶어 올렸던 머리도 엉망이 된 모습으로 절망하여 두 팔로 장교를 붙들고 꼭 껴안았다가 다시 풀어 주며 바닥에 데굴데굴 굴러 가구를 쓰러뜨리고, 의자의 장식 술을 마구 잡아 뜯고, 의자 다리를 물어뜯었다. 그러는 동안 상대를 달래고 싶은 마음은 굴뚝같지만 정작 위로에 능숙지 않은 대위는 이 말만 되풀이했다.

"이르마, 내 사랑하는 이르마. 입 밖에 내어 말할 순 없는 사실이지만, 이 말을 하고 또 해야겠어."

그러면서 가끔 손끝으로 눈가에 고인 눈물을 닦아 냈다.

그들은 해 뜰 무렵에야 헤어졌다. 그녀는 마차로 첫 번째 주둔지까지 연인을 따라갔다. 그리고 헤어지는 순간, 부대를 마주 본 채 그와 포옹했다. 사람들은 이것도 아주 다정하고 품위 있고 훌륭한 행동이라고 했고, 동료들은 대위와 악수하며 이렇게 말했다.

"억세게 운도 좋은 이 친구야, 저 여자는 정이 많네."

그 장면은 분명 애국적인 데가 있었다.

부대는 전쟁 통에 온갖 고초를 겪었다. 대위는 영웅적으로 행동하여 마침내 훈장을 받았다. 그리고 전쟁이 끝나자 다시 루앙에 돌아와 주둔하게 되었다.

돌아오자마자 그는 이르마의 소식을 사방에 물어보았지만, 누구도 정확한 소식을 전해 줄 수 없었다.

어떤 사람들은 그녀가 전쟁 동안 프로이센 참모 장교들과 놀아났다고 했다.

또 어떤 사람들은 그녀가 이제 은퇴하여 이브토 근처의 부모 집에 산다고 했다.

그는 사망자 명단을 확인하려고 시청에 사람을 보내 조회를 해 보기까지 했다. 그러나 그녀의 이름은 명단에 없었다.

그는 아주 슬퍼졌고, 그 슬픔을 겉으로 드러냈다. 그는 심지어 그녀가 당한 불행을 적군 탓으로 돌렸다. 루앙을 점령했던 프로이센 놈들 때문에 이르마가 종적을 감춘 거라고 여겨 공공연히 이렇게 말했다.

"다음 전쟁에서 복수해 주마. 나쁜 놈들"

그런데 어느 날 아침을 먹으러 장교 식당에 들어갔더니 셔츠 차림에 윤이 반질반질 나는 군모를 쓴 늙은 우편 담당관이 그에게 봉투 하나를 내밀었다.

내 사랑,

나는 지금 병원에 있어요. 아주 많이 아파요. 날 보러 와 줄래요? 그러면 참 기쁠 거예요!

이르마

대위의 얼굴이 창백해졌다. 그는 연민이 울컥 치밀어 이렇게 말했다.

"이런 가엾은 여자! 아침을 먹고 바로 가 봐야지."

식사 내내 그는 한 식탁에 앉은 사람들에게 이르마가 지금 병원에 있는데 자기가 퇴원시키겠다고 말했다. 못된 놈들. 이것도 그 못된 프로이센 놈들 탓이었다. 그녀는 분명 돈 한 푼 없이 가난에 시달리며 혼자 누워 있을 거라고 했다. 분명히 가재도구도 다 약탈당했을 테니까.

"아! 나쁜 놈들!"

모두 그의 말을 들으며 울컥했다.

그는 식사를 마치고 쓰고 난 냅킨을 밀어내자마자 자리에서 일어서 옷걸이에서 칼을 집어 들고 날씬하게 보이려고 가슴을 부풀리며 혁대를 채운 뒤 서둘러 민간 병원으로 향했다.

병원에 바로 들어가려 했지만 출입이 엄격하게 금지되어 있었다. 그는 대령에게 가서 사정을 이야기하고, 들어가도 된다는 병원장의 허락을 얻어 냈다.

병원장은 잠시 이 미남 대위를 부속실에서 기다리게 한 뒤, 차갑게 억지 인사를 한 다음에야 겨우 허가서를 내주었다.

문간에 들어설 때부터 비참하고 고통스럽고 죽음의 냄새를 풍기는 병원에 있자니 그는 거북한 느낌이 들었다. 병원에 근무하는 젊은 청년이 그를 안내해 주었다.

그는 소리를 내지 않으려고 곰팡내, 질병 냄새, 약 냄새가 풍기는 긴 복도를 살살 걸어갔다. 가끔 누가 중얼대는 소리만이 병원의 괴괴한 정적을 깨 놓았다.

때로는 열린 문으로 병실이 보였다. 침대가 줄지어 늘어서 있었는데 환자의 몸 모양만큼 시트가 봉긋하게 올라와 있었다. 회복돼 가는 환자들은 침대 밑 의자에 앉아 회색 환자복을 입고 흰 보닛을 쓴 채 바느질을 하고 있었다.

안내하던 청년이 환자들로 가득 찬 한 병실 앞에서 갑자기 멈춰 섰다. 문에는 대문자로 '매독 환자 병실'이라고 쓰여 있었다. 대위는 그걸 보고 몸을 흠칫 떨었고 얼굴을 붉혔다. 병실 입구에 있는 작은 나무 탁자에서 간호사 한 사람이 약을 준비하고 있었다.

"제가 안내해 드릴게요. 29번 병상입니다." 그녀가 말했다.

그러고는 장교에 앞서서 걸어가기 시작했다.

잠시 후 그녀가 한 병상을 가리켰다.

"여깁니다."

이불을 뒤집어쓴 환자가 코를 고는 소리만 들렸다. 머리가 시트에 덮여 보이지 않았다.

여기저기에서 사람들이 병상 위로 얼굴을 내밀었다. 창백하고 놀란 얼굴들이 군복을 바라보았다. 여자들은 젊으나 늙으나 하나같이 못생겼고, 이 환자들은 규정에 맞는 초라한 윗도리를 걸치고 있었다.

마음이 많이 흔들린 대위는 한 손으론 칼을 꽉 잡고 또 한 손으론 군모를 잡으며 중얼거렸다.

"이르마."

병상에서 누가 꿈틀 움직이더니 그의 정부 이르마의 얼굴이 나타났다. 그러나 그녀의 얼굴이 너무 변하고, 너무 지쳐 보이고 말라 알아볼 수가 없었다.

그녀는 감격에 겨워 숨차하면서도 이렇게 말했다.

"알베르! …… 알베르! …… 와 주었군요! 오! …… 잘 왔어요 …… 잘 왔어."

그러더니 눈물을 주르륵 흘렸다.

간호사가 의자를 가져왔다.

"여기 앉으세요, 대위님."

그는 의자에 앉아서 헤어질 때 그렇게도 아름답고 싱싱하던 여자의 얼굴이 창백하고 이토록 비참하게 변한 것을 바라보았다.

그가 말했다.

"대체 무슨 일이 있었소?"

그녀가 울면서 대답했다.

"봤잖아요, 문에 쓰여 있잖아요."

그러면서 그녀는 시트 가장자리로 두 눈을 가렸다.

그는 황당하고 창피해하며 말을 이었다.

"그런 병은 어쩌다 걸린 거요, 이 사람아?"

그녀가 중얼거렸다.

"그 못된 프로이센 놈들 때문에요. 그들이 거의 억지로 날 겁탈하다시피 했고 날 감염시켰다고요."

그는 더 이상 할 말이 없었다. 그녀를 바라보며 공연히 무릎 위에 놓인 군모만 빙빙 돌렸다.

다른 환자들이 그를 슬쩍슬쩍 훔쳐보았다. 그는 끔찍하고 몹쓸 병에 걸린 여자들이 가득한 이 병실에서 썩는 냄새, 망가진 육체와 파렴치함의 냄새가 난다고 느꼈다.

그녀가 중얼거렸다.

"난 병이 나을 거라고는 생각하지 않아요. 의사가 아주 위중하다고 했거든요."

그러더니 장교의 가슴에 달린 훈장을 보고 소리쳤다.

"오! 당신 드디어 훈장을 달았군요! 얼마나 좋은지 모르겠네! 얼마나 좋은지 모르겠다고요! 오! 당신을 껴안고 입을 맞출 수 있다면!"

입맞춤할 생각을 하자 공포와 역겨움에서 오는 전율이 대위의 피부에 좍 번져 갔다.

당장 밖에 나가서 맑은 공기를 쐬고 싶었고, 다시는 이 여자를 보고 싶지 않았다. 하지만 어떻게 자리에서 일어나 작별 인사를 해야 할지 알 수 없어서 자리에 계속 앉아 있었다. 그는 더듬거리며 말했다.

"그럼 치료도 안 받았단 말이오?"

이르마의 눈에 불꽃 같은 것이 스쳐 갔다.

"안 받았어요. 난 죽는 한이 있어도 복수하고 싶었죠! 그놈들을 만나는 족족, 될 수 있는 대로 많이 감염시켰죠. 프로이센 놈들이 루앙에 남아 있는 한, 난 치료를 받지 않았어요."

그는 약간의 쾌활함이 배어나는 난처한 어조로 이렇게 말했다.

"그건 잘했소."

이 말에 그녀가 활기를 되찾더니 뺨을 붉히며 했다.

"오! 그래요. 내 잘못으로 여러 사람이 죽을 거예요. 죽으라죠. 난 그들에게 복수한 셈이라고 대답할게요."

그는 또다시 말했다.

"잘했다니까."

그러더니 자리에서 일어나며 말했다.

"4시에 대령님께 가야 하니 인제 그만 가 봐야겠소."

그녀는 이 말에 엄청나게 격한 반응을 보였다.

"벌써요! 벌써 간다고요! 오! 이제 금방 왔는데……."

하지만 그는 한사코 간다고 말했다.

"내가 당신 편지를 받자마자 금방 달려온 거 알 거야. 하지만 4시엔 무슨 일이 있어도 대령님께 가야 해."

그녀가 물었다.

"예전의 그 프뢴 대령 말인가요?"

"맞아. 그분이지. 두 번이나 부상을 당하셨소."

그녀는 말을 이었다.

"당신 동료들은요? 전사한 사람도 있어요?"

"그럼. 생티몽, 사바냐, 폴리, 사프르발, 로베르, 드쿠르종, 파자
필, 샹탈, 카라방, 푸아브랭이 죽었지. 사헬은 한쪽 팔이 날아갔고 쿠
르부아쟁은 한쪽 다리가 으스러졌어. 파케는 오른쪽 눈을 잃었고."

그녀는 큰 관심을 두고 그의 말에 귀를 기울였다. 그러다 갑자
기 더듬더듬 말했다.

"가기 전에 날 껴안고 입 맞춰 줄래요? 간병인 랑글루아 부인
이 없을 때요."

입까지 욕지기가 치밀어 올랐지만 그는 그녀의 핏기 없는 이마
에 입을 맞추었다. 그녀는 두 팔로 그를 껴안고 그의 푸른색 군복에
미친 듯이 입을 맞추었다.

그러면서 말했다.

"또 찾아올 거죠? 말해 줘요, 또 온다고. 또 오겠다고 약속해
줘요."

"그래, 약속하지."

"언제 올 건데요? 목요일에 올 수 있나요?"

"그래, 목요일."

"목요일 2시에요."

"그래, 목요일 2시."

"약속해요?"

"약속하지."

"잘 가요, 당신."

"잘 있어."

마음이 혼란한 그는 환자들이 지켜보는 가운데, 작아 보이려고 일부러 구부정하게 몸을 낮추면서 병원을 나와 길거리에 이르자 비로소 후 하고 숨을 내쉬었다.

저녁때 동료들이 물었다.

"이르마는?"

그가 난처한 어조로 대답했다.

"폐렴에 걸려서 많이 아파."

하지만 키 작은 한 대위가 그의 태도에서 무슨 냄새를 맡았는지 정보과에 가서 정확한 병명을 알아냈다. 다음 날 대위가 식당에 들어가자 다들 왁자지껄 웃고 농담하면서 난리들이었다. 어쨌든 우린 프로이센군에 복수한 셈이라고 했다.

게다가 이르마가 프로이센 참모부 군인들과 미친 듯이 놀아났고, 푸른 군복을 입은 경기병대의 한 대령과 함께 말을 타고 이 고장 여기저기를 돌아다녔으며, 다른 군인들과도 많이 다녀서 루앙에서는 그녀를 '프로이센군의 여자'라고 부른다는 것을 대위는 알게 되었다.

대위는 일주일 동안 부대에서 놀림감이 되었다. 그는 처방 약이 무엇인지, 이 병을 특히 잘 고치는 의사가 누구인지를 알려주는 쪽지들을 받았다. 심지어 갑에 이름과 용례가 쓰여 있는 약품들을 우송받기도 했다.

이 사실을 알게 된 대령은 엄격한 어조로 단호히 말했다.

"그럼 대위는 병원 환자 중에 자네와 가까운 여성이 있는 셈이군. 이거 크게 칭찬할 만한 일인 걸."[19]

12일쯤 지나니 이르마의 편지가 대위 앞으로 도착했다. 대위는 화를 내며 편지를 찢어 버리고 답장하지 않았다.

일주일 후 그녀가 자신이 몹시 아프니 그에게 작별 인사를 하고 싶다는 편지를 다시 보내왔다.

그는 이번에도 답장하지 않았다.

다시 며칠이 흐른 뒤, 병원 소속의 병자성사 담당 사제의 방문을 받았다.

이르마 파볼랭이라는 여자가 임종의 병상에서 그에게 와 달라고 간청했다는 것이었다.

그는 거절할 수 없어서 사제를 뒤따라갔지만, 심술궂은 원한과 상처 난 허영심과 모욕받은 자존심 때문에 무거운 마음으로 병원에 들어섰다.

그녀에게서 달라진 모습을 찾지 못하자 그는 그녀가 자기를 조롱한다고 생각했다.

"내게 대체 뭘 원하는 거요?" 그가 말했다.

"당신한테 작별 인사를 하고 싶었어요. 내가 아주 더러운 여자인 것 같네요."

그는 그 말을 믿지 않았다.

"내 말 좀 들어 봐요. 당신 때문에 난 부대의 놀림감이 됐다니

---

19 병원에 입원한 환자들은 국가 유공자이므로 대위가 거기에 문병 간 건 칭찬할 일이라는 의미다.

까. 이런 일이 계속되지 않았으면 좋겠소."

그녀가 물었다.

"내가 당신한테 무슨 짓을 했는데요?"

그는 대답할 말이 없어서 성질을 냈다.

"내가 여기 다시 찾아올 거라고 생각하지 말아요. 다들 날 놀려 댈 테니까!"

그녀는 빛이 다 꺼지고 분노만 남아 활활 타는 눈으로 그를 쏘아보더니 이렇게 대답했다.

"내가 당신한테 무슨 짓을 했는데? 난 당신한테 잘해 주지 않았던가요? 언제 내가 당신한테 뭘 해 달라고 했나요? 당신이 없었으면 난 계속 탕플리에-파퐁 씨의 정부로 살았을 테고, 그럼 지금 여기 와 있지도 않았겠지. 아니지. 날 욕할 사람이 있다 해도 당신은 그래서는 안 돼."

그가 떨리는 어조로 말을 이었다.

"난 당신을 욕하는 게 아니라 이제 당신을 보러 계속 여기에 올 수 없다는 것뿐이오. 프로이센군과 놀아난 당신의 행실이 루앙시의 수치였다는 거지."

그녀가 벌떡 튀어 일어나 병상 위에 앉더니 말했다.

"프로이센군과 놀아난 행실이라고요? 하지만 그들이 날 강제로 덮쳤고, 내가 치료받지 않은 이유는 그들을 감염시키고 싶어서라고 얘기하지 않았던가요? 병을 고치고 싶었다면야 어렵지 않았겠죠! 하지만 난 그들을 죽이고 싶었고, 실제로 그들을 죽였다고요!"

그는 계속 서 있었다.

"어쨌든 창피한 일 아니오." 그가 말했다. 그녀는 숨이 턱턱 막히는지 말을 못 하다가 겨우 말을 이었다.

"뭐가 창피해요? 내가 죽기를 각오해서 그들이 없어진다는데? 옛날 잔 다르크 거리에 있던 우리 집에 찾아올 때는 그런 말 안 하더니만! 아! 창피하다고요! 당신이 훈장을 받을 땐 그런 소리를 하지 않았겠죠! 훈장을 주려면 당신보다는 나한테 줬어야 해요. 내가 당신보다 프로이센군을 더 많이 죽였으니까!"

그는 그녀 앞에서 어리벙벙한 채 분노에 벌벌 떨며 그대로 서 있었다.

"아! 입 다물어 …… 당신도 알잖아 …… 입 다물라고. …… 왜냐하면 …… 그런 일은 …… 용서할 수가 없어. 그걸 건드리다니……."

하지만 그녀는 막무가내였다.

"당신들이 프로이센 놈들을 무찔렀다 칩시다! 근데 그놈들이 아예 루앙에 들어오지 못하게 막았더라면 이런 일이 생겼을까요? 프로이센 놈들을 막아 내야 했던 사람은 당신네 군인들이라고. 내가 당신들보다는 그놈들을 더 아프게 했다고요. 내가, 그래요, 더 아프게. 난 이제 죽어 가지만 당신은 멋지게 차려입고 여자 꽁무니나 졸졸 따라다닐 테니까……."

병상마다 환자들이 고개를 쳐들었고, 모든 사람의 눈이 군복을 입고 말을 더듬는 이 남자를 바라보고 있었다.

"입 다물어 …… 알겠어 …… 입 다물라고……."

하지만 그녀는 입을 다물지 않았다. 큰소리를 쳤다.

"아! 그래, 당신은 폼만 잡지. 난 당신을 잘 알지. 잘 안다고. 당신보다 내가 더 그놈들을 아프게 했고, 당신네 부대를 다 합친 것보다 더 많은 인원을 죽였다고, 내가. 그러니 꺼져, 이 겁쟁이!"

그는 병상을 떠나 긴 다리로 성큼성큼 걸어 매독 환자들이 바글바글 두 줄로 늘어선 병상들 사이를 지나 도망쳤다. 헐떡이며 쌕쌕대는 이르마의 음성이 들려왔다. 그 음성은 이렇게 외치고 있었다.

"그래, 내가 죽인 사람이 더 많아. 당신보다 더 많다고⋯⋯."

그는 네 계단씩 뛰어 내려갔다. 그리고 집으로 뛰어 들어가 집 안에 틀어박혔다.

다음 날, 그는 그녀가 죽었다는 소식을 들었다.

피피 양

프로이센군 사령관인 행정 장교 팔스베르크 백작은 융단 장식이 걸쳐져 있는 커다란 안락의자에 등을 기대고 파묻히듯 앉아 우편물을 읽었다. 장화 신은 두 발을 벽난로의 멋있는 대리석 위로 쭉 뻗고 있었다. 그 대리석에는 그가 위빌 성을 점령한 지난 석 달 동안 구두 뒤축에 달린 박차로 쳐서 뚫린 깊은 구멍이 두 개 있었고, 매일 그 구멍은 조금씩 더 깊어졌다.

상감 세공 원탁에는 무럭무럭 김이 나는 커피 한 잔이 놓여 있었다. 원탁은 독주로 군데군데 얼룩져 있고 시가에 탄 흔적이 남아 있으며, 때때로 이 정복자가 연필심을 뾰족하게 갈다 말고 주머니칼로 멋진 가구 위에 몽상에 따라 제멋대로 숫자나 그림을 그려 넣어 여러 군데가 깎여 나가 있었다.

그는 편지를 다 읽은 다음 통신병이 방금 갖다준 독일 신문을 훑어보았다. 그러더니 자리에서 일어나 벽난로 불 속에 막 베어 온 큼직한 장작 서너 덩이를 던져 넣고 창가로 다가갔다.

비가 억수같이 쏟아지고 있었다. 광기 어린 손이 마구 쏟아 낸다 할 만한 노르망디 특유의 비였다. 커튼처럼 보일 정도로 굵고 비스듬히 내려 사선으로 일종의 벽을 쳐 버리는 비, 마구 쏟아지고 질척거리면서 모든 것을 잠기게 해 버리는 루앙 근교의 비다운 비, 가히 프랑스의 요강이라 할 만한 그런 비였다.

장교는 비에 젖은 잔디와 수량이 불어나 넘쳐 나는 앙델강을 한참 쳐다보았다. 그는 라인란트 지방에서 인기 있는 왈츠 한 곡조에 맞춰 유리창을 탁탁 두드리다가 어떤 소리를 들어 뒤를 돌아보았다. 그의 부관, 켈바잉슈타인 남작, 대위 계급장을 단 사람이 있었다.

행정 장교인 사령관은 거구에 어깨가 넓고 긴 수염이 부채꼴을 그리며 내려가 가슴께까지 수북이 덮인 사람이었다. 덩치가 크고 행동거지가 장중한 그는 마치 공작새가 군인이 된 것 같았다. 공작새 한 마리가 턱까지 꼬리를 활짝 펼친 것 같았다. 그는 차가우면서도 부드러운 파란 눈을 가졌고, 한쪽 뺨에는 오스트리아 전쟁에서 생긴 칼자국이 남아 있었다. 남들은 그가 용감한 장교일 뿐만 아니라 좋은 사람이라고 했다.

배가 불쑥 튀어나오고 얼굴이 불콰하고 작달막하며 힘이 넘치는 대위는 불타는 듯 발간 수염이 얼굴에 붙어 있는 것처럼 나 있고, 어떤 때는 얼굴에 발광 물질을 문지르기나 한 것처럼 반질반질해 보였다. 언젠가 밤새 질탕하게 놀다가 정확한 경위도 모른 채 이빨 두 개를 부러뜨린 그가 말을 내뱉어도 무슨 소리를 한 건지 사람들은 잘 알아듣지 못했다. 머리는 정수리 부분만 벗겨져 있었는데, 삭발한 수사처럼 벗겨진 정수리 주위로 황금색으로 반짝이는 곱슬머리가 테를 두른 듯 텁수룩하게 나 있었다.

사령관은 부관과 악수를 하고 나서 부대에서 일어난 이런저런 사건들에 대한 보고를 들으며 아침부터 여섯 잔째인 커피를 단숨에 마셨다. 그들은 창 쪽으로 걸어가며 오늘 날씨가 안 좋다는 이야기를 나누었다. 사령관은 차분한 사람이었고 독일에 있을 때 이미 결혼한 몸이었으며, 어떤 상황에나 적응을 잘하는 사람이었다. 그렇지만 남작은 집요한 호색가이자 홍등가를 휩쓸고 다니며 여자를 밝히던 사람인지라 석 달째 이 외딴곳에 처박혀 어쩔 수 없이 조용히 살고 있는 지금의 처지가 따분해 미칠 지경이었다.

그때 누군가가 문을 두드리는 소리가 나서 사령관이 열어 보라고 소리쳤다. 문을 여니 자동인형 같은 병사 하나가 입구에 서 있었다. 그가 거기 와 있다는 것만으로도 점심 식사 준비가 다 되었다는 걸 알 수 있었다.

식당에 가 보니 남작보다 계급이 낮은 군인 셋이 더 있었다. 오토 데그로슬링 대위와 프리츠 쇼나우부르크 소위, 그리고 체구가 작고 금발에 으스대고 남들을 함부로 대하며 패자에게 가혹하고, 언제 발사될지 모르는 무기처럼 격한 성정을 가진 소위 계급의 빌렘 데리크 후작이었다.

프랑스에 쳐들어온 뒤로 동료들은 빌렘 데리크 후작을 본명 대신 별명으로 '피피 양'이라고만 불렀다. 이런 별명이 붙은 것은 그의 외모가 예쁘장하고 몸매가 코르셋으로 조인 듯 날씬하고, 얼굴은 창백하고 콧수염이 막 돋아나기 시작했기 때문이었다. 또한 아무 때나 사람이나 물건 할 것 없이 경멸을 표하기 위해 프랑스어 '피, 피'[20]를 조금 씩씩대며 내뱉는 버릇이 있었다.

위빌 성의 식당은 길고 화려한 방이었다. 총알을 맞아 별 모양으로 구멍이 난 오래된 수정 거울과, 칼로 찔린 자국이 있고 군데군데 너덜거리는 높이 걸린 플랑드르산 융단들이 이 지루한 시기에 피피 양이 이 성을 점령하고 있으면서 한 짓을 말해 주고 있었다.

벽에는 가족의 초상화 세 점이 걸려 있었다. 하나는 갑옷 입은 전사 하나가 그려져 있고, 다른 하나는 추기경 한 사람과 재판장 한 사람이 긴 도자기 파이프로 담배를 피우고 있었다. 오래되어 금박이 벗겨진 마지막 액자 속에서는 가슴이 꽉 죄는 옷을 입은 귀부인 한 사람이 오만한 표정으로 숯으로 덧그려진 커다란 콧수염 두 개를 내보이고 있었다.

밖에 비가 쏟아져 어둑한 이 방, 팔다리가 잘려 무력해진 듯한 이 방, 패자 같은 모습에 보는 이마저 서글퍼지는 이 방, 오래된 참나무 바닥이 술집 바닥처럼 지저분해진 이 방에서 장교들이 조용히 점심을 먹었다.

식사를 마치고 담배 피우는 시간이 되어 식후주를 한 잔씩 하기 시작하자 그들은 평소처럼 지루하다고 이야기하기 시작했다. 코냑과 독주 병들이 손에서 손으로 오갔고, 모두 의자에 등을 대고 드러눕듯 퍼져 앉아 술을 찔끔찔끔 마시며 입에는 구부러진 긴 파이프를 물고 있었다. 그 끝에는 마치 호텐토트족[21]을 유혹하기 위해서인 듯 알록달록한 달걀 모양의 도자기 그릇이 있었다. 술잔을 비우자마자 그들은 피곤하고 체념한 몸짓으로 다시 잔을 채웠다. 하지만 피피 양은 번번이 잔을 깨뜨려 병사 하나가 즉시 새 잔을 대령해야

20 '피'라는 말은 경멸이나 혐오를 표현할 때 쓰는 감탄사이다.
21 아프리카의 키 작은 부족.

했다.

맵싸한 연기가 안개처럼 자욱하게 주위에 피어올랐고, 그들은 아무 할 일도 없는 사람들처럼 음울한 취기 속에 점점 더 잠든 듯하고 처량한 취기에 빠져드는 듯했다.

그러다 갑자기 남작이 일어섰다. 그는 이 침체된 분위기에 저항한답시고 몸을 흔들흔들하며 이렇게 단언했다. "제기랄, 이대론 못 버틴다고. 결국은 뭔가 새로운 걸 지어 내야지." 오토 대위와 프리츠 소위, 누가 봐도 엄숙하고 강인한 프로이센인처럼 생긴 두 사람이 대꾸했다.

"지금 뭐라고 하셨습니까, 대위님?"

남작은 잠시 생각해 보더니 말을 이었다. "뭐라고 했냐고? 사령관님만 허락하신다면 파티를 열어야겠다는 말이지."

사령관은 파이프 담배를 피우다 말고 멈췄다. "무슨 파티 말인가, 대위?"

남작이 사령관에게 다가갔다. "제가 알아서 다 준비하겠습니다, 사령관님. 드부아르를 루앙에 보내면, 가서 여자들을 데리고 올 겁니다. 그런 여자들이 어디 있는지 제가 알거든요. 우리 쪽에서 저녁 식사를 차리는 겁니다. 부족한 건 하나도 없습니다. 적어도 우리는 멋진 저녁 시간을 보내게 될 겁니다."

사령관 팔스베르크 백작은 웃으며 어깨를 으쓱했다. 하지만 장교들이 모두 일어서서 사령관을 빙 둘러싸고 간청했다.

"사령관님, 대위님 말대로 하게 해 주십시오. 여기 분위기가 너무 처집니다."

결국 사령관은 굴복하고 말았다. "좋아." 그는 말했다. 그러자 곧장 남작은 드부아르를 불러오라고 했다. 드부아르는 나이 많은 하사관으로 생전 웃는 법이 없었지만, 상관의 명령만큼은 무엇이든 광적으로 수행하는 사람이었다.

그는 무감한 얼굴로 남작의 명령을 받은 뒤 떠났다. 5분 후에는 방앗간 주인이 쓰는, 둥근 덮개가 있고 말 네 마리가 끄는 커다란 군용 마차가 억수로 쏟아지는 비를 맞으며 달려갔다.

그러자 장교들은 저마다 잠에서 깨어날 때처럼 몸을 움직였다. 나른하게 퍼져 있다가 허리를 곧게 폈고, 활기를 띠었고 비로소 서로 이야기하기 시작했다.

억수 같은 비가 계속 내리고 있었지만, 사령관은 아까보다 하늘이 덜 어둡다고 했고 오토 대위는 이제 갤 거라고 확신을 갖고 예고했다. 피피 양은 가만히 자리에 앉아 있지 못했다. 그는 앉았다 일어나기를 반복하면서 말갛고 잔인한 한쪽 눈으로 부술 것이 없는지 찾았다. 갑자기 그림 속의 수염 난 부인을 뚫어지게 바라보더니 금발의 젊은 피피 양은 거기다 권총을 쏘았다. "당신 눈엔 총 쏘는 게 안 보일 거야." 그가 말했다. 그리고 자리에 그대로 앉은 채 총을 겨누었다. 총알이 연달아 두 발 발사되자 초상화 속 여인의 두 눈이 움푹 파였다. 그가 소리를 질렀다. "폭파 놀이를 합시다!" 그러자 갑자기 대화가 뚝 끊겼다. 마치 모두 강력하고 새로운 관심에 사로잡힌 듯했다.

이런 짓은 그가 만들어 낸 놀이이고, 그 나름의 파괴 방식이며, 그가 좋아하는 여흥이었다.

이 성의 법적 주인인 페르낭 다무아 뒤빌 백작에게는 성을 떠나면서 뭘 가져가거나 숨길 시간이 없었다. 간신히 은 식기만 벽 틈의 구멍 속에 쑤셔 넣을 수 있었다. 그가 워낙 부자인 데다 고상한 취향을 갖고 있어서 식당으로 통하는 대응접실은 주인이 황급히 달아나기 전에는 박물관 전시실 같았다.

벽에는 값진 유화와 수채화, 스케치 들이 걸려 있고 가구와 선반 위, 멋있는 유리 진열장 안에는 실내 장식품, 도자기, 조각상, 드레스덴 도자기, 중국산 조각상, 오래된 상아로 만든 물건과 베네치아산 유리 식기 들이 전시되어 있었다. 귀중하고 기이한 물건들이 널따란 장소를 가득 채우고 있었다.

그런데 이제는 그런 것들이 하나도 남아 있지 않았다. 누가 와서 약탈한 것이 아니었다. 사령관인 팔스베르크 백작은 그런 짓을 허락할 사람이 아니었다. 하지만 피피 양은 가끔 이렇게 물건을 망가뜨리는 짓을 하곤 했다. 이날 모든 장교가 5분간 상당한 재미를 보았다.

키 작은 후작이 필요한 것들을 찾으러 응접실로 갔다. 그는 무척 귀여운 중국산 파미유 로즈 다관을 가지고 오더니 그 안에 폭약을 가득 채우고 주둥이에는 긴 부싯돌을 넣은 뒤 불을 붙였다. 그러고는 얼른 옆방으로 뛰어가서 이 시한폭탄을 옮겨 놓았다.

그는 문을 닫고 재빨리 되돌아왔다. 사람들은 모두 서서 어린아이 같은 호기심이 어리고 미소 띤 얼굴로 기다렸다. 폭발이 일어나 성이 흔들흔들하자 모두 서둘러 그 방으로 들어갔다.

피피 양은 제일 먼저 들어가 머리가 날아간 테라코타 비너스상 앞에서 열띠게 박수를 쳤다. 모두 파편의 들쭉날쭉한 모양을 살펴보며 어떤 조각은 먼젓번 폭발로 말미암은 거라고 반박하면서 흩어진 도자기 조각들을 주웠다. 사령관은 아버지 같은 표정으로 네로 황제식 폭격을 맞아 엉망이 되고 예술품의 잔해가 모래처럼 흩어진 널따란 응접실을 바라보았다. 그가 먼저 사람 좋게 이런 말을 하며 거기서 빠져나왔다. "이번엔 아주 대성공이군."

하지만 자욱한 연기가 소용돌이처럼 일었고, 그 연기가 식당으로 들어가 담배 연기에 섞이니 더 이상 숨도 못 쉴 정도였다. 사령관은 창문을 열었고, 장교들은 모두 식당으로 돌아가 마지막 남은 코냑 한 잔을 마시려고 잔을 둔 곳에 다가갔다.

식당 안에는 일종의 물보라가 쳐서 수염이 젖을 정도였고, 침수된 냄새가 나면서 축축한 공기가 감돌고 있었다. 그들은 꼼짝없이 이 비를 맞고 서 있는 커다란 나무들을 바라보았고, 어둡고 낮은 구름이 꽉 덮어 안개 낀 것같이 흐릿한 널따란 강 유역을, 저 멀리 빗속에 회색 첨탑같이 서 있는 성당의 종탑을 바라보았다.

프로이센군이 이곳에 온 뒤로 더 이상 종탑에서 종소리가 울린 적이 없었다. 이것이 침략자들이 이 근방에서 마주친 유일한 저항이었다. 이른바 종탑의 저항이었다. 본당 신부는 프로이센 병사들을 맞아들여 음식을 내주는 걸 거부하지 않았다. 심지어 그는 자신을 마음 좋은 중재자로 이용하는 적군 사령관이 맥주나 보르도 포도주를 함께 마시자고 제안하면 이를 받아들이기까지 했다. 하지만 누구든 신부에게 한 번이라도 종을 쳐 달라고 부탁해선 안 되었다. 차라리 총살당할지언정 그럴 수만은 없었다. 그건 침략에 대한 신부만의 저항 방식, 평화적 저항, 침묵의 저항, 그의 말로는 유한 사람이지 피를 보는 사람이 아닌 사제로서 할 수 있는 유일한 저항이었다. 이 근방 4킬로미터 안에 사는 사람들은 비록 교회가 집요하게 입을 다물고 있지만 국민들은 나라 잃은 걸 슬퍼한다는 사실을 용감하게

피피 양

보여 주고 그것을 널리 알리는 샹타부안 신부의 단호함과 영웅심을 자랑스러워했다.

　마을 사람들 전체가 이 저항을 열렬히 환영했고, 이 무언의 저항이 국가의 명예를 지키는 거라고 생각했기에, 끝까지 이 목자를 지지하고 어떤 위험도 무릅쓸 태세였다. 시골 사람들 딴에는 이렇게 하면 벨포르와 스트라스부르 땅을 수복한 것[22]보다 더 조국에 도움이 되고, 그만한 본보기를 보인 셈이 되며, 이 일로 자기네 마을 이름도 영원히 기억될 거라고 생각했다. 이것 말고는 그들은 정복자 프로이센 사람들에게 아무것도 거부하지 않았다.

　사령관과 수하 장교들은 공격적이지 않은 용기를 다 같이 웃어넘겼다. 그리고 프랑스 전체가 그들에게 친절하고 고분고분한 태도를 보이니 기꺼이 이 소리 없는 애국심 정도는 참아 주었다.

　유독 키 작은 빌렘 후작만이 억지로라도 종을 울리려 했다. 그는 자기 상관이 정치적으로 자신을 낮춰 사제에게 짐짓 겸손하게 대하는 태도를 보고 화가 났다. 매일 그는 사령관에게 한 번만이라도, 단 한 번 장난으로라도 종을 울려 뎅그렁 소리를 내 보라는 명령을 사제에게 내려 달라고 간청했다. 그는 암고양이처럼 우아하고 여자처럼 애교스럽게, 원하는 대로 하고 싶어 마음이 달뜬 정부처럼 부드러운 목소리로 이런 부탁을 하곤 했지만, 사령관은 끄떡도 하지 않았다. 피피 양은 허전한 마음을 달래려고 위빌 성의 기물을 파손하는 짓궂은 짓을 저지르곤 했다.

---

22 이 두 땅은 당시 프로이센 영토여서 프랑스 입장에서는 이를 수복하는 것이 조국의 땅을 되찾는 일이었다.

다섯 남자가 한 떼거리가 되어 눅눅한 공기를 들이마시며 몇 분간 식당에 남아 있었다. 프리츠 소위가 마침내 걸쭉한 웃음을 터뜨리며 말했다. "그 여자들이 오기에 좋은 날씨는 아닌데."

그 말을 끝으로 그들은 흩어졌다. 다들 소임이 있었고, 남작도 저녁 파티 준비로 할 일이 많았던 것이다.

밤이 될 무렵 다시 모인 그들은, 총 점검일처럼 잘 차려입고 반짝반짝 단장하고 머리에 포마드를 바르고 향수를 뿌렸다. 그들은 아주 산뜻해진 서로의 모습을 보고는 웃음을 터뜨렸다. 사령관의 머리카락은 아침나절보다 덜 희끗희끗해 보였다. 그리고 대위는 코 밑에 불타는 듯한 붉은 콧수염만 남기고 면도를 했다.

비가 오는데도 창문을 활짝 열어 놓았고, 그들 중 한 사람이 가끔가다 창가에 가서 귀를 기울였다. 6시 10분쯤 되자 남작이 멀리서 마차 바퀴 구르는 소리가 들린다고 말했다. 다들 파티 준비를 서둘렀다. 조금 후 커다란 마차가 당도했다. 마차를 끌던 말 네 마리는 등까지 진흙을 잔뜩 뒤집어쓰고 콧김을 펄펄 내며 숨차서 씩씩거리고 있었다.

여자 다섯이 마차에서 내려 계단을 올랐다. 대위의 동료가 골라 추린 미인들이었다. 드부아르가 그 동료를 찾아가 상관인 대위의 명함을 건넸던 것이다.

여자들은 간절히 청하지 않았는데도 이 일을 받아들였다. 보수가 넉넉할 것이라고 확신하고 있었고, 지난 석 달 동안 겪어 봐서 프로이센 군인들이 어떤지 알았으며, 사람이나 사물이나 으레 그렇지 뭐 하는 심정으로 받아들이고 있었기 때문이었다. "직업상 하는 일인데 뭐 어때." 여자들은 이곳으로 향하던 중 남은 양심이 좀 찔리는 것에 대한 핑계 삼아 서로에게 이렇게 말했다.

그녀들은 곧장 식당으로 들어갔다. 황폐해진 식당은 불을 환히 켜 놓으니 더욱 을씨년스럽게 보였다. 반면에 식탁에 고기 요리와 비싼 그릇들과 주인이 감추어 둔 벽 속에서 찾아낸 은 식기들을 차려 놓으니, 마치 약탈 후 모여 앉아 저녁을 먹는 산적들의 술집 같았다. 대위는 환한 안색으로 마치 낯익은 사람이라도 만난 듯 여자들을 차지해 칭찬하고 포옹하고 냄새 맡고 기쁨을 주는 도구로서의 가치로 그들을 평가하는 등 수선을 떨었다. 젊은이 셋이 각기 한 여자씩 차지하려 하는 걸 보고, 그는 권위를 내세워 이에 반대했다. 그는 자신이 직접 계급에 따라 공평하고 위계질서를 지켜 여자를 배당하려 했다.

그래서 논쟁과 반박과 편파 의혹을 모두 피하고자 여자들을 키 순서로 한 줄로 세우고 가장 키 큰 여자에게 명령조로 "이름은?" 하고 물었다.

여자는 목소리를 일부러 굵게 내어 "파멜라"라고 대답했다.

그러자 그는 "1번, 이름 파멜라. 사령관 여자"라고 말했다.

그다음에 두 번째로 키가 큰 블롱딘을 자기 여자라는 뜻으로 얼싸안고 입 맞춘 다음, 오토 대위에게는 뚱뚱한 아망다를, 프리츠 소위에게는 토마토라는 별명이 붙은 에바를, 가장 키가 작고 어리며 갈색 머리에 까만 눈을 지닌 유대인 여자 라셸은 가장 젊고 몸매가 날씬한 장교 빌렘 데리크 후작에게 배당했다. 라셸의 코는 유대인이면 으레 매부리코를 하고 있다는 법칙을 확인해 주고 있었다.

여자들은 모두 예쁘고 통통했고, 같은 집에 살면서 매일 유곽에서 같은 짓을 해서 그런지 서로 구분이 잘 안될 정도로 생김새가 비슷했다.

세 젊은이는 곧장 여자들을 따로 데리고 가겠다고 했다. 평계는 여자들에게 용모를 단정히 할 빗과 비누를 선물하겠다는 것이었다. 하지만 대위는 여자들이 당장 식탁에 앉아도 될 만큼 단정하고, 2층에 올라가는 사람은 내려올 때 옷을 갈아입어야 하고, 다른 쌍에게 방해가 된다며 따로 노는 것에 반대했다. 대위의 경험이 우세했다. 그들은 둘씩 짝지어 입맞춤을 나눴다. 뭔가를 기대하는 입맞춤이었다.

갑자기 라셸이 숨 막혀하며 눈물이 나도록 기침하고 콧구멍에서 연기를 내뿜었다. 후작이 그녀를 안고 입 맞추는 척하며, 담배 연기 한 모금을 그녀의 입속에 불어 넣었던 것이다. 그녀는 화도 내지 않고 아무 말도 하지 않았지만, 새까만 두 눈에 깨어난 분노를 담고 자기를 차지한 남자 빌렘을 빤히 쳐다보았다.

다들 자리에 앉았다. 사령관도 기뻐 보였다. 그는 오른쪽에 파멜라, 왼쪽에 블롱딘을 앉히고 냅킨을 펴면서 말했다. "이 아이디어, 참 좋았어."

오토 대위와 프리츠 소위는 사교계 여인을 대하듯 예의 바르게 굴어 곁에 앉은 여자들은 조금 겁을 먹었다. 하지만 켈바잉슈타인 남작은 맘껏 못되게 굴어도 된다 생각하니 신이 나서 상대방 여자에게 외설스러운 말을 던졌다. 왕관처럼 벗겨진 정수리 주위에 난 붉은 머리카락이 활활 타오르는 듯했다. 그는 라인강 유역 지방에서 쓰는 서툰 프랑스어로 여자를 유혹하고 있었다. 그는 부러진 이 두 개의 구멍 사이로 술집에서나 내뱉을 법한 찬사를 내뱉고 여자들에게 침을 팍팍 튀겼다.

여자들은 한마디도 알아듣지 못했으나 그가 자기 고장 억양으로 외설스러운 말들과 노골적인 표현을 뱉어 낼 때만 총기가 깨어나는 듯했다. 그럴 때면 여자들은 다 같이 미친 듯이 웃기 시작했다. 옆에 앉은 남자의 배 위에 쓰러지면서 웃고, 남작이 여자들에게 쓰레기 같은 말을 하게 하려고 장난삼아 쓰기 시작한 표현을 그대로 따라 하면서 웃었다. 여자들은 포도주를 마시자마자 취해서 마음껏 그런 말들을 내뱉었다. 그리고 습관대로 남자의 오른쪽 콧수염과 왼쪽 콧수염에 쪽쪽 입 맞추고, 상대의 팔을 꼬집고, 미친 듯 소리를 지르고, 이 잔 저 잔에 따라 놓은 술을 마시고, 프랑스 노래와 적군과 매일 접촉하면서 배운 그 나라 노래들을 토막토막 불렀다.

곧 남자들이 손으로 만지기 딱 좋게 코앞에 있는 여자의 살에 흥분해서 소리를 지르며 그릇을 깼다. 한편 장교들 등 뒤에서 병사들은 아무렇지도 않은 얼굴로 시중을 들고 있었다.

사령관 혼자만이 삼가는 태도를 고수하고 있었다.

피피 양은 라셸을 무릎 위에 앉히고, 흥분해서 바르르 떠는 목에 드리운 흑단 같은 머리카락에 미친 듯 입을 맞추었다. 그녀의 뜨뜻한 온기와 온갖 체취를 수시로 킁킁 맡아 댔다. 때로는 옷 위로 라셸을 꽉 꼬집어 뜯어 이 사나운 기운에 그녀를 깜짝 놀라게 하고, 꼭 상처를 내고야 마는 욕구를 못 견뎌 소리소리 지르기도 했다. 또 그녀의 양팔을 잡고 한 몸이 될 듯 꽉 껴안고는 오래오래 그녀의 상큼한 입에 자기 입을 대고는 숨을 못 쉴 정도로 입을 맞추는 일도 잦았다. 하지만 갑자기 그녀의 입술을 물어뜯는 바람에 피가 여자의 턱에 주르륵 흘러내리고 가슴까지 뚝뚝 떨어졌다.

다시 한번 그녀는 그의 얼굴을 똑바로 들여다보더니 상처를 닦아 내며 "이런 짓은 꼭 대가를 치를 거예요"라고 중얼거렸다. 그가 웃기 시작했다. 둔탁한 웃음이었다. "내가 대가를 치르지"라고 그가 말했다.

후식 먹을 때가 되어 사람들이 샴페인을 따랐다. 사령관이 일어서더니 마치 아우구스타 황후[23]의 건강을 기원하는 것 같은 어조로 축배를 제안한 뒤 샴페인을 마셨다.

"여기 모신 여성분들을 위하여!" 장교들은 서로 건배하며 잔들을 부딪쳤다. 난폭한 군인이자 술주정뱅이들이 여자의 마음에 들려고 하는 축배였고, 여기에 외설적 농담이 섞여 들었다. 프로이센군이라 프랑스어를 잘 모르다 보니 분위기는 더욱더 거칠어졌다.

군인들이 차례로 일어서서 재치 있는 말을 하려 했고, 그래서 상대를 웃기려 했다. 여자들은 쓰러질 정도로 취해 눈이 게게 풀려서 매번 정신없이 박수를 쳤다.

대위는 이 요란한 술자리를 여자들의 환심을 사는 행사로 만들려는 듯 다시 한 번 잔을 들더니 말했다. "우리가 이분들의 마음을 얻은 것을 자축하며!"

그러자 슈바르츠발트[24]에 서식하는 곰 같은 오토 대위가 술에 만취한 채 벌떡 일어섰다. 그리고 갑자기 술김에 애국심이 올라온 듯 외쳤다. "프랑스를 점령한 우리의 승리를 위하여!"

여자들도 잔뜩 취했지만, 이때만은 입을 다물었다. 라셸은 파르르 떨며 뒤돌았다. "당신은 어떤 프랑스인들 앞에선 이런 말을 할

23 아우구스타 폰작센-바이마르-아이제나흐(1811~1890). 프로이센의 왕비이자 독일 제국의 초대 황후.
24 독일 남부의 큰 숲으로 '흑림'이라고도 한다.

수 없겠죠. 난 그런 사람들이 누군지 알겠는데요.”

하지만 키 작은 후작은 여전히 라셸을 무릎에 앉힌 채 웃기 시작했다. 포도주를 들이켜 아주 기분이 좋았기 때문이다. “아! 아! 아! 난 그런 사람들은 못 봤는데. 우리만 나타났다 하면 프랑스 사람들이 꽁무니를 빼니 말이야!”

라셸은 화가 머리끝까지 나서 그의 면전에 대고 소리쳤다. “거짓말, 이 나쁜 놈!”

잠시 그는 마치 아까 권총을 쏘아 천을 뚫어 버린 초상화 속의 두 눈을 바라보듯이 그녀의 말간 눈을 뚫어지게 바라보았다. 그러더니 다시 웃기 시작했다. “아! 그래, 예쁜 아가씨. 우리 그 얘길 좀 해 보자고! 프랑스 사람들이 용감하다면 우리가 과연 여기에 있을 수 있을까?” 그는 점점 더 활기를 띠었다. “우린 프랑스 사람들의 주인이야! 프랑스는 우리 거라고!”

그녀는 획 하고 그의 무릎에서 튀어 일어나 의자에 앉았다. 그는 일어서서 식탁 한가운데까지 닿게 술잔을 치켜들며 이 말을 되풀이했다. “프랑스와 프랑스 사람들, 숲과 밭과 집들, 다 우리 거라고!”

다른 사람들은 만취한 상태에서 갑자기 이 말에 군인답게 열광해서 — 짐승같이 난폭한 열광이었다 — 술잔을 들고 소리쳤다. “프로이센 만세!” 그런 말을 외치더니 한달음에 잔을 비웠다.

여자들은 입을 다물 수밖에 없었고, 두려움에 사로잡혀 아무 반박도 하지 못했다. 라셸마저도 무어라 대꾸할 수가 없어서 입을 다물었다.

그러자 키 작은 후작은 유대인 라셸의 머리 위에 다시 샴페인을 가득 따른 잔을 올려놓았다. “프랑스 여자들도 다 우리 거야!” 그가 소리쳤다.

라셸이 급히 일어서는 바람에 술잔이 기우뚱하며 머리 위에서 엎어져 마치 세례를 받듯이 노란 술이 검은 머리에 주르르 흘렀고 술잔이 땅바닥에 떨어져 깨졌다. 그녀는 입술을 바르르 떨며 여전히 웃고 있는 후작을 바라보았고, 분노로 목이 멘 듯 말했다.

"그건, 그건, 그건 사실이 아니에요. 당신들은 프랑스 여자들을 차지할 수 없을 거예요."

그는 편하게 웃으려고 의자에 앉아 짐짓 파리 사람 같은 억양을 쓰려고 애쓰면서 이렇게 말했다. "이 여자 참 괜찮은데. 괜찮단 말이야. 그런데 이봐, 여자, 그러면 여기는 대체 뭐 하러 온 거쥐?"

그녀는 처음에는 말문이 막히고 당황하여 말뜻을 알아차리지 못해 입을 다물었다. 그러다가 그 속내를 확실히 알게 되자 화가 나서 격하게 그에게 달려들었다. "난! 난! 여염집 여자가 아니고 몸 파는 여자라고요. 프로이센군이 찾는 거라곤 그저 창녀들뿐이지."

그녀가 말을 채 끝내기도 전에 그가 따귀를 철썩 올려붙였다. 머리끝까지 화가 난 그는 한 번 더 치려고 손을 들었다. 그녀가 식탁에서 은으로 된 후식용 작은 칼을 집어 들었다. 너무 갑작스럽게 일이 일어나는 바람에, 처음엔 사람들은 아무것도 보지 못했다. 그녀가 그의 목을, 가슴이 시작되는 움푹 들어간 곳을 칼로 푹 찔렀다.

그는 무슨 말인가 하려 했지만 그 말은 목 속에서 끊겨 버렸다. 그는 무서운 시선으로 입을 헤벌리고 있었다.

군인들은 모두 으르렁거리고 웅성대며 자리에서 일어섰다. 하지만 라셸이 오토 대위의 두 다리를 향해 의자를 던져 그걸 맞은 대위는 뻗어 버렸다. 그 후 그녀는 창가로 달려가 남자들이 잡으러 오기 전에 창을 열고 여전히 내리는 비를 맞으며 어둠 속으로 뛰어내렸다.

2분 뒤에 피피 양이 죽었다. 그러자 프리츠와 오토가 칼을 뽑아 들고 남은 여자들을 죽이려고 했고, 여자들은 무릎으로 기어서 엉금엉금 도망쳤다. 사령관이 겨우 학살을 막았고, 정신없는 네 여자를 방 하나에 가둬 두고 두 병사가 지키게 했다. 그리고 전투에 배치하듯이 병사들을 시켜 도망친 라셸을 추적하게 했다. 꼭 잡을 줄만 알았다. 병사 50명이 성에 딸린 큰 정원에서 그녀를 샅샅이 찾았다. 200명은 숲속과 강가의 집들을 다 뒤졌다.

음식이 즐비했던 식탁은 순식간에 망자를 눕힌 침대가 되었다. 장교 넷은 자기 할 일에 충실한 전사답게, 술이 확 깨어 군은 얼굴로 창가에 선 채 밤의 어둠이 얼마나 깊은지 가늠해 보고 있었다.

억수 같은 비가 계속 내렸다. 어둠 속에 뚝뚝 빗물 떨어지는 소리만 계속 들렸다. 떨어지는 물과 흐르는 물, 방울지는 물과 다시 솟아오르는 물이 졸졸거렸다.

갑자기 총소리가 한 방 나더니, 아주 멀리서 또 한 방이 울렸다. 네 시간 동안 이렇게 가끔 멀리서 가까이서 총 쏘는 소리가 들렸고 같은 편끼리 외치는 함성, 후두음으로 불러 대는 이상야릇한 소리가 들렸다.

아침이 되자 병사들이 모두 되돌아왔다. 열심히 범인을 수색하고 야간 추적을 하느라 우왕좌왕하는 통에 병사 두 명이 죽었고 셋이 동료들에 의해 부상을 당했다.

라셸은 찾지 못했다.

그러자 주민들이 겁을 먹었고, 집마다 난리였고, 군인들은 이

고장 전체를 다 뛰어다니며 샅샅이 수색했다. 유대인 여자 라셸은 지나간 흔적을 하나도 남기지 않은 것 같았다.

장군은 이 소식을 듣고, 군대에 나쁜 선례가 남지 않도록 이번 일을 바깥에 소문내지 말라고 명령을 내렸다. 그는 사령관에게 규율을 어긴 징벌을 내렸고, 사령관은 부하들을 벌했다. 장군은 이렇게 말했다. "우리가 전쟁을 하는 것은 재미로, 창녀들이나 쓰다듬으려고 하는 것이 아니다." 팔스베르크 백작은 화가 잔뜩 나서 프랑스에 복수하기로 마음먹었다.

마음대로 엄벌을 내릴 핑계가 있어야 했기에, 사령관은 본당 신부를 불러 데리크 후작의 장례식 때 종을 울리라고 명령했다.

의외로 신부는 유순하고 겸손하고 공손한 태도를 보였다. 병사들이 위빌 성을 떠나 피피 양의 시체를 묘지까지 운구했다. 병사들이 탄알 가득한 총을 들고 시체를 둘러싼 채 걷는 가운데 처음으로 조종弔鐘 소리가 들렸다. 마치 우호적인 손이 종을 어루만지기나 한 듯이 뎅그렁뎅그렁 소리를 내며 종이 울렸다.

종은 저녁에도 울렸고 다음 날도 울렸으며, 날마다 울렸다. 사람들이 원할 때면 항상 울렸다. 어떤 때는 밤중에도 울렸다. 종은 저절로 움직여서 기이하게도 명랑한 소리를 내며 그림자 속에서 가만히 두세 번 울렸는데, 이 소리를 듣고 확 깨어났는데도 사람들은 왜 종이 울렸는지 그 이유를 알지 못했다. 이곳 사람들은 모두 종이 마법에 걸렸을 거라고 했다. 신부와 제의실 담당자 말고는 아무도 종탑 가까이 간 사람이 없으니 이상하다고 했다.

사실은 가엾은 라셸이 불안에 떨며 홀로 종탑 꼭대기에 살고 있었다. 두 남자가 몰래 그녀에게 식량을 대 주었다.

라셸은 프로이센 군인들이 떠날 때까지 거기 있었다. 그러던 어느 날 저녁, 본당 신부는 빵집 주인의 수레를 빌려 손수 그 수레를 몰아서 라셸을 루앙시 입구까지 데려다주었다. 도착하자 신부는 라셸과 포옹하며 작별 인사를 했다. 그녀는 수레에서 내려 씩씩하게 걸어서 먼저 살던 유곽으로 향했다. 유곽 주인은 그녀가 진작 죽은 줄만 알고 있었다.

얼마 후, 그녀의 훌륭한 행동 때문에 그녀를 사랑한 어느 편견 없는 애국자가 그녀를 유곽에서 빼냈다. 그는 오직 사람됨만 보고 그녀를 아껴 주었으며, 그녀와 결혼해서 남들처럼 어엿한 양갓집 부인으로 만들어 주었다.

목걸이

마치 운명의 실수인 듯 예쁘고 매력 있는 처녀가 평범한 월급 쟁이 집안에서 태어나는 일도 있는데, 그 여자가 바로 그런 경우였다. 지참금이나 유산을 받을 가망도 없었고, 부유하고 지체 높은 남자와 사귀어 이해받고 사랑받고 결혼할 방도도 전혀 없었다. 그래서 그녀는 교육부에 다니는 하급 공무원과 부모가 시키는 대로 결혼해 버렸다.

화려한 몸치장을 할 여유가 없어서 수수한 옷차림을 하고 다녔지만, 그녀는 마치 높은 신분이었다가 영락한 사람처럼 불행했다. 여자들에게는 계급이나 인종이 따로 없고 미모, 멋, 매력과 같은 것이 바로 출신이자 가문인 법이니까 말이다. 타고난 세련미, 멋을 추구하는 본능, 유순한 기질, 이런 것이 여자들의 유일한 위계질서다. 서민층 여자라도 이런 것만 갖추면 지체 높은 귀부인과 맞먹을 수 있는 것이다.

그녀는 자신이 세상 모든 세련된 취향과 호사를 누리기 위해 태어났다고 느꼈기에 끊임없이 괴로웠다. 집이 초라해서, 벽이 궁상 맞아서, 의자가 낡아 빠져서, 커튼이나 식탁보가 추레해서 괴로웠다. 신분이 같은 다른 여자들이라면 이런 것에 신경 쓰지도 않았으련만, 그녀는 이 생각만 하면 힘들고 화가 났다. 보잘것없는 집안 살림을 거드는 브르타뉴 출신의 하녀를 보면, 마음속에서는 서글픈 회한이 새록새록 솟아났고 걷잡을 수 없는 공상이 모락모락 피어올랐다. 동양풍 벽지를 발라 은은하게 도배한 집, 커다란 청동 촛대에 양초를 켜 놓아 환히 밝힌 대기실, 짧은 바지를 입은 건장한 하인 둘이 난로의 후끈한 열기에 나른해져 널찍한 안락의자에 기대 잠든 모습, 벽이며 천장에 고풍스러운 비단을 바른 큼직한 응접실, 값비싼 골동품들이 가득 들어찬 세련된 장식장, 친한 친구들끼리 모여 얘기 나누거나 모든 여자가 부러워하고 시선을 받고 싶어 하는 인기 높은 유명 인사들과 오후 3시에 티타임하기에 좋은 오밀조밀하고 향내 나는 소응접실, 이런 것을 그녀는 상상했다.

사흘이나 빨지 않은 식탁보를 덮은 원탁에 남편과 마주 앉아 저녁 식사를 할 때, 수프 냄비 뚜껑을 열어 보고 남편이 더없이 기쁜 표정으로 "아! 맛있는 스튜네! 뭐니 뭐니 해도 이게 최고지……"라고 말할 때면 그녀는 세련된 만찬, 반짝이는 은 식기, 먼 옛날의 인물들이나 동화 속에 나오는 숲속의 진기한 새들이 가득 수 놓인 장식 융단을 생각했다. 훌륭한 식기에 담긴 진수성찬을 상상했고, 붉은 송어 살이나 닭 날개를 먹으면서 스핑크스처럼 신비스러운 미소를 띠고 가만가만 속삭이거나 달콤한 말에 귀 기울이는 사람들의 모습을 떠올렸다.

그녀에겐 이렇다 할 나들이옷도, 달고 다닐 보석도 없었다. 그런데 그녀는 그런 것만 좋아했다. 자기는 그런 것을 위해 태어난 것 같았다. 남들 마음에 들고, 남의 부러움을 사는 매력 있고 인기 많은 여자가 된다면 얼마나 좋을까 싶었다.

그녀에겐 돈 많은 친구가 하나 있었다. 어릴 때 수녀원 부속학교에서 같이 공부했던 친구였는데 이제는 그 친구와 왕래하며 지내고 싶지 않았다. 그 친구를 만나고 오면 너무 괴로웠기 때문이다. 그럴 때면 그녀는 며칠 동안 슬프고 한스럽고 절망스럽고 괴로워 엉엉 울었다.

어느 날 저녁, 남편이 큰 봉투를 하나 들고 영광스럽다는 표정을 지으며 들어왔다.

"여보, 이것 봐요. 당신이 좋아할 만한 일이오."

그녀는 부랴부랴 봉투를 뜯고 인쇄된 초청장을 꺼냈다. 이렇게 쓰여 있었다.

"교육부 장관 조르주 랑포노 부부는 1월 18일 월요일, 관저에서 열리는 파티에 귀 부부를 초청하오니 부디 왕림해 주시기를 바랍니다."

하지만 그녀는 남편이 기대하던 대로 뛸 듯이 기뻐하기는커녕, 초청장을 보란 듯이 식탁 위에 탁 집어 던지면서 중얼거렸다.

"이런 걸 받아 오면 나보고 어쩌라고요?"

"하지만 여보, 난 당신이 기뻐할 줄 알았는데……. 당신은 통 외출하지 않으니 이번이 아주 좋은 기회잖소! 이것을 얻느라 얼마나 힘들었는데그래. 너도나도 다 받으려 하더라고. 어찌나 인기가 좋던지 하급 직원들에겐 몇 장 주지도 않더라니까. 이 파티에 가면 유명한 사람들을 모두 보게 될 거요.”

그녀는 성질난다는 눈길로 남편을 바라보더니 못 참겠다는 듯 말했다.

“도대체 뭘 걸치고 가라고요?”

남편은 미처 그런 생각까지는 하지 못했다. 그래서 더듬더듬 대답했다.

“연극 구경하러 갈 때 입는 옷 있잖소. 그거, 내 눈에는 아주 좋아 보이던데……”

남편은 아내가 우는 것을 보고 놀라고 당황해서 입을 다물었다. 굵은 눈물 두 줄기가 아내의 눈에서 입가로 천천히 흘러내렸다. 남편은 더듬더듬 말했다.

“왜 그래, 여보? 대체 왜 그러냐고?”

그녀는 간신히 눈물을 참고, 젖은 두 뺨을 닦으며 차분한 목소리로 대답했다.

“아무것도 아니에요. 그저 걸치고 갈 게 없으니 파티에 참석할 수 없다는 거죠. 그 초청장은 나보다 옷이 많은 부인을 둔 당신 동료에게나 줘요.”

미안해진 남편이 다시 말을 걸었다.

“여보, 마틸드. 괜찮은 옷 한 벌 사려면 얼마면 될까? 다른 때도 입을 수 있는 수수한 외출복 말이오.”

그녀는 잠시 곰곰이 생각해 보았다. 얼마라고 말해야 검소한 하급 공무원인 남편이 단칼에 거절하거나 깜짝 놀라 소리치지 않을지 속으로 얼른 계산해 보았다.

마침내 그녀는 머뭇거리면서 대답했다.

"정확히는 몰라도 대충 400프랑쯤이면 되지 않을까요."

남편의 얼굴이 조금 창백해졌다. 그는 총을 사서 오는 여름에 친구들과 낭테르 벌판으로 사냥하러 가려고 딱 400프랑을 모아 두었던 것이다. 지금도 일요일이면 친구들은 그곳으로 종달새 사냥을 가곤 했다.

하지만 남편은 말했다.

"좋아요. 400프랑을 주지. 꼭 멋진 옷으로 사야 해요."

파티 날이 가까워져 오자 루아젤 부인은 서글프고 근심 걱정이 어려 보였다. 입고 갈 옷은 벌써 마련해 두었다. 어느 날 저녁, 남편이 물었다.

"왜 그래, 당신? 사흘 전부터 좀 이상한데?"

아내가 대답했다.

"치장하고 갈 보석이 하나도 없으니 속상해요. 몸에 걸칠 장신구라곤 하나도 없으니. 얼마나 한심한 꼴이겠어요. 차라리 파티에 안 가는 게 낫겠어요."

남편이 말을 이었다.

"옷에 생화를 달고 가지 그러오. 지금, 이 철에는 아주 멋질 텐데. 10프랑이면 훌륭한 장미를 두세 송이나 살 수 있잖소."

아내는 절대 그 말에 설득되지 않았다.

"아뇨……. 돈 많은 여자들 틈에서 없는 티를 내는 것만큼 모욕적인 일이 또 어디 있겠어요."

남편이 소리쳤다.

"참 바보 같군! 당신 친구 포레스티에 부인한테 가서 보석 좀 빌려 달라고 하지그래. 친한 사이니 그런 부탁쯤 할 수 있잖소."

아내는 기뻐하며 외쳤다.

"맞아요. 그 생각을 못 했네."

다음 날 그녀는 친구 집에 가서 고민을 털어놓았다.

포레스티에 부인은 거울 달린 옷장으로 가더니 커다란 보석함을 꺼내 들고 와서 활짝 열어 보이며 루아젤 부인에게 말했다.

"자, 골라 보렴, 친구야."

팔찌와 진주 목걸이가 있었고, 베네치아산 십자가 목걸이, 정교하게 세공된 금붙이와 보석들도 있었다. 그녀는 거울 앞에서 이것저것 끼어 보고 둘러 보았지만 어느 것 하나 쉽게 벗어서 주인에게 돌려주지 못하고 물었다.

"다른 건 더 없어?"

"있지, 왜 없겠어. 찾아봐. 어떤 게 맘에 들지 모르겠구나."

검은 비단으로 만든 보석함 속에서 갑자기 다이아몬드 알이 자잘하게 수없이 박혀서 흐르는 강물처럼 보이는 멋진 장신구가 눈에 띄었다. 그녀는 걷잡을 수 없이 탐이 나서 가슴이 쿵쿵 뛰기 시작했다. 그 목걸이를 쥐니 손이 벌벌 떨렸다. 그녀는 깃을 세운 드레스 차림으로 목에 그 목걸이를 두르고 거울을 보며 자기 모습에 도취되었다.

그러다가 머뭇거리며 몹시 걱정스럽게 물어보았다.

"이거 빌려줘도 돼? 이것 하나만 빌릴게."

"그럼. 되고말고."

그녀는 친구의 목을 와락 그러안고 쪽 입을 맞추더니 그 보물 같은 장신구를 지니고 서둘러 돌아왔다.

파티 날이 되었다. 이날 루아젤 부인은 대성공을 거두었다. 그녀는 누구보다도 예쁘고 멋지고 매력적이었다. 생글생글 웃었고 기쁨이 넘쳤다. 남자들은 모두 그녀를 바라보며 이름을 묻고, 자신을 소개하려고 했다. 장관실의 중요한 직책을 맡고 있는 관리들도 다들 그녀와 왈츠를 추고 싶어 했다. 장관도 그녀를 눈여겨보았다.

그녀는 미모가 거둔 승리, 성공했다는 영광에 도취하여 기쁨에 넋을 잃고 열광적으로 아무 딴 생각 없이 춤을 추었다. 깨어난 갈망과 여인의 마음을 채우는 너무도 완벽하고 달콤한 승리, 그리고 경의과 감탄으로 이뤄진 행복의 구름이 모락모락 피어올랐다.

그녀는 새벽 4시쯤 파티장을 떠났다. 남편은 이미 자정부터 그 옆의 사람 없는 소응접실에서 쿨쿨 자고 있었다. 함께 잠든 다른 세 남자도 파티를 즐기는 부인들을 기다리는 중이었다.

남편은 파티장에서 나오면 입히려고 가져온 겉옷을 그녀의 어깨에 걸쳐 주었다. 그 옷은 평소 입던 평범한 옷인지라 우아한 파티 의상과는 확연히 대조되어 초라해 보였다. 그녀는 값비싼 모피를 두르고 집에 돌아가는 다른 여자들 눈에 띄지 않으려고 후다닥 그 자리를 뜨려 했다.

남편 루아젤이 그녀를 만류했다.

"좀 기다려 봐요. 그렇게 밖에 나가면 감기 걸리겠소. 내가 마차를 불러올게."

하지만 그녀는 남편 말을 듣지 않고 황급히 계단을 내려갔다. 두 사람이 길거리로 나오니 마차라고는 한 대도 보이지 않았다. 그들은 멀리 지나가는 마차의 마부들을 큰 소리로 외쳐 부르며 이리 뛰고 저리 뛰기 시작했다.

그들은 절망하여 추위에 덜덜 떨며 센강 쪽으로 걸어 내려갔다. 강둑에서 낡아 빠진 마차 한 대를 겨우 잡아탔다. 대낮에는 그 누추한 꼴을 내보이기가 부끄러운지 밤이 와야만 파리 시내를 다니는 마차였다.

그들은 마차를 타고 마르티르 거리에 있는 집에 와서 처량하게 터벅터벅 건물 계단을 올라갔다. 그녀는 이제 파티가 끝났다고 생각했고, 남편은 내일 아침 10시까지 교육부에 가 있어야겠다고 생각했다.

그녀는 어깨를 덮었던 평상복을 벗고 자신의 영광스러운 모습을 한 번 더 보려고 거울 앞에 섰다. 그러다가 갑자기 비명을 질렀다. 목에 걸었던 다이아몬드 목걸이가 없었다!

남편이 외출복을 벗다 말고 물었다.

"여보, 왜 그래?"

당황한 그녀가 남편에게 돌아섰다.

"그…… 그…… 포레스티에 부인이 빌려준 다이아몬드 목걸이가 없어졌어요."

남편은 당황하여 벌떡 일어섰다.

"뭐? …… 뭐라고! …… 이럴 수가!"

부부는 드레스 갈피갈피며 외투 자락이며 주머니 속까지 샅샅이 뒤져보았다. 하지만 목걸이는 없었다.

남편이 물었다.

"무도회장에서 나올 때 확실히 그 목걸이를 하고 있었소?"

"그럼요. 장관님 댁 현관에서도 만져 보았는데……."

"그런데 목걸이를 길에서 잃은 거라면, 땅에 떨어지는 소리가 들렸을 것 아니오. 그러니 분명 목걸이는 마차 안에 있을 거요."

"아, 그럴 수도 있겠네요. 당신, 마차 번호 적어 두었어요?"

"아니, 그럼 당신도 그 마차 번호를 못 보았단 말이오?"

"나도 안 봤죠."

둘은 질린 얼굴로 마주 보았다. 그러다 마침내 남편 루아젤이 벗으려던 옷을 다시 입었다.

"난 방금 걸어온 길을 되짚어 가 볼게. 혹시 길에 흘렸나 보게."

남편은 이렇게 말하더니 밖으로 나갔다. 파티복 차림의 아내는 자리에 누울 힘조차 없어 의자에 털썩 주저앉았다. 불기도 없는 방에 아무 생각 없이 멍하니 앉아 있었다.

남편은 아침 7시쯤 돌아왔다. 아무것도 못 찾았다고 했다.

남편은 경찰서에 가서 신고하고, 신문사에 가서 사례금을 걸어 광고도 내고, 마차 회사에도 가 보았다. 조금이라도 찾을 가망이 있는 곳은 다 가 보았다.

그녀도 이 끔찍한 재난에 황망하여 온종일 남편을 기다렸다.

저녁때 남편이 돌아왔다. 볼은 움푹 꺼졌고 얼굴빛은 창백했다. 아무것도 못 찾은 것이었다.

"당신 친구에게 편지를 써요. 그 목걸이 잠금 고리가 고장 나 수리를 맡겼다고 해요. 그렇게 해서 시간을 번 뒤 더 찾아봅시다."

그녀는 남편이 불러 주는 대로 편지를 썼다.

일주일이 지나자, 부부는 모든 희망을 잃었다.

그 사이 다섯 살은 더 들어 보이게 늙어 버린 남편 루아젤이 단호하게 말했다.

"똑같은 물건을 구해야겠군."

다음 날 그들은 그 목걸이가 들어 있던 보석함을 갖고 보석상을 찾아갔다. 가게 이름이 보석함 안에 적혀 있었다. 보석상은 판매 장부를 뒤져 보았다.

"부인, 저는 그 목걸이를 판 적이 없어요. 아마 보석함만 팔았을 겁니다."

그러자 그들은 이 집 저 집 보석상을 돌아다니며, 기억을 되살려 잃어버린 것과 똑같은 목걸이를 찾아보려 했다. 두 사람 다 슬픔과 불안에 찌들어 환자 같은 몰골이었다.

그러다가 팔레 루아얄의 어느 보석상에서 찾던 것과 똑같아 보이는 다이아몬드 목걸이를 드디어 발견했다. 값이 4만 프랑이었다. 그런데 3만 6,000프랑에 주겠다고 했다.

그들은 보석상에게 그 물건을 딴 데 팔지 말고 사흘만 기다려 달라고 부탁했다. 그리고 만약 2월 말까지 잃어버린 목걸이를 찾는다면 이 물건을 3만 4,000프랑에 되사 달라는 조건을 달았다.

루아젤에게는 아버지에게 물려받은 1만 8,000프랑이 있었다. 나머지 돈은 빌릴 생각이었다.

그는 이 사람 저 사람에게서 1,000프랑, 500프랑, 60프랑, 여기서 5루이,[25] 저기서 3루이, 이렇게 되는 대로 돈을 꾸었다. 차용증을 쓰고, 파산을 각오하고 저당을 잡히고, 고리 대금업자는 물론 돈만 꿀 수 있다면 누구에게나 닥치는 대로 손을 벌렸다. 노후가 엉망이 될 것을 각오하고, 계약대로 이행할 수 있을지도 확실히 모르면

---

25 1루이는 20프랑에 해당하는 옛 금화다.

서 빌릴 때마다 이것저것 서류에 서명했다. 루아젤은 앞날에 대한 걱정과 자신에게 덮칠 암담한 참상, 예상되는 신체적 곤궁과 정신적 고통 때문에 겁이 났지만 새 목걸이를 사러 가서 보석상에게 3만 6,000프랑을 내놓았다.

루아젤 부인이 포레스티에 부인에게 목걸이를 돌려주자 포레스티에 부인은 얼굴을 조금 찡그리며 말했다.

"좀 일찍 돌려주지 그랬어. 나도 이 목걸이를 하고 어디 갈 수도 있을 텐데."

루아젤 부인은 친구가 혹시 보석함을 열어 보면 어쩌나 하고 겁이 났지만, 다행히 친구는 열어 보지 않았다. 만약 이 목걸이가 바뀌었다는 것을 친구가 알아챘다면 어떻게 생각할까? 뭐라고 할까? 혹시 자기를 도둑이라고 생각하진 않을까?

루아젤 부인은 곤궁한 사람들의 끔찍한 생활을 직접 체험하게 되었다. 그렇게 되자 그녀는 즉시 용감하게 이것이 운명이거니 하며 기꺼이 감수했다. 엄청난 빚을 갚아야 했고, 반드시 갚을 터였다. 하녀도 내보내고, 이사도 했다. 지붕 밑 다락방에 세 들었다.

그녀는 힘든 집안일과 구질구질한 부엌일을 직접 해냈다. 설거지도 손수 했다. 기름 낀 그릇이며 냄비 바닥을 싹싹 닦느라 장밋빛 손톱이 엉망이 되었다. 속옷이며 셔츠, 걸레는 모두 비누질해서 빨아 줄에 널어 말렸다. 아침마다 쓰레기를 갖고 길거리까지 내려가 밖에 내놓고, 꼭대기 층까지 물을 길어 오느라 층마다 멈춰 서서 숨을 할딱거렸다. 서민 아낙네 같은 복장으로 바구니를 팔에 끼고 과일 가게, 식료품 가게, 정육점을 직접 돌아다니며 값을 흥정하고 한 푼이라도 더 깎으려고 악다구니를 했다.

매달 갚을 수 있는 빚은 갚고, 미처 못 갚은 빚은 차용증을 갱신해 가며 시간을 벌었다.

남편은 저녁에 부업을 했다. 어떤 가게의 장부 정리를 대신 해 주고, 밤에는 장당 5수를 받고 서류를 베껴 써 주기도 했다.

이런 생활이 10년간 계속되었다.

10년이 지나자 드디어 빚을 다 갚았다. 모든 빚을. 이자가 높았을 뿐 아니라 이자에 이자가 붙어 갚을 돈이 늘어나 있었다.

루아젤 부인은 이제 폭삭 늙어 보였다. 그녀는 가난한 집의 살림을 맡은 대차고 건장하고 투박스러운 아줌마가 되어 있었다. 머리도 제대로 빗지도 않고 치마는 비뚜로 걸치고 벌건 손으로, 큰 소리로 이야기하고 물을 좍좍 끼얹어 가며 바닥을 닦았다. 하지만 가끔 남편이 출근하고 나면 창가에 앉아 지난날의 그 파티를, 그 무도회를, 자신이 그토록 아름다웠고 즐거웠던 그때를 생각하곤 했다.

만약 그 목걸이를 잃어버리지만 않았다면 지금쯤 어떻게 됐을까? 누가 알겠어? 누가 알아? 인생은 참 희한하고 곡절도 많지! 사소한 일 때문에 망하기도 흥하기도 하는 게지!

그러던 어느 일요일, 루아젤 부인은 한 주의 고된 일을 마치고 기분도 전환할 겸 샹젤리제 거리를 거닐다가 아이를 데리고 산책하는 한 여인과 마주쳤다. 포레스티에 부인이었다. 그녀는 세월이 많이 흘렀는데도 여전히 젊고 아름답고 매혹적인 모습이었다. 루아젤 부인은 가슴이 뭉클했다. 말을 걸어 볼까? 그래, 그래야지. 이제 빚도 전부 갚았겠다, 못할 말이 어디 있겠어. 인제 와서 이야기한들 뭐 어때?

그녀는 친구에게 다가갔다.

"잔, 잘 있었어?"

상대방은 그녀를 알아보지 못했다. 누가 이렇게 친하게 자기 이름을 부르나 하고 놀랐다. 그래서 더듬더듬 말했다.

"저…… 부인! 전 당신을 모르겠는데요……. 사람을 잘못 보신 것 같아요."

"아니, 나야. 마틸드 루아젤이야."

친구는 비명을 질렀다.

"오! …… 이런 마틸드, 어쩜 이렇게 변했니?"

"응, 좀 힘들게 살았어. 너를 못 본 사이에. 참 어렵게 살았 지……. 그런데 그게 너 때문이란다."

"나 때문이라니? 그게 무슨 소리야?"

"교육부 장관 댁 파티에 갈 때 네가 빌려주었던 그 다이아몬드 목걸이 기억나지?"

"그래. 그런데?"

"글쎄, 그걸 내가 잃어버렸지 뭐니."

"뭐라고! 전에 돌려주었잖아."

"그것과 똑같이 생긴 다른 목걸이를 구해서 돌려준 것이란다. 그리고 10년 동안 그 빚을 갚았지. 아무것도 없는 우리 부부에겐 빚 갚은 게 쉬운 일이 아니었어. …… 아무튼 이제는 끝났어. 그래서 정말 흐뭇해."

포레스티에 부인은 걸음을 멈추었다.

"내 목걸이 대신 다른 다이아몬드 목걸이를 샀다고?"

"그래, 몰랐지? 두 물건이 감쪽같이 똑같았거든."

루아젤 부인은 자랑스럽고도 순진한 기쁨의 미소를 지었다.

포레스티에 부인은 만감이 교차하는 듯, 친구의 두 손을 부여잡았다.

"오! 가엾은 마틸드! 그 목걸이는 가짜였단다. 기껏해야 500프랑밖에 되지 않는!"

행복

등불이 켜지기 전, 차 마시는 시간이었다. 별장은 바다를 내려다보고 있었고 해가 지고 난 하늘은 금가루를 비벼 문질러 놓은 듯 발그레하게 물들어 있었다. 파도 하나 없고 물결 하나 없이 잔잔하고, 아직 남은 햇빛에 반짝이는 지중해는 마치 잘 닦아 놓은 커다란 금속판 같았다.

멀리 오른쪽에는 비죽비죽 솟은 산 능선이 석양의 흐릿한 진홍색을 바탕으로 검게 윤곽을 드러내고 있었다.

사람들은 사랑 이야기를 했다. 이 오래된 주제를, 예전에 자주 이야기했던 것을 말하고 또 말했다. 석양이 가져다주는 부드러운 우울 때문에 사람들의 말이 느려졌고, 마음속에는 애틋함이 감돌았고, '사랑'이라는 말이 끊임없이 나왔다. 때로는 힘찬 남자의 음성으로, 때로는 음색이 가벼운 여자 목소리로 나왔다. 그래서 사랑이라는 말이 작은 응접실을 가득 채워 새처럼 날아다니며 정령처럼 떠도는 것 같았다.

사람은 오래도록 한 사람을 사랑할 수 있을까?

이 질문에 몇몇 사람들은 대답했다. "네."

또 어떤 사람들은 단언했다. "아뇨."

때에 따라 다르다는 것이 중론이었다. 사람들은 이런저런 경우를 구분했고, 이런저런 보기를 들었고, 남녀 모두 기억이 나 마음을 흔들어 놓는 추억들, 말로 할 수는 없지만 입술까지 올라오는 옛 추억 때문에 울컥하는 것 같았다. 평범하면서도 지고한 이것, 즉 두 존재 사이의 부드럽고도 신비로운 일치에 대해 깊은 감동에 빠져 열렬한 관심을 갖고 이야기했다.

그런데 갑자기 누군가가 먼 곳을 응시하며 소리쳤다.

"오! 저기 좀 보세요. 저게 뭐죠?"

바다 위 수평선 저 멀리에 커다랗고 뭔지 모를 회색 덩어리가 갑자기 나타났다.

여자들은 벌떡 일어나 그것을 바라보았지만, 여태 한 번도 보지 못했던 이 놀라운 것이 무엇인지 알 수 없었다.

누군가가 말했다.

"저건 코르시카섬이에요! 일 년에 두세 번, 대기 조건이 예외적으로 좋아야만 저 섬이 보인대요. 대기가 워낙 투명해서, 먼 곳을 가리는 자욱한 물안개에 섬이 감춰지지 않을 때만요."

능선이 흐릿하게 보이고, 산꼭대기에 쌓인 눈이 보이는 것 같았다. 이렇게 갑자기 한 세계가 나타나니 바다에서 불쑥 유령이 솟아오른 듯 다들 놀라고 동요해 겁을 먹다시피 했다. 어쩌면 그들은 콜럼버스처럼 아무도 가 보지 않은 대양을 지나 탐험을 떠났던 사람들의 신기한 모습을 그려 보고 있었는지도 모른다.

그러자 그때까지 아무 말도 하지 않았던 한 늙은 남자가 입을 열었다.

"자, 우리 앞에 마치 우리가 이야기하던 바에 대한 대답처럼 불쑥 나타나 희한한 추억을 떠올리게 해 준 저 섬에서 나는 변하지 않은 사랑, 믿을 수 없을 만큼 행복한 사랑을 보았답니다. 그 사랑 이야기는 이렇습니다."

5년 전에 난 코르시카를 여행했지요. 사람의 손길이 닿지 않은 이 섬은 비록 때로 오늘처럼 프랑스 해안에서 보일 때도 있지만, 평소엔 아메리카 대륙보다도 더 멀고 더 알려지지 않은 섬입니다.

아직도 혼돈에 싸여 있는 세계, 시냇물이 흐르는 좁다란 협곡으로 나뉘어 비죽비죽 늘어선 산들을 생각해 보세요. 벌판이 없고 집채만 한 화강암들과 거대하게 굽이치는 땅이 잡목 숲이나 키 큰 참나무, 소나무 숲에 뒤덮여 있다고 생각해 보세요. 그곳은 누구의 손도 닿지 않았고 사람이 경작한 적도 없고, 가끔가다 언덕 꼭대기에 바위들이 무더기로 모여 있는 듯한 마을이 보이기는 하지만, 인적이 드문 땅입니다. 문화도 산업도 예술도 없죠. 사람이 깎아 만든 나무 조각 하나, 돌 쪼가리 하나 없고 우아하고 아름다운 것을 좋아했던 조상들의 단순하거나 세련된 취향을 환기하는 물건 하나 없습니다. 멋지고도 척박한 이 고장에서 가장 놀라운 게 바로 이 점입니다. 이른바 '예술'이라 불리는, 마음을 끄는 형상을 탐구하는 것에 대한 유전적 무관심 말이죠.

궁마다 걸작들이 가득하고 대리석, 목재, 구리, 철, 금속과 돌들이 인류의 천재성을 입증하고, 옛집 안에 뒹구는 아무리 작은 물건이라도 멋이라는 신성한 문제를 드러내는 이탈리아 같은 나라를 보면 노력, 위대함, 힘, 창조적 지성의 승리를 입증할 수 있으니 그 나라 자체가 걸작품이고 누구나 좋아하는 성스러운 나라인 거죠.

그런데 이탈리아 맞은편에 있는 야생의 섬 코르시카는 원시 상태 그대로 남아 있습니다. 그 섬에서 사람들은 존재가 무엇인지, 집안싸움이 뭔지도 모르고, 허름하고 대충 지어진 집에 살고 있습니다. 결함도 그대로고 미개한 특징도 그대로며 폭력적이고 남을 잘 미워하고 다혈질이지만, 모르는 사람에게도 친절하고 너그럽고 헌신적이고 순진하며, 행인에게 문을 잘 열어 주고 조금만 공감해도 충실한 우정으로 보답합니다.

한 달 동안 나는 세상 끝에 와 있다는 느낌으로 이 섬을 가로질러 여기저기 돌아다녔습니다. 섬에는 주막도 술집도 번듯한 길도 없었습니다. 노새가 지나다니는 오솔길을 따라 산허리에 달라붙듯 형성된 마을들에 가면, 가파른 골짜기를 굽어보고 있어 저녁이면 급류가 흘러내리는 은근하고 깊은 소리가 들려 왔습니다. 집마다 여행객들이 문을 두드리고 있었습니다. 다음 날까지 하룻밤을 보낼 잠자리와 먹을 것을 부탁하는 것이었습니다. 여행객들은 보잘것없는 식탁에 앉고 보잘것없는 집에서 잤습니다. 그리고 다음 날 아침에는 마을 끝까지 데려다준 집주인과 악수하고 헤어졌습니다.

그러던 어느 날 저녁, 열 시간을 혼자 걸은 뒤 나는 어느 작은 집에 다다랐습니다. 그곳에서 조금만 더 가면 바다로 이어지는 좁은 골짜기 끝에 있는 외딴집이었습니다. 잡목 숲과 위에서 굴러 내린 바위들과 큰 나무로 덮인 산비탈 두 개가 어두운 벽처럼 꽉 막아선 협곡이었습니다.

그 초가집 주위에는 작은 포도밭과 작은 텃밭이 있고, 좀 더 멀리에는 키 큰 밤나무 몇 그루가 서 있었습니다. 가난한 고장치고는 먹고살 만해 보였습니다.

나를 맞아 준 할머니는 늙고 엄해 보였고, 보기 드물게 깔끔한 사람이었습니다. 바깥의 짚으로 엮은 의자에 앉아 있던 할아버지가 일어나 내게 인사한 뒤 말없이 다시 앉았습니다. 그의 아내인 할머니가 내게 말했습니다.

"죄송합니다. 이 사람이 지금 귀가 먹어서 이래요. 여든두 살이에요."

할머니가 프랑스 본토에서 쓰는 프랑스어를 쓰고 있어 나는 깜짝 놀랐습니다.[26]

할머니에게 물었습니다.

"코르시카 출신이 아니세요?"

할머니는 대답했습니다.

"네. 우린 대륙 출신이에요. 하지만 50년 전에 이곳에 와서 살고 있지요."

사람이 많이 사는 도시에서 멀리 떨어진 이 어두운 구석에서 50년을 살아왔다고 생각하니 와락 불안과 공포가 몰려왔습니다. 그때 나이 든 양치기가 집에 들어왔고, 우리는 감자와 돼지비계와 양배추를 넣어 걸쭉하게 끓인 수프 한 접시뿐인 저녁을 먹기 시작했습니다.

간단한 식사가 끝난 뒤 나는 단조로운 풍경이 우울하기에 어

---

26 코르시카는 프랑스 남부의 섬이며 이 섬 특유의 사투리를 쓴다.

떤 서글픈 저녁에 외딴곳에 와 있으면 나그네가 느끼곤 하는 무거운 마음을 지닌 채 문 앞에 가서 앉았습니다. 삶과 우주의 종말이 온 듯했습니다. 갑자기 인생의 얄궂은 비참함과 모든 것으로부터의 고립, 만사의 허무함, 꿈을 꾸게 해 죽을 때까지 사람을 속이는 심장의 검은 고독이 느껴졌습니다.

할머니는 내게 가까이 오더니 더없이 체념한 영혼 속에서도 여전히 살아 있는 호기심은 어쩌지 못하는 듯 물었습니다.

"그러니까 프랑스 본토에서 오셨나요?"

"네, 여행이 좋아서 이렇게 다닙니다."

"파리에서 오셨겠죠, 아마?"

"아뇨, 전 낭시 출신입니다."

그 이야기를 듣자 할머니는 어떤 특별한 감정에 어쩔 줄 모르는 것 같았습니다. 내가 어떻게 그것을 느꼈는지 지금 생각하니 정말 모르겠습니다.

그녀는 느린 목소리로 이 말을 되풀이했습니다.

"낭시 출신이시라고요?"

그때 할아버지가 귀머거리답게 아무 감정도 드러내지 않고 문간에 나타났습니다.

할머니가 말을 이었습니다.

"괜찮아요. 저 사람은 아무 말도 못 알아듣거든요."

그러더니 잠시 후 다시 말했습니다.

"그럼 낭시 사람들을 좀 아시겠네요?"

"그럼요. 거의 다 알죠."

"생탈레즈 집안도 아세요?"

"네, 아주 잘 알죠. 우리 아버지 친구시지요."

"댁의 성함이 어떻게 되나요?"

난 이름을 말했습니다. 할머니는 나를 뚫어지게 바라보더니 기억이 살아나는 듯 나지막한 목소리로 말했습니다.

"네, 네, 기억나요. 브리즈마르 가족은 어떻게 됐나요?"

"다들 돌아가셨어요."

"아! 그러면 시르몽 가족은요?"

"막내가 장군이셨죠."

그러자 할머니는 모호하고 강력하고 거룩한 감정 때문에 감동하고 불안에 사로잡혔습니다. 그때까지 마음속 깊이 감추어 둔 비밀을 털어놓고, 이름만 들어도 마음이 흔들리는 사람들에 관해 이야기해야겠다는 느낌에 겨워 바르르 떨면서 말했습니다.

"그래요, 앙리 드시르몽. 그를 잘 알아요. 제 동생이거든요."

그러자 나는 너무 놀라고 당황해서 눈을 들어 할머니를 보았습니다. 갑자기 그녀에 대한 기억이 되살아났습니다.

옛날에 로렌 지방의 귀족 사회에서는 그 일이 큰 사건이었습니다. 부잣집의 아름다운 딸인 쉬잔 드시르몽이 아버지가 지휘관으로 있던 연대의 경기병 중 하사관과 함께 도망쳤거든요.

그 하사관은 잘생긴 총각이었습니다. 농민의 아들이었지만 푸른 줄무늬 군복이 잘 어울린 이 병사가 사령관의 딸을 사로잡은 거죠. 아마 그녀는 중대의 열병식을 구경하다가 그를 보게 되어 사랑하게 된 것 같아요. 하지만 어떻게 아가씨가 그에게 말을 걸고, 둘이 서로 만나고, 마음이 맞을 수 있었겠어요? 어떻게 감히 그에게 사랑한다고 알릴 수 있었겠어요? 그건 아무도 모릅니다.

사람들은 아무것도 짐작하지 못했고, 아무것도 예감하지 못했죠. 어느 날 저녁, 병사가 막 퇴근하자마자 그녀와 함께 자취를 감췄습니다. 사람들은 둘을 찾았으나 끝내 발견하지 못했어요. 아무 소식도 들리지 않자 둘 다 죽은 줄로만 알았죠.

그런데 이렇게 을씨년스러운 골짜기에서 살고 있었던 거예요.

나는 할머니에게 말했습니다.

"네, 뚜렷이 기억납니다. 부인이 그 쉬잔 양이군요."

할머니는 머리를 끄덕였습니다. 그녀의 두 눈에서 눈물이 주르륵 흘러내렸습니다. 그때 오두막집 입구에서 꼼짝도 하지 않고 있던 노인을 내게 가리켜 보이며 할머니가 말했습니다.

"저이가 바로 그 사람이에요."

그녀가 아직도 그를 사랑하고 있으며, 여전히 반한 눈으로 그를 보고 있다는 것을 알겠더군요.

나는 물었습니다.

"그래도 행복하셨지요?"

할머니는 진심에서 우러나는 음성으로 대답했습니다.

"오! 그럼요. 아주 행복했어요. 저이는 날 아주 행복하게 해 줬죠. 난 아무런 후회가 없어요."

나는 슬프고 놀라면서도 사랑의 힘에 감탄하며 그녀를 바라보았습니다! 그 부유한 아가씨가 이 남자를, 이 농사꾼을 따라 여기까지 온 겁니다. 그녀 자신도 농사꾼이 되었고요. 그래서 매력도, 사치도, 어떤 섬세한 것도 없는 일평생을 살았던 겁니다. 그의 소박한 삶에 그녀도 순응한 거죠. 그리고 그녀는 아직도 그를 사랑하고 있었습니다. 그녀는 보닛을 쓰고 거친 천으로 만든 치마를 걸친 시골 여자가 되었습니다. 나무 식탁에서 지푸라기로 엮은 의자에 앉아 양배추와 감자와 돼지비계를 넣고 끓인 수프를 토기에 담아 떠먹었습니다. 지천으로 깔린 짚 위에 누워 잤습니다.

그녀는 그 사람 이외엔 아무것도 생각하지 않았습니다. 오직 그 사람뿐이었죠! 장신구도, 옷감도, 멋도, 안락의자의 푹신함도, 벽지가 발린 침실의 향기로운 따스함도, 몸을 편히 쉬게 하는 오리털 베개의 부드러움도, 아무것도 아쉬워해 본 적 없었습니다. 그녀에게 필요한 것은 그 사람뿐이었습니다. 그만 있으면 아무것도 바랄 게 없었습니다.

그녀는 아주 젊은 나이에 삶과 사교계를 포기했고, 길러 주고 사랑했던 사람들을 버렸습니다. 사랑하는 사람과 단둘이 맨몸으로 여기 이 야생의 골짜기에 온 겁니다. 그녀에겐 그가 전부였습니다. 바라는 모든 것, 꿈꾸는 모든 것, 끊임없이 기대하는 모든 것, 끝없이 희망하는 모든 것이었습니다. 그는 그녀의 삶을 온전히 행복으로 채워 주었습니다.

그녀는 그 이상 행복할 수가 없었습니다.

나는 밤새도록, 멀리서 그를 따라온 여인 옆에 누운 늙은 옛 병사의 그르렁거리는 숨소리를 들으며 이 기이하고도 단순한 모험을, 작은 것으로 이룬 완벽한 행복을 생각했습니다.

그리고 해가 뜨자 두 내외와 악수를 한 뒤 길을 떠났습니다.

이야기하던 사람이 입을 다물었다. 좌중의 한 여자가 말했다.

"그녀의 이상은 너무 호락호락했고, 욕구는 너무 원초적이었고, 요구 사항은 너무 단순했어요. 그 여자는 어리석었을 뿐이에요."

다른 여자가 천천히 말했다.

"그러면 어때요! 본인이 행복했다는데."

수평선 끝 저만치에서 코르시카섬은 밤의 어둠에 잠겨 바닷속으로 천천히 다시 들어갔다. 바닷가에 숨어 사는 두 보잘것없는 연인의 이야기를 직접 들려주겠다는 듯이 드러냈던 자신의 큰 그림자를 조금씩 거둬 갔다.

첫눈

크루아제트의 긴 산책로는 푸른 물가를 따라 둥글게 휜다. 거기서 보면 오른쪽에 에스테렐산맥이 멀리 바다 쪽으로 좀 튀어나와 있다. 이 숱한 기암괴석 봉우리들이 늘어선 경치 좋은 남프랑스의 인적 없는 땅이 수평선을 가리고 있다.

왼쪽에는 생마르그리트섬과 생오노라섬이 물 위에 누운 듯, 전나무로 덮인 등허리를 드러내고 있다.

길고 긴 만을 따라, 칸 주변에 솟아 있는 큰 산들을 따라 별장에 사는 백인들은 햇빛 속에 잠든 것 같이 보인다. 밝은 색깔의 집들은 산꼭대기부터 기슭까지 흩어진 듯 좍 깔려 있고, 어두운 초록색 배경에 군데군데 눈이 뿌려진 듯 멀리서도 잘 보인다.

가장 가까운 바다로 향하는 널찍한 산책로 쪽으로 철책이 쳐져 있었고 걸쇠는 활짝 열려 있다. 산책로에는 가만가만 파도가 치며 땅을 적시고 있다. 날씨는 좋고 온화하다. 차가운 바람 한 줄기만 겨우 불어오는 포근한 겨울날이다. 정원에서는 담장 너머로 황금빛

열매가 가득 달린 오렌지 나무와 레몬 나무가 보인다. 부인네들이 느린 걸음으로 모래 위를 걸어가고, 그 뒤로 굴렁쇠를 굴리거나 남자 어른들과 이야기하며 아이들이 따라간다.

크루아제트 쪽으로 문이 난 작고 아담한 집에서 젊은 부인이 막 나왔다. 그녀는 잠시 멈춰 서서 산책하는 사람들을 바라보며 미소 짓다가, 뭔가에 짓눌리는 듯 바다 앞에 놓인 빈 의자에 앉는다. 스무 걸음쯤 걸었는데 피곤한지 숨을 몰아쉬며 앉는다. 창백한 얼굴은 꼭 죽은 사람 얼굴 같다. 그녀는 콜록콜록 기침하며 투명한 손가락을 입술에 갖다 댄다. 마치 기침할 때마다 진을 빼는 흔들림을 멈추려는 것 같다.

그녀는 해가 환히 빛나고 제비가 날아다니는 하늘과 저쪽의 들쭉날쭉한 에스테렐의 산봉우리와 가까이에 있는 푸르고 잔잔하고 아름다운 바다를 쳐다본다.

그녀는 다시 미소를 짓고 중얼거린다.

"오! 난 얼마나 행복한지 몰라."

하지만 그녀는 자신이 곧 죽을 것이며 돌아오는 봄을 보지 못하리라는 것, 바로 이 산책로를 거닐며 앞에 지나가는 이 사람들이 1년 후면 좀 자란 아이들을 데리고, 여전히 희망과 애정과 행복에 부푼 가슴을 한 채 이 온화한 고장의 따스한 공기를 들이마시러 찾아오겠지만, 그때쯤이면 아직 그녀에게 남아 있는 육체는 참나무 관에 담겨 썩어 버리고 그녀가 수의로 택한 비단 드레스에 싸인 뼈만 남을 거라는 사실을 알고 있었다. 그녀는 더 이상 이 세상에 없을 것이다. 다른 사람들에겐 인생의 모든 것이 그대로 계속될 것이다. 하지만 그녀에게는 끝이다. 영영 끝이다. 그녀는 없을 것이다. 그녀는 미소 지으며 병든 폐로 정원의 향기로운 공기를 한껏 들이마신다.

그리고 생각에 잠긴다.

기억해 보았다. 4년 전 그녀는 어느 노르망디 신사와 결혼했다. 그는 수염이 북슬북슬하고, 혈색이 좋고, 어깨가 넓고, 생각은 짧으나 기질은 쾌활한 사람이었다.

그녀가 전혀 모르는 재산 문제로 두 사람은 맺어졌다. 그녀는 내심 "싫어요"라고 말하고 싶었다. 하지만 부모의 뜻에 거역하지 않으려고 고개를 끄덕여 "네"라고 대답했다. 그녀는 파리 사람으로 명랑하며 행복했었다.

남편이 노르망디에 있는 자기 성으로 그녀를 데려갔다. 성은 넓디넓은 석조 건물로, 아주 큰 고목들로 둘러싸여 있었다. 키 큰 전나무 숲이 정면의 시야를 막았다. 건물 오른쪽에는 구멍이 하나 나 있어서 그 구멍으로 머나먼 농가들에 이르기까지 죽 펼쳐진 들판이 보였다. 담 앞으로는 지름길이 하나 있어 3킬로미터나 떨어진 큰길로 이어졌다.

오! 그녀는 모든 것이 기억났다. 그 성에 도착했던 것, 새로운 거처에서 첫날을 보냈던 것, 그다음에 이어진 고립된 삶.

마차에서 내리자 고색창연한 건물이 보였고, 그녀는 웃으며 이렇게 말했다.

"분위기가 영 밝지 않은데요!"

그 말을 듣고 남편은 웃기 시작했고 이렇게 대답했다.

"에이! 차츰 익숙해진다니까. 당신도 차차 알게 될 거요. 난 여기 와서 지루한 적이 없었다고."

이날 두 사람은 서로 포옹하며 시간을 보냈고, 아무리 포옹해도 하루가 짧기만 하다고 그녀는 생각했다. 다음 날 그들은 다시 포옹을 시작하여 정말 일주일 내내 서로 애무만 하며 지냈다.

그다음에는 집 안을 꾸미는 데 몰두했다. 꼬박 한 달이 걸렸다. 무의미하지만 집중은 잘되는 일을 하며 하루하루를 보냈다. 그녀는 살면서 소소한 일들이 가치 있고 중요하다는 걸 알게 되었다. 계절에 따라 몇 푼이 오르거나 내리는 달걀값에 사람이 관심 가질 수 있다는 것도 알게 되었다.

여름날이었다. 그녀는 밭에 가서 곡식 거두는 것을 보았다. 햇빛이 좋아 마음도 밝아졌다.

가을이 왔다. 남편은 사냥을 시작했다. 그는 아침이면 개 두 마리, 메도르와 미르자를 끌고 나갔다. 그러면 그녀는 집에 혼자 남아 있었는데, 남편 앙리가 없다고 딱히 언짢아하지는 않았다. 그녀는 남편을 아주 사랑했지만, 남편이 없다고 보고 싶어 하지는 않았다. 남편이 집에 들어오면 개들이 그녀의 애정을 독차지했다. 그녀는 저녁마다 어머니 같은 사랑을 기울여 개들을 보살폈고, 끝없이 쓰다듬어 주고 남편에겐 붙일 생각도 못 했던 예쁜 별명들을 개들에게 붙여 주었다.

남편은 집에 오면 꼭 그녀에게 사냥 얘기를 들려주었다. 자고새를 만났던 장소를 알려 주었고, 조제프 르당튀 소유의 클로버가 우거진 땅에서 산토끼를 찾아내지 못한 것이 놀랍다고 했다. 때로는 르아브르의 르샤플리에 씨의 행동에 화를 냈다. 그가 영토의 경계선을 끊임없이 밟으며 자신이 찾아낸 사냥감에 냅다 총을 쏘아 댄다는 것이다.

그녀는 대답했다. "맞아요. 정말 그건 나쁜 짓이네요." 속으론 딴생각하며 건성으로 한 말이었다.

겨울이 왔다. 노르망디의 겨울은 춥고 비가 많이 왔다. 하늘로 치켜 올라간 각진 큰 지붕 위로 끝없이 장대비가 내렸다. 길은 진흙탕 길이 되어 버렸고, 시골은 온통 진흙 벌이 되어 버렸다. 쏟아지는 빗소리 말고는 아무 소리도 들리지 않았다. 까마귀 떼가 빙빙 돌며 하늘을 날다가 밭에 구름처럼 내려왔다가 다시 날아가는 것 말고는 아무 움직임도 없었다.

오후 4시경, 이리저리 날아다니던 검은 까마귀 떼가 귀가 먹을 만큼 큰 소리로 우짖으면서 성 왼쪽에 있는 큰 너도밤나무에 내려앉았다. 한 시간 동안 까마귀들이 이 나무 꼭대기에서 저 나무 꼭대기로 날아다니며 서로 싸우듯 깍깍 울었고, 회색빛 나뭇가지에서 시꺼멓게 날아다녔다.

그녀는 저녁마다 바싹 조여드는 마음으로 그 까마귀들을 바라보았다. 그녀는 인적 없는 땅 위에 내리는 밤의 불길한 우울함에 흠뻑 빠져 있었다.

그러면 그녀는 초인종을 울려 하인들을 부른 뒤 등불을 가져오라고 했고, 벽난로 불에 가까이 다가갔다. 장작더미를 아무리 지펴도 습기가 스민 넓디넓은 방들은 따뜻해지지 않았다. 그녀는 온종일 어디에 있으나 추웠다. 응접실에서도 식당에서도 침실에서도 추웠다. 냉기가 뼛속까지 스미는 것 같았다. 남편은 저녁 식사 시간이 되어서야 들어왔다. 그는 끊임없이 사냥하거나, 수확이나 경작 같은 온갖 농촌 일에 관여했기 때문이다.

첫눈

그는 쾌활하게 흙투성이가 된 채 두 손을 비비며 들어와서는 말했다.

"뭔 날씨가 이래!" 아니면 "불을 피우면 좋지!"라고 말하거나 이렇게 물을 때도 있었다.

"오늘은 어때? 기분이 좋소?"

그는 행복했고 건강했으며, 이 단순하고 건강하고 조용한 삶 외에 다른 것은 꿈꾸지 않아서 딱히 바라는 것도 없었다.

12월에 눈이 오자 그녀는 세월이 가며 사람의 체온이 낮아지듯 수 세기가 흘러가면서 점점 더 추워진 듯한 이 고성의 썰렁한 공기가 너무 견디기 힘들었다. 그래서 어느 날 저녁 남편에게 난로를 놔 달라고 부탁했다.

"나 좀 봐요, 앙리. 여기다 난로 한 대 들여놔야겠어요. 그러면 습기가 좀 없어질 거예요. 내 장담하지만 지금은 아침부터 저녁까지 따뜻한 기운을 접할 수가 없다니까요."

처음에 그는 성에 난로를 들여놓는 건 말도 안 되는 생각이라며 아예 말도 못 꺼내게 했다. 차라리 은쟁반에다 먹을 것을 담아 기르는 개들에게 주는 것이 그보다는 더 자연스러울 것 같았다. 그러다가 그는 있는 힘을 다해 큰 소리로 웃음을 터뜨리며 이 말을 되풀이했다.

"난로를 여기에다 놓다니! 난로를 놓는다고! 아! 아! 아! 농담이겠지!"

그녀는 주장했다.

"난 추워서 얼어 죽겠어요. 여보, 당신은 몰라요. 늘 움직이고 있으니까. 하지만 난 얼어 죽겠다고요."

그는 여전히 웃으며 대답했다.

"아! 차츰 익숙해진다니까! 게다가 추운 게 건강엔 아주 좋다잖소. 당신 건강은 더 좋아질 거요. 우리가 무슨 파리 사람들인가, 깜부기불이나 쬐게. 게다가 머잖아 봄이고!"

1월 초쯤 커다란 불행이 닥쳤다. 그녀의 부모님이 마차 사고로 돌아가신 것이다. 그녀는 장례를 지내러 파리에 갔다. 그 후로 반년쯤은 슬픔만이 그녀 마음을 온통 차지하고 있었다. 그러다 날씨가 다시 따스해지자 잠시 나아졌으나 가을이 될 때까지 슬픔에 몸을 맡긴 채 지냈다.

추위가 다시 닥쳐오자 그녀는 처음으로 어두운 미래를 그려보았다. 무엇을 할 수 있을까? 아무것도 없다. 이제 무슨 일이 생길까? 아무것도 없다. 무슨 기대로, 무슨 희망으로 마음이 다시 활기를 찾을 수 있을까? 아무 기대도 희망도 없다. 의사는 그녀가 아이를 낳지 못할 거라고 말했다.

작년보다 더 심하고 더 뼈에 사무친 추위에 그녀는 계속 괴로워했다. 벌벌 떨리는 두 손을 타오르는 불길 가까이에 갖다 대었다. 너울대는 불꽃에 얼굴이 벌겋게 익을 만큼 가까이 가도 찬 기운이 살과 옷 사이로 쑥쑥 파고드는 듯했다. 그녀는 머리끝에서 발끝까지 와들와들 떨었다. 마치 음험하고 원수처럼 악착스럽고 살아 있는 것 같은 바람이 온 집 안에 쌩쌩, 이쪽저쪽으로 불어대는 것 같았다. 그녀는 항상 그 바람을 만났다. 냉랭한 바람은 끊임없이 불어제쳐 때론 얼굴에, 때론 두 손에, 때론 목에 훅훅 끼쳐 왔다.

그녀는 다시금 난로 얘기를 꺼냈지만 남편은 그녀가 달을 따

첫눈

다 달라기나 한 것처럼 그 말을 귓등으로 들었다. 남편에게 그런 물건을 집에 들여놓는다는 것은 철학자의 돌을 발견하는 것만큼이나 말도 안 되는 일로 보였다.

어느 날, 일을 보러 루앙에 갔던 그가 아내에게 웃으면서 '휴대용 난로'라는 귀여운 동제 발 난로를 구해다 주었다. 그거면 춥지 않을 거라고 판단했던 것이다.

12월 말경, 그녀는 계속 이렇게 살 수는 없다고 생각하고 어느 날 저녁 머뭇거리며 말을 꺼냈다.

"여보, 봄이 오기 전에 한두 주 파리에 가서 보내면 어떨까요?"

그는 깜짝 놀랐다.

"파리에? 파리라고? 뭘 하러? 아! 안 되지, 안 돼. 여기 우리 집에 있는 게 이렇게 좋은데! 가끔가다 당신은 참 엉뚱한 생각을 하는구려!"

그녀는 웅얼거렸다. "그러면 좀 기분 전환이 될 텐데."

그는 이해하지 못했다.

"당신의 기분 전환을 위해서는 대체 뭐가 필요한 거요? 연극, 파티, 외식? 그렇지만 당신도 여기에 오면서 그런 것들을 기대해선 안 된다는 걸 잘 알았을 텐데!"

그녀는 그 말과 어조에 책망이 들어 있다는 것을 느꼈다. 그래서 입을 다물었다. 그녀는 저항하지도 않고 아무 의지도 없는, 수줍고 온순한 사람이었다.

1월이 되자 매서운 추위가 다시 찾아왔다. 그리고 눈이 땅을 덮었다.

어느 날 저녁, 그녀는 커다란 구름 같은 까마귀 떼가 나무들

주위를 날아다니는 것을 바라보다가 자기도 모르게 울기 시작했다.

남편이 들어왔다. 그는 깜짝 놀라 물었다.

"아니, 무슨 일이오?"

그는 행복했다. 다른 삶, 다른 기쁨을 꿈꿔 본 적이 없으므로 아주 행복했다. 그는 이 황량한 고장에서 태어나고 여기서 자라난 사람이었다. 집에 있으면 심신이 편안했다.

그는 어떤 특별한 일들이 일어나길 원한다는 것, 변화에 대한 기쁨을 갈망할 수 있다는 것을 이해하지 못했다. 어떤 사람에게는 사철 같은 장소에 머무는 것이 당연하지 않다는 것도 이해하지 못했다. 봄, 여름, 가을, 겨울을 새로운 장소에서 맞는 것이 새로운 기쁨이 되는 사람이 많다는 것을 알지 못하는 것 같았다.

그녀는 남편에게 아무 대답도 할 수가 없었고, 눈물 젖은 두 눈만 얼른 닦았다. 그러다 웅얼거리고 말했다.

"난…… 난…… 난 조금 우울해요……. 좀 지루하거든요……."

하지만 이 말을 하고 나니 두려움이 엄습해 얼른 다른 말을 덧붙였다.

"그리고…… 난…… 난 조금 추워요."

이 말에 그는 신경이 거슬렸다.

"아! 그래…… 당신 여전히 난로 생각을 하고 있군. 하지만 좀 봐봐! 여기 온 뒤로 당신은 감기 한 번 든 적이 없잖소."

밤이 되었다. 그녀는 자기 침실로 올라갔다. 남편에게 각방을 쓰자고 했기 때문이었다. 침대에 누웠다. 침대에서도 추웠다. 그녀는 생각했다.

첫눈

'늘 이렇겠지. 언제나. 죽을 때까지.'

그리고 남편 생각을 했다. 어떻게 자기에게 그런 말을 할 수 있을까.

"여기 온 뒤로 당신은 감기 한 번 든 적이 없잖소"라고.

그러니까 자기가 아프거나 기침을 해야 비로소 괴롭다고 생각하는 거구나!

불현듯 화가 치밀었다. 약한 자, 수줍은 자의 분노였다.

기침을 해야 했다. 아마 그래야 불쌍히 여기겠지. 그럼, 기침을 하자. 남편은 쿨럭쿨럭하는 그녀의 기침 소리를 들으면 의사를 부르겠지. 남편은 그 꼴을 볼 것이다. 어디 한번 직접 보라지!

그녀는 맨다리, 맨발로 침대를 벗어나 일어섰고, 어린애 같은 생각을 하고 빙긋 웃었다.

'난 난로가 있었으면 좋겠어. 난로를 갖고 말 거야. 남편이 난로를 놓아 주기로 결심할 만큼 기침을 해야지.'

그녀는 거의 맨몸으로 의자에 앉아서 한두 시간을 기다렸다. 덜덜 떨었지만 감기가 들지는 않았다. 그러자 그녀는 비상 수단을 쓰기로 했다.

그녀는 소리 없이 침실을 빠져나와 계단을 걸어 내려가 정원 문을 열었다.

눈 덮인 땅은 죽은 듯했다. 그녀는 맨발을 내디뎠고 얇고 얼어붙은 이끼를 밟아 발이 쑥 들어갔다. 상처처럼 고통스럽고 차가운 감각이 심장까지 느껴졌다. 하지만 그녀는 다른 쪽 다리도 내디뎠고 천천히 계단을 내려가기 시작했다.

이어 그녀는 잔디밭을 가로질러 나아가며 혼잣말을 했다.

"전나무 있는 곳까지 가야지."

그녀는 맨발로 눈을 밟을 때마다 매번 숨 막혀하면서도 살금살금 나아갔다. 손으로 첫 번째 전나무를 짚었다. 마치 목표 달성을 스스로 확인하려는 듯이. 그리고 다시 있던 자리로 돌아갔다. 두세 번 넘어질 뻔했다. 그만큼 몸이 얼어붙고 기절할 것 같았다. 하지만 집에 들어오기 전에 이 얼어붙은 거품 속에 주저앉았고, 심지어 그것을 집어서 가슴에 북북 문지르기까지 했다.

그러고는 방으로 들어와 자리에 누웠다. 한 시간이 지나자 목이 간질간질했다. 팔다리에 개미가 기어다니는 듯 간질간질했다. 그래도 잠을 잤다.

다음 날 그녀는 기침을 했고 자리에서 일어날 수가 없었다.

그녀는 가슴이 부어올랐고, 헛소리를 했다. 헛소리를 할 때는 난로를 놔 달라고 청했다. 의사는 난로를 한 대 놓아야 한다고 했다. 앙리는 마음이 상하고 마지못해서 그렇게 했다.

그녀는 나아지지 않았다. 폐에 깊이 병이 들어 목숨이 걱정될 정도였다.

"이 상태로는 추위가 올 때까지도 못 버팁니다." 의사가 말했다.

남편은 그녀를 남프랑스로 보냈다.

그래서 그녀는 칸으로 왔고, 태양을 알게 됐고, 바다를 사랑했고, 꽃 핀 오렌지 나무의 향기를 들이마셨다.

그러다가 봄이 되면 북쪽으로 돌아갔다.

하지만 그녀는 병이 나으면 어쩌나, 노르망디의 긴 겨울을 어찌 보내나 하는 두려움을 여전히 지니고 있었다. 그래서 몸이 좀 나아지면 바로 밤에 창문을 열어젖히고 지중해의 온화한 해변을 생각했다.

이제 그녀는 곧 죽을 것이다. 그녀도 그걸 알고 있다. 그녀는 행복하다.

그녀는 보지 않던 신문을 펼쳐 제목을 읽는다. "파리에 첫눈."

그녀는 흠칫 몸을 떨더니 빙긋 웃는다. 저만치 있는, 석양에 불그레하게 물든 에스테렐산을 바라본다. 너르고 푸른, 너무도 푸른 하늘과 너르고 푸른, 너무도 푸른 바다를 바라보고는 일어선다.

그러고는 기침할 때만 걸음을 멈추면서 느린 걸음으로 침대로 돌아갔다. 너무 늦게까지 밖에 있어 좀 추웠고 감기에 걸린 것이다.

남편의 편지가 와 있는 것을 본 그녀는 여전히 빙긋 웃으며 그것을 펴서 읽는다.

사랑하는 여보,

거기서 잘 지내고, 아름다운 이 고장을 너무 그리워하지 말길 바라오. 며칠 전부터 여긴 땅이 얼어붙었고 눈이 올 것 같소. 나는 이런 날씨가 좋아. 그놈의 난로를 끝내 피우지 않고 있는 나를 이해해주기 바라오……

그녀는 드디어 난로를 갖게 되었다는 생각에 무척 행복해서 편지 읽기를 멈춘다. 편지를 쥔 오른손이 천천히 무릎으로 떨어진다. 가슴을 찢는 질긴 기침을 진정시키려는 듯 왼손을 입으로 가져간다.

온실

르르부르 부부는 동갑내기였다. 둘 중 남편이 좀 더 약하긴 했지만 더 젊어 보였다. 두 부부는 루앙산 면직물을 팔아 돈을 벌고, 낭트 근처에 장만한 예쁜 시골집에서 살고 있었다.

집 주변에는 아름다운 정원이 있었다. 정원에는 닭장, 작은 중국식 정자, 그리고 끝 쪽에 작은 온실이 하나 있었다. 르르부르 씨는 키가 작고 뚱뚱하며, 사람 좋은 장사꾼다운 쾌활함이 있었다. 아내는 빼빼 마르고 의지가 굳고 항상 불만이 많았는데, 그렇다고 해서 남편의 좋은 기분을 망치는 것은 아니었다. 그녀는 머리를 물들였고, 가끔가다 소설을 읽으면 비록 평소에는 이런 종류의 글을 멸시하는 척했지만 마음속에 꿈이 생기곤 했다. 남들은 그녀가 열정적이라고 했지만, 그녀는 이런 말을 들을 만한 일은 한 적이 없었다. 하지만 남편은 가끔 말했다. "내 아내는 여장부지!" 이런 말을 어쩐지 둘이 합의된 듯한 투로 하는 바람에 이 말을 듣는 사람은 이런저런 가정을 할 수 있었다.

하지만 몇 년 전부터 그녀는 늘 말할 수 없는 슬픔에 시달리는 듯, 속상해하고 남편에게 공격적인 태도를 보였다. 그래서 둘 사이에는 일종의 불화가 생겨났다. 그들은 다정한 말도 거의 하지 않았고, 이름이 팔미르인 아내는 끊임없이 이름이 귀스타브인 남편에게 이유도 없이 빈정대는 듯 무례한 칭찬과 은근한 모욕과 신랄한 말들을 잔뜩 퍼부었다.

남편은 짜증 났지만 워낙 작은 것에도 만족하는 사람인지라 아내의 바가지를 그러려니 하고 받아들였다. 하지만 속으로는 아내가 어떤 남모를 이유로 점점 더 저렇게 행동하는지 자문하곤 했다. 아내가 화를 내는 데는 감춰진 이유가 있을 거라고 느꼈기 때문이었는데, 아무리 노력해도 그 이유를 알아낼 수 없었다.

그는 종종 아내에게 말하곤 했다. "이봐요, 여보. 내게 무슨 억하심정이 있는지 말해 보오. 내게 뭔가를 감추고 있는 것 같은데."

아내는 그때마다 변함없이 이렇게 대답했다. "아무것도 아뉴, 아무것도 없다니까. 게다가 내가 불만스러워한다면 그게 무엇 때문인지 당신이 알아내야지. 아무것도 이해하지 못하고 물러 터지고 무능해서 아무리 작은 것도 누가 도와줘야만 알아내는 남자, 난 싫어."

그가 낙담해서 중얼거렸다. "당신이 아무 말도 하고 싶지 않다는 건 잘 알겠네."

그리고 알쏭달쏭한 이유를 찾으며 아내에게서 멀어져 갔다.

특히 밤이 되면 남편은 아주 괴로웠다. 사이좋은 보통 부부라면 으레 그러듯, 둘은 늘 한 침대에서 잤던 것이다. 누워 있으면 그가 어떤 불평을 해도 그걸 아내는 남편 흠을 잡는 데 썼다. 그녀는 둘이 나란히 누워 있을 때를 골라, 가장 심한 조롱을 퍼부었다. 그녀는 주로 남편이 살쪘다고 불평했다. "혼자서 두 사람 자리를 다 차지할 만큼 뚱뚱해졌어. 또 내 등 뒤에서 땀은 얼마나 많이 흘리는지. 그러면 내가 기분이 좋겠수?"

아내는 털끝만 한 핑계라도 생기면 남편에게 일어나라고 한 뒤 아래층에 두고 온 신문이나 오렌지꽃 물이 담긴 물병을 가져오라고 내려보냈다. 그는 아내가 감춰 놓은 물병을 찾지 못했다. 그러면 아내는 화나고 놀리는 어조로 소리소리 질렀다. "저런 겉만 멀쩡한 멍청이 같으니! 물병이 어디 있는지 정도는 알아야지!"

고요히 잠든 집 안을 한 시간이나 돌아다닌 뒤 빈손으로 다시 2층에 올라가면 아내는 수고했다는 말은커녕 이렇게 말했다. "자, 다시 누워요. 좀 걸어 돌아다녔으니 살이 조금은 빠졌겠지. 에잉, 사람이 원, 스펀지처럼 흐물흐물해선."

그녀는 배가 아프다며 아무 때나 남편을 깨웠고, 플란넬 천에 화장수를 묻혀 자기 배를 싹싹 문질러 달라고 했다. 그는 아내가 아픈 게 안돼서 낫게 해 주려고 하녀 셀레스트를 깨우자고 했지만, 그녀는 길길이 화를 내며 소리쳤다.

"이 어리석은 사람아. 얼마나 바보 같은지 몰라. 됐어요. 이젠 안 아파요. 다시 누워 자요. 아무짝에도 쓸모없는 사람 같으니."

그가 물어보았다. "정말 더 이상 아프지 않소?"

그녀는 남편 면전에 대고 심하게 퍼부어 댔다. "그렇다니까요. 그러니 입 다물고 잠이나 자게 좀 조용히 하라고요. 더 이상 날 귀찮게 하지 말아요. 아무것도 할 줄 모르고 아내에게 뭘 문질러 주는 일도 못 하는 위인이."

그는 낙담했다. "하지만…… 여보……."

아내가 성질을 냈다. "하지만이라는 말 좀 그만해요…… 됐어요, 알겠어요. 이제 조용히 하라고요……."

그러면서 벽 쪽으로 돌아누웠다.

그런데 어느 날 밤, 아내가 남편을 느닷없이 흔들어 깨우는 바람에 남편은 무서워서 벌떡 일어났다가 평소와는 달리 빠르게 다시 누웠다.

그가 웅얼거렸다. "왜 그래? …… 무슨 일이오?"

그녀가 남편의 한 팔을 잡고 소리를 지를 때까지 꼬집었다. 그러고는 남편의 귀에 대고 귓속말을 했다. "방금 집에서 무슨 소리가 들렸어요."

르르부르 부인이 자주 이러기에 그는 지나치게 걱정하지 않은 채 잠자코 있다가 물었다. "여보, 무슨 소리 말이오?"

아내는 당황한 듯 벌벌 떨면서 대답했다.

"소리…… 소리라니까…… 발소리……. 누가 있어요."

남편은 그 말을 못 믿겠다는 듯 가만히 있었다. "누가 있는 것 같아? 아니야, 당신이 잘못 안 거야. 누가 있겠어?"

그는 가만히 이불 속으로 파고들었다.

"아니야, 여보. 아무도 없어. 당신이 아마 꿈꾼 걸 거야."

그러자 아내는 이불을 젖히고 침대 밖으로 나오더니 화내며 소리쳤다. "무능한 줄만 알았더니 비겁하기까지 하네요! 어쨌건 당신이 마음 약해서 내가 죽임당하진 않을 거야."

그리고 벽난로 집게를 집더니 전투태세를 갖추고 잠긴 문 앞에 섰다.

아내가 이처럼 씩씩함의 본보기를 보이니 감동하고 좀 창피하기도 해서 그는 얼굴을 찡그리며 잘 때 쓰는 면 모자를 벗지도 않고 일어나 삽을 들고 아내의 맞은편에 가서 섰다.

그들은 쥐 죽은 듯 20분을 기다렸다. 집의 휴식을 깨는 소리는 아무것도 들려오지 않았다. 그러자 화가 난 안주인은 침대로 올라가며 말했다. "하지만 난 아까 분명 누군가 있었다고 확신해요."

말다툼을 피하려고 그는 다음 날 낮에는 이 난리에 대해 한마디도 하지 않았다.

하지만 그다음 날 밤, 르르부르 부인은 전날보다 더 격렬하게 남편을 깨웠고, 숨을 헐떡이고 더듬거리며 말했다. "귀스타브, 귀스타브, 방금 누가 정원으로 통하는 문을 연 것 같아요."

하도 부득부득 주장하니 놀라서 그는 아내가 몽유병에 걸린 줄 알고 그녀의 위험한 잠기운을 털어내 보려 하는데, 정말 집 벽 밑에서 작은 소리가 난 듯했다.

그는 일어나 창문으로 달려갔다. 아닌 게 아니라 허연 그림자가 오솔길로 후다닥 달려갔다.

그가 실신할 지경에서 웅얼거렸다. "누가 있소!" 다시 정신을 차리고 갑자기 모르는 사람에게 습격당한 집주인답게 엄청난 분노에 휩싸여 벌떡 일어나 외쳤다. "기다려요, 기다려. 두고 보자고!"

그는 업무용 책상으로 휙 달려들어 서랍을 열더니 거기서 권총을 꺼내 계단을 잽싸게 내려갔다.

아내가 정신없이 남편을 따라가며 소리쳤다.

"귀스타브, 귀스타브, 날 내버려 두지 말아요. 날 혼자 두지 말라고요. 귀스타브! 귀스타브!"

하지만 그는 그 소리를 귀담아듣지 않았다. 이미 정원으로 나가는 문을 잡고 있었다.

그러자 그녀가 재빨리 부부 침실에 틀어박혀 범인이 들어오지 못 하게 문을 막았다.

그녀는 5분, 10분, 15분을 기다렸다. 미칠 듯한 공포가 엄습해 왔다. 아마 그들이 남편을 잡아서 꽁꽁 묶고 목을 졸랐나 보다. 차라리 여섯 발의 총성이 들려서 남편이 싸우고 있다는 것을, 자기방어를 하고 있다는 것을 아는 게 나을 것 같았다. 하지만 이 괴괴한 정적, 이 시골의 두려운 정적에 그녀는 그만 무너져 내렸다.

초인종을 눌러 하녀 셀레스트를 불렀다. 셀레스트는 오지 않았고 아무 대답도 없었다. 기절할 것 같고 정신을 잃을 것만 같아 다시 종을 눌렀다. 집 전체에서 아무 소리도 나지 않았다.

그녀는 창문 유리에 뜨거운 이마를 대고 바깥의 어둠 속으로 나가려 했다. 그녀가 구분할 수 있는 건 길 위의 희끄무레한 자국 옆에 서 있는 언덕의 검은 그림자뿐이었다.

시계가 12시 30분을 알렸다. 남편은 45분째 소식이 없었다. 이제 다시는 남편을 만날 수 없나 보다! 그녀는 흐느껴 울며 털썩 주저앉았다.

방문을 가볍게 두 번 두드리는 소리에 그녀는 벌떡 일어섰다. 르르부르 씨가 아내를 부르고 있었다.

"열어 줘, 여보. 팔미르, 나야." 그녀는 재빨리 다가가서 방문을 열었고, 두 주먹을 허리에 대고 눈물이 그렁그렁 맺힌 채 남편 앞에 섰다. "어디에 갔다 와요? 이 바보 같으니! 아! 이렇게 나 혼자서 무서워 죽으라고 그냥 놔두고선! 아! 마치 없는 사람처럼 내 걱정은 하지도 않지!"

남편은 방문을 걸어 잠그더니 미친 사람처럼 두 손으로 배를 잡고 눈물이 날 만큼 입이 찢어지게 웃고 또 웃었다.

르르부르 부인은 황당해서 입을 다물었다.

그는 더듬더듬 말했다. "그건…… 그건…… 셀레스트가 온실에서…… 온실에서…… 몰래 누굴 만나고 있었어. 내가 뭐…… 뭐…… 뭘 봤는지 당신이 안다면……."

그녀는 화가 나서 얼굴이 창백해졌다. "엥? …… 뭐라고요? 셀레스트가? …… 내 집에서? …… 내…… 내…… 내 집에서…… 내…… 내…… 내 온실에서. 그런데 그놈을, 그 공범을 당신은 쏴 죽여 버리지 않았어요? 권총이 있었는데도 그놈을 죽이지 않았다고요? …… 내 집에서…… 내 집에서!"

그녀는 더 이상 소리 지를 힘도 없어 자리에 앉았다.

그는 발끝을 부딪치며 팔짝 뛰는 동작을 하더니 손가락으로 캐스터네츠 치는 시늉을 했고, 혀로 끌끌 소리를 내고 여전히 웃으며 말했다.

"당신이 안다면…… 당신이 안다면……."

갑자기 그는 그녀에게 입을 맞추며 껴안았다.

그녀는 몸을 뺐다. 그리고 화가 나서 뚝뚝 끊기는 음성으로 말했다. "그 하녀를 하루라도 더 우리 집에 두지 않겠어요. 알겠어요? 하루도…… 한 시간도! 여기 다시 오면 당장 내쫓아야지."

르르부르 씨는 아내의 허리를 잡고 옛날처럼 목에 쪽쪽 소리나게 입맞춤을 퍼부었다. 그녀는 놀라 꼼짝 못 하고 다시 입을 다물었다. 하지만 그는 품 안 가득 그녀를 안고 슬그머니 침대로 끌고 갔다.

아침 9시 30분쯤, 셀레스트는 항상 일찍 일어나던 주인 내외가 아직도 보이지 않으니 놀라서 그들의 침실 문을 가만히 두드렸다.

두 부부는 나란히 누워 즐겁게 이야기하고 있었다. 셀레스트는 놀라서 물었다. "나리와 마님, 여기 밀크 커피를 가져왔어요."

르르부르 부인은 아주 부드러운 음성으로 말했다. "여기로 갖다줘요. 우리가 좀 피곤하거든. 잠을 잘 자지 못해서 말이지."

하녀가 나가자마자 르르부르 씨는 아내에게 간지럼을 태우며 웃기 시작했고, 이 말을 되풀이했다. "만약 당신이 안다면! 당신이 안다면!" 그러나 아내는 남편의 두 손을 잡았다. "이봐요, 사랑하는 당신, 가만 좀 있어요. 그렇게 크게 웃다간 병나요."

그러더니 그녀도 그의 두 눈에 살며시 입을 맞추었다.

르르부르 부인은 더 이상 신경질을 부리지 않았다. 이따금 달 밝은 밤이면 두 내외는 언덕과 화단을 따라 살금살금 걸어서 정원 끝에 있는 작은 온실까지 갔다. 거기서 그들은 안에 있는 기이하고 아주 흥미로운 뭔가를 들여다보는 듯, 서로 찰싹 붙어 웅크린 채 온실 유리창에 얼굴을 대고 있었다.

그들은 셀레스트의 월급을 올려 주었다.

르르부르 씨는 몸무게가 줄어들었다.

머리카락

독방 벽에는 아무것도 붙어 있지 않았고, 하얗게 석회가 발려 있었다. 손이 닿지 않게 아주 높이 난 창살 달린 창문으로 빛이 들어와 밝지만 을씨년스러운 작은 방을 비추었다. 밀짚 의자에 앉은 광인은 흐릿하고 무엇에 사로잡힌 듯한 눈길로 우리를 뚫어지게 바라보고 있었다. 그는 빼빼 말라 두 볼이 푹 꺼졌고 머리가 거의 하얗게 셌는데, 몇 달 새 그렇게 세 버린 것 같았다. 깡마른 팔다리와 오그라든 가슴과 푹 꺼진 배 때문에 옷이 너무 헐렁해 보였다. 이 사람이 어떤 생각에 사로잡혀 벌레 먹은 과일처럼 썩어 들어가고 조금씩 갉아 먹히고 있다는 게 느껴졌다. 그의 광증과 생각, 이 고집스럽고 성가신 사고가 그의 머리를 침식하고 있었다. 머리가 몸을 조금씩 먹어 들어가고 있었다. 보이지 않고 만질 수 없고 잡을 수 없고 비물질적인 생각이 육체를 망치고, 피를 마시고, 생명을 꺼뜨리고 있었다.

몽상 때문에 죽어 가는 사람은 얼마나 수수께끼 같은 존재인가! 그를, 이 정신 나간 사람을 보면 괴롭고 무섭고 연민이 들었다! 그가 움직이는 대로 깊은 주름이 지는 이마 속에 얼마나 무섭고 치명적인 몽상이 들어앉아 있단 말인가?

의사가 내게 말했다. "이 사람은 미쳐서 심한 발작이 온 겁니다. 내가 본 가장 이상한 광증 환자 중 하나예요. 이 사람은 성적이며 치명적인 광증이 온 겁니다. 일종의 시간증屍姦症이라 할 수 있죠. 그는 일기를 썼는데, 그걸 보면 그의 마음의 병이 무엇인지 명확하게 알 수 있어요. 말하자면 일기를 통해 그의 증세를 확실히 알 수 있는 거죠. 관심이 있다면 이 자료를 죽 읽어 보실 수 있습니다." 나는 의사를 따라 진찰실로 들어갔고, 그는 이 불쌍한 사람의 일기를 내게 건네주었다. "읽어 보세요. 그리고 의견을 말해 주세요."

이 공책의 내용은 다음과 같다.

* * *

서른두 살까지 나는 별일 없이, 연애도 안 하고 살았다. 삶은 매우 단순하고 아주 좋고 무척 쉬운 것 같았다. 나는 돈도 많았다. 취미가 너무 많아서 다른 대상에는 도무지 열정을 가질 수가 없었다. 산다는 것은 좋은 일이다! 매일 아침 일어나면 행복했고, 누우면 다음 날을 평화롭게 기다리고, 걱정 없는 앞날을 기대하며 만족해서 잠들었다.

가끔 만나는 여자는 몇 명 있었지만, 욕망으로 마음이 미치도록 들뜬다거나 상대방을 내 것으로 만들고 싶어서 애가 탄 적이 없었다. 난 이렇게 사는 것이 좋다. 사랑을 하면 더 좋겠지만 그것은 끔찍한 일이기도 하다. 남들처럼 평범한 연애를 하는 사람들은 열렬한 행복을 느끼겠지만, 그 행복은 아마 내가 느끼는 것만큼은 못할 거다. 왜냐하면 사랑은 내게 믿을 수 없는 방식으로 찾아왔으니까.

돈이 많아서 나는 고가구와 골동품들을 찾아다녔고, 종종 이 물건들을 만진 미지의 손, 이 물건들을 좋아하며 보았던 눈, 좋아했던 가슴들을 생각했다. 나도 옛 물건이 좋았으니까! 나는 자주 몇 시간씩 시간 가는 줄 모르고 지난 세기의 작은 휴대용 시계를 들여다보곤 했다. 에나멜 칠과 금세공이 되어 있는 시계는 너무 귀엽고 예뻤다. 그 시계는 어느 여인이 이 세련된 보물을 기뻐하며 구입했을 그날처럼 여전히 작동했다. 시계는 끊임없이 기계의 삶을 살고 있었고, 지난 세기부터 지금까지 계속 규칙적으로 째깍째깍 가고 있었다. 그러니 누가 처음, 이 시계를 체온으로 데워진 가슴팍의 따뜻한 옷감으로 품었을까? 어떤 손이 이 시계를 따스한 손끝으로 잡고 태엽을 이리저리 돌려서 감고, 피부의 습기로 광택이 사라진 도자기로 만든 양치기를 깨끗하게 닦아 냈을까? 꽃무늬가 그려진 시계의 숫자판에서 어떤 눈이 손꼽아 기다리던 시간, 사랑하는 시간, 신성한 그 시간이 되었는지 몰래 훔쳐보았을까?

이 기막히고 희귀한 물건을 고르고 들여다보았을 그 여인을 얼마나 알고 싶던지! 하지만 그녀는 죽었다! 나는 옛날 여자에 대한 욕망에 사로잡혔다. 나는 사랑을 했었던 모든 여인을 멀리서 사랑한다! 지나가 버린 사랑에 내 마음은 회한으로 가득하다. 오! 아름다움, 미소, 젊은 애무, 희망! 이 모든 것이 영원할 수 없다니!

밤을 꼴딱 새우며 옛날에 살았던 부드럽고 온화한 미인들, 두 팔 벌려 입을 맞추었으나 지금은 죽어 버린 가엾은 여자들을 생각하며 얼마나 울었던가! 입맞춤은 영원하다! 그건 입술에서 입술로, 세기에서 세기로, 시대에서 시대로 옮겨 간다. 사람들은 그 입맞춤을 받고, 주고, 그리고 죽는다.

과거는 내 마음을 끌어당기나 현재는 두렵다. 미래는 죽음이기 때문이다. 이미 이루어진 모든 것을 아쉬워하고, 한때 이 땅에 살았던 모든 사람 때문에 눈물을 흘린다. 시간을, 시간의 흐름을 멈추고 싶다. 하지만 시간은 가고, 흐르고, 시시각각 나를 조금씩 갉아먹어 내일의 허무를 만든다. 그러면 나는 다시 살 수는 없을 것이다.

과거의 여자들이여, 안녕히. 나는 그대들을 사랑하노라.

하지만 불평할 건 없다. 난 기다리던 여자를 만난 거다. 그리고 그녀로 말미암아 믿을 수 없는 쾌락을 맛보았다.

햇빛이 좋은 어느 날 아침, 나는 기쁨에 차서 즐거운 발걸음으로, 어슬렁대는 사람답게 막연한 관심을 두고 이 가게 저 가게를 들여다보면서 파리를 돌아다녔다. 갑자기 어느 골동품상에서 17세기 이탈리아 가구가 눈에 띄었다. 아주 아름답고 희귀한 물건이었다. 비텔리라는 이름의, 그 시대에 유명했던 베네치아 예술가가 만든 가구였다.

난 그 가게를 지나쳤다.

이 가구에 대한 기억이 왜 이다지도 강력히 따라붙어 마침내는 내가 발길을 돌이키게 된 걸까? 나는 그 가구를 다시 보러 골동품 가게 앞에서 걸음을 멈추었고, 그것을 사들이고 싶다는 유혹을 느꼈다.

유혹이란 얼마나 이상한 것인지! 어떤 물건을 보면 점점 그 물건에 마음이 동하고 흔들리고 여자 얼굴처럼 들어와 박힌다. 그 매력이 마음에 들어온다. 형태와 색깔과 생김새에서 오는 야릇한 매력이다. 그러면 이미 그 물건을 좋아하고 욕망하고 바라게 된다. 갖고 싶다는 마음이 든다. 처음엔 달콤하면서도 수줍게 이 물건이 필요하다는 느낌이 들지만, 이게 점점 커져 격렬하고 도저히 저항할 수 없게 된다.

골동품 가게 주인은 손님의 시선이 활활 불타는 것을 보고, 물건을 갖고 싶다는 은밀한 욕구가 점점 커지는 것을 아는 듯하다.

나는 그 가구를 사서 즉시 집으로 배달시켰다. 내 침실에 갖다 놓았다.

오! 수집가가 방금 사들인 골동품을 누리는 이 밀월 기간을 모르는 사람들은 참 안됐다! 마치 가구가 살로 돼 있는 양 눈과 손으로 살살 어루만지고, 늘 그 곁으로 돌아가며, 어딜 가나 무얼 하나 항상 그것을 생각한다. 길을 가든, 사람들이 많이 모인 데를 가든, 어딜 가든 그 물건의 사랑스러운 모습이 머릿속을 따라다니고, 집에 들어가면 장갑과 모자를 벗기도 전에 가구를 애인처럼 사랑스럽게 지그시 바라본다.

일주일 동안 난 그 가구를 아주 좋아했다. 매 순간 문이며 서랍들을 열어 보았다. 소유의 내밀한 기쁨을 흠뻑 맛보며 그것을 황홀하게 만져 보곤 했다.

그러던 어느 날 저녁, 나무판 한 곳을 더듬어 보다가 거기에 숨겨진 부분이 있다는 것을 알게 되었다. 내 가슴은 두근두근 뛰기 시작했고, 밤을 새웠지만 비밀을 찾아낼 수 없었다.

다음 날 나는 나무 사이의 틈새에 얇은 칼날을 집어넣어 숨겨진 곳을 발견했다. 가로 놓인 판이 스르르 밀려 나가자 거기에 검은 벨벳 천 위에 놀라운 여자 머리카락 한 타래가 놓여 있었다!

그렇다. 거의 적갈색을 띤 머리 다발, 풍성한 금발 타래였는데, 피부에 닿게 바짝 잘린 것 같았고 금색 줄로 묶여 있었다.

나는 어안이 벙벙하고 동요해 몸이 떨렸다! 오래되어 거의 느낄 수 없는 향기가, 향기의 정령처럼 느껴지는 냄새가 이 신비로운 서랍에서, 이 놀라운 유물에서 풍겼다.

나는 가만히, 거의 종교적인 경건함으로 그 머리카락을 숨어 있던 곳에서 꺼냈다. 그 머리카락은 죽 딸려 나오더니 불붙은 혜성 꼬리처럼 두껍고 가볍고 유연하고 빛나는 황금빛 물결을 바닥까지 흘러내리게 좍 퍼뜨렸다.

이상한 느낌이 들었다. 대체 이게 뭐지? 이 머리카락은 언제, 어떻게, 왜 이 가구 속에 숨겨졌던 것일까? 대체 무슨 비극 때문에, 무슨 사건 때문에 이 기념물은 숨겨진 걸까?

누가 머리를 잘랐을까? 애인과 헤어지던 날에 애인이? 남편이 복수하던 날에 남편이? 아니면 이 머리카락을 이마에 드리웠던 여자가 절망한 어느 날 스스로 자른 걸까?

봉쇄 수녀원에 들어갈 때, 산 자들의 세상에 돈을 남기듯이 이 사랑의 재산을 거기다 몰래 감춰 놓은 것일까? 젊고 아름다운 여인을 무덤에 묻을 때 그녀를 연모하던 남자가 머리카락을, 그녀의 것으로 간직할 수 있는 유일한 물건인 그것을, 그녀의 육체에서 썩지 않는 유일한 부분인 머리카락을, 고통에 시달릴 때도 여전히 사랑하고 어루만지고 입 맞출 수 있는 유일한 부분을 간직한 걸까?

이제는 머리카락이 달려 있던 몸은 한 줌도 남아 있지 않은데, 이 머리카락만 이렇게 보존돼 있다니 이상한 일이 아닌가?

머리카락은 내 손가락에 닿으며 이상한 손길, 죽은 여인의 손길처럼 내 피부를 간지럽혔다.

그것을 양손으로 잡고 오래오래 지니고 있자니 마치 그 머리카락 속에 영혼이 남아 숨어 있기라도 한 것처럼 동요되었다. 나는 빛바랜 벨벳 천에 그것을 다시 놓고 서랍을 닫았다. 장문을 닫고는 거리로 나서 몽상에 잠겼다.

나는 슬픔에 잠기고, 사랑의 입맞춤 후에도 남아 있는 그런 근심에 빠진 채 앞으로 걸어 나갔다. 이미 옛날에 살았던 적이 있는 듯했고, 언젠가 그 여인을 알았던 것 같았다.

비용의 시구절이 솟구쳐 올라오는 흐느낌처럼 내 입술에서 흘러나왔다.

> 말해 다오, 로마 미인 플로라는
>
> 어디에 있는지
>
> 아르시피아다, 그녀의 사촌이었던 타이스는,
>
> 강물 위에서, 연못 위에서 소리가 날 때
>
> 말을 하던 에코는
>
> 아름답기가 인간 이상이던 그녀는?
>
> 지난날의 눈〔雪〕들은 어디에 있는가?
>
>
> (……)
>
>
> 평온한 음성으로 노래하던

백합처럼 하얀 여왕

발 큰 베르트, 비에트리스, 알리스

일대를 지배하던 아렘부르주,

영국군이 루앙에서 화형에 처한

착한 로렌 여자 잔,[27]

그들은 어디에 있나? 지고한 동정녀여

지난날의 눈들은 어디에 있는가[28]

집에 들어가니 내가 찾아낸 그 기묘한 보물을 다시 보고 싶다는 마음이 도저히 떨칠 수 없을 만큼 강하게 들었다. 그래서 그 머리카락을 다시 꺼내 만져 보며 팔다리에 찌릿찌릿 긴 전율이 오는 것을 느꼈다.

며칠 동안 이 머리카락 생각이 뇌리를 떠나지 않았지만, 나는 평소와 다를 바 없이 행동했다.

집에 오자마자 그 머리카락을 보고 매만져야 했다. 장문을 여느라 열쇠를 돌릴 때면 마치 연인의 집 문을 여는 것처럼 가슴이 떨렸다. 왜냐하면 죽은 사람의 머리카락이라는 이 매력적인 물건에 어서 손가락을 담가야겠다는, 막연하고 이상하고 지속적이고 관능적인 욕구가 두 손과 마음을 사로잡았으니까.

그 머리카락을 쓰다듬고 장문을 도로 닫은 후에는 그것이 마치 살아 있고 갇힌 존재처럼 여겨졌다. 난 그것을 계속 의식해 그에

---

27 잔 다르크를 말한다.
28 프랑수아 비용의 시 「옛날 미인들을 노래하는 발라드」 중 일부다.

대한 욕망이 더해졌다. 나는 감미로운 이 접촉이 불편해질 때까지 그걸 다시 집어 만지고 쓰다듬고 신경을 곤두세우지 않을 수가 없었다.

이렇게 한두 달을 정신없이 살았다. 머리카락이 늘 내 머릿속을 떠나지 않았고 어디를 가나 생각났다. 나는 연애하며 상대방을 기다릴 때처럼, 포옹하기 전에 사랑을 고백할 때처럼 행복했고 괴로워했다.

나는 혼자서 그 머리카락과 함께 두문불출하며 그것을 피부에 대고 느껴 보고, 입술을 대어 입맞춤을 하고 물어뜯기도 했다. 그것을 내 얼굴 주위에 빙빙 두르고, 냄새를 들이마시고, 황금빛으로 물결치는 그 속을 깊이 들여다보며 샛노란 빛을 보기도 했다.

난 머리카락을 사랑했다! 그렇다, 난 그것을 사랑했다. 그것 없이는 지낼 수 없었고, 그것을 보지 않고는 한 시간도 견딜 수 없었다.

그리고 기다리고 또 기다렸다. …… 무엇을? 모르겠다. 그녀를.

어느 날 밤에 느닷없이 깨어나 보니 방 안에 나 혼자 있는 게 아니라는 생각이 들었다.

하지만 분명 난 혼자였다. 다시 잠이 오지 않아 열에 들뜬 듯한 불면 상태 속에서 엎치락뒤치락하다가 가서 머리카락을 만져 보려고 일어났다. 머리카락은 평소보다 더 부드럽고 생생해 보였다. 죽은 사람들이 다시 살아 돌아온 것인가? 머리카락을 후끈 달굴 만큼 입맞춤을 퍼붓다 보니 행복에 겨워 정신을 잃을 것만 같았다. 침대에 그것을 갖고 가서 마치 곧 몸을 소유하려는 정부처럼 그 위에 지그시 입술을 눌렀다.

죽은 사람들은 다시 돌아왔다! 그녀는 돌아왔다. 그래, 나는 예전에 살아 있던 상태로 키가 크고 금발에 통통하고 가슴이 서늘하고 허리는 리라같이 잘록한 그녀의 모습을 보았고, 지녔고, 가졌다. 그리고 내 손길로 몸의 온갖 곡선을, 가슴에서 두 발에 이르는 봉긋하고 신성한 선을 전부 어루만졌다.

그렇다, 나는 매일 밤이면 밤마다 그녀를 소유했다. 죽은 그녀, 죽은 미인, 아름답고 신비롭고 미지인 그녀가 밤마다 돌아왔다.

행복이 너무 커서 감출 수가 없었다. 그녀 옆에만 있으면 나는 잡을 수 없는 것, 보이지 않는 것, 즉 죽은 여인을 소유하는 초인적 황홀감, 깊고 설명할 수 없는 기쁨을 느꼈다! 이보다 더 열렬하고 지독한 기쁨을 맛본 애인은 없으리라!

난 내 행복을 감출 수 없었다. 그녀를 너무 사랑해서 떠나고 싶지 않았다. 어디를 가나 항상 머리카락을 갖고 다녔다. 극장에서 문 달린 칸막이 관람석에 앉을 때도 정부와 함께 가듯 그것을 대동했다…… 사람들은 그걸 보았고…… 짐작했고…… 내게서 그걸 빼앗아 갔다……. 그리고 나를 범죄자처럼 감옥에 처넣었다. 그걸 빼앗아 갔다……. 오! 이 얼마나 비참한 일인가!

* * *

일기는 여기서 끝났다. 그런데 내가 의사를 보았을 때, 불현듯 무서운 함성, 광기 어린 무력한 부르짖음과 잔뜩 날 선 욕망의 부르짖음이 정신병원에 울려 퍼졌다.

"저 소리 좀 들어 보세요" 의사가 말했다. "이 음란한 광인을 하루에 다섯 번 씻겨야 합니다. 죽은 여자들을 사랑한 건 베르트랑 중사[29]만이 아니랍니다."

나는 놀라고 공포와 연민에 질려 이렇게 웅얼거렸다.

"그런데…… 그 머리카락이…… 정말 있나요?"

의사는 자리에서 일어서더니 약병과 기구가 가득 들어찬 장문을 열었고, 긴 금발 머리카락 다발을 내 쪽으로 휙 던졌다. 그것은 황금새처럼 진료실을 가로질러 내게 날아왔다.

나는 두 손에 그 부드럽고 가벼운 감촉을 느끼고는 부르르 떨었다. 염오의 마음과 갖고 싶다는 마음이 뒤섞였다. 범죄 현장에 뒹구는 물건들을 만졌을 때처럼 역겨웠고, 수수께끼 같은 물건의 유혹을 마주했을 때처럼 욕망이 일어나 가슴이 쿵쿵 뛰었다.

의사는 어깨를 으쓱하더니 다시 말했다.

"사람의 마음이란 뭐든 할 수 있답니다."

---

29 프랑수아 베르트랑François Bertrand(1823~1878). 프랑스군의 중사였으며 1849년에 시간 죄로 체포되어 1년을 복역했다.

머리카락

오를라

5월 8일. 얼마나 화창한 날인가! 오전 내내 우리 집 앞 풀밭, 집을 덮고 보호하고 온통 그늘을 드리우고 있는 플라타너스 밑에 죽 뻗어 누워 보냈다. 난 이 고장이 좋다. 이 고장에 내 뿌리, 깊고도 미묘한 뿌리, 조상 대대로 이어 살아온 이 땅에 연결되는, 고장 사람의 생각과 먹거리, 풍습과 식량에, 지방 사투리에, 농민들의 억양에, 흙냄새에, 마을에, 공기에마저 박혀 있는 뿌리가 있으니만큼, 난 이 고장에 사는 것이 좋다.

난 내가 자라난 이 집이 좋다. 창문으로는 센강이 큰길 뒤의 정원에 가까이 흘러가는 것이 보인다. 크고 폭넓은 센강은 루앙에서 르아브르를 향해 흐르고, 지나가는 배들로 가득하다.

왼쪽 저만치에 루앙이 보인다. 뾰족한 고딕식 종탑들 아래로 수많은 검푸른 기와들이 모여 있는 큰 도시. 크고 작은 종탑들은 헤아릴 수 없이 많고 대성당의 주철 첨탑이 높이 솟아 있다. 화창한 아침나절의 푸른 공기 속에서 여기 누운 내게까지 온화하고 아련하게 울리는 종소리가 때로는 세게, 때로는 약하게 바람결에 실려 들려온다.

오늘 아침 날씨는 얼마나 좋았던가.

오전 11시쯤 큰 예인선이 이끄는 긴 선박의 행렬이 날아다니는 파리만큼 작게 보이면서 두터운 연기를 내뿜고 신음 같은 소리를 내면서 우리 집 철책 앞으로 지나갔다.

붉은 기가 펄럭이는 두 척의 영국식 범선 뒤로 세 개의 돛이 달린 멋진 브라질 범선, 새하얗고 감탄스러울 만큼 깨끗하고 반짝이는 범선 한 척이 왔다. 나는 나도 모르게 그 배를 향해 인사했다. 그만큼 보기가 좋았다.

5월 12일. 며칠 전부터 열이 난다. 몸이 좀 아픈 것 같다. 아니 차라리 슬픈 기분이 든다는 게 맞겠다.

우리의 행복을 좌우하고 불행을 낙담으로 바꿔 놓는 이 알 수 없는 힘은 대체 어디서 오는 건가? 공기, 보이지 않는 공기가 알지 못할 힘으로 가득하고, 우리는 불가사의하게 그 곁에 있게 되는 것 같다. 깨어날 땐 아주 즐겁고, 목에는 노래하고 싶은 욕망이 가득하다. 왜? 난 강물을 따라 내려가며 잠시 산책한 후 갑자기 어떤 불행한 일이 집에서 기다리고 있기나 한 듯이 우울해져서 돌아온다. 추워서 덜덜 떨다 보니 살갗을 스치는 그 한기가 신경을 흔들고 내 영혼까지 어둡게 만든 걸까? 구름의 형태나 하늘의 색깔, 사물의 색깔이 하도 가변적이라 두 눈을 거치며 내 생각이 흔들린 것일까? 주변의 모든 것, 일부러 보지 않아도 보이는 모든 것, 우리가 모르면서 스치는 모든 것, 일부러 만지지 않아도 만져지는 모든 것, 구분하지 않아도 만나는 모든 것은 우리와 우리 신체 기관에, 그리고 그로 말미암아 우리 생각에, 마음 자체에 빠르고 놀랍고 설명할 수 없는 효과를 미친다.

이 보이지 않는 것의 신비는 얼마나 깊은가! 우리의 빈약한 감각으로는, 즉 너무 작은 것도 너무 큰 것도 너무 가까운 것도 너무 먼 것도, 어떤 별에 사는 존재들도, 물방울 하나에 사는 존재들도 볼 수 없는 눈으로나, 소리로 인해 발생하는 공기의 진동만을 전해 받아 우리를 속이는 귀로는 그 깊이를 잴 수 없다……. 두 귀는 이런 움직임을 기적적으로 소리로 바꾸어 주고 이 변신을 통해 자연의 말 없는 동요를, 개의 후각보다 훨씬 약한 우리의 후각과 포도주가 몇 년도 산인지조차 겨우 식별할 수 있는 우리의 미각을 동원해, 노래로 만들어 주는 음악을 낳는 요정들이다.

아! 우리에게 맘대로, 주변에서 발견할 수 있는 것들 말고 다른 기적을 행할 수 있는 신체 기관들이 있다면!

5월 16일. 난 아픈 게 확실하다! 지난달에는 몸 상태가 아주 좋았다! 그런데 지금은 열이 몹시 난다. 열이라기보다는 열에 들뜨고 신경이 바짝 긴장한 상태로, 이 때문에 심신이 고통스러운 것이다! 끊임없이 어떤 위험이 도사리고 있다는 끔찍한 느낌이 든다. 불행이 찾아올 거라든가 죽음이 다가오고 있다는, 아직 모르지만 피와 살 속에 싹트고 있는 병에 대한 기대 같은 예감이다.

5월 18일. 잠을 통 잘 수가 없어 방금 의사의 진료를 받고 오는 길이다. 의사는 내 심장 박동이 빠르고 눈은 풀어져 있고 신경이 예민한 상태이지만, 크게 걱정할 만한 증세는 없다고 했다. 샤워를 하고 신경 안정제 포타슘을 복용해야 한다.

5월 25일. 아무 변화가 없다! 내 상태는 정말 이상하다. 저녁이 다가오면서 밤에 끔찍한 위협이 감춰져 있기라도 한 듯이 정체 모를 걱정이 엄습한다. 저녁을 빨리 먹고 책을 읽어 보려고 애쓴다. 하지만 무슨 말인지 하나도 모르겠다. 글자들만 겨우 구분할 수 있다. 그래서 막연하고 저항할 수 없는 공포에 짓눌려 응접실을 이리저리 걸어 다닌다. 잠들 수 있을까 하는 공포, 침대에 누우면 어떻게 될까 하는 공포가 든다.

밤 10시쯤 침실로 올라간다. 들어가자마자 열쇠를 두 번 돌려 방을 단단히 잠근다. 무섭다……. 무엇이? 지금까진 아무것도 두렵지 않았다. …… 장문을 열어 보고 침대 밑을 살핀다. 귀 기울여 본다……. 들어 본다……. 무엇을? …… 단순한 불편함, 순환 장애나 신경계 교란, 아마도 조금 충혈되거나 불완전하고 섬세한 생체 기능에 작은 이상이 생긴다고 쾌활한 사람이 우울증에 빠지고 용기 있는 사람이 겁쟁이가 된다는 것이 얼마나 이상한가? 자리에 누워 사형 집행인을 기다리듯이 잠이 오길 기다린다. 잠이 올까 봐 두려우면서도 잠이 오길 기다리느라 가슴은 뛰고 두 다리는 떨린다. 따뜻한 시트 속에서도 온몸이 벌벌 떨린다. 그러다가 갑자기 고여 있는 깊은 물속에 뛰어들어 잠기듯이 휴식 속으로 툭 떨어진다. 예전처럼 잠이 오는 게 느껴지는 게 아니다. 가까이에 숨어 엿보던 배신자 같은 잠이 내 머리를 잡아 두 눈을 감기고 나를 아무것도 아닌 것으로 만든다.

오를라

난 아마 두세 시간쯤 자다가 꿈, 아니 악몽에 덮쳐진다. 분명 내가 누워 있고 자고 있다는 건 느껴지는데…… 그건 느껴지고 알고 있다……. 누군가가 다가와 날 쳐다보고 더듬더듬 만지고 침대로 올라와 내 가슴 위에 무릎을 꿇고 앉아 두 손으로 내 목을 힘껏 조르는…… 졸라서 나를 죽이려 하는 것도 느껴진다.

나는 꿈속에선 아무것도 할 수 없는 끔찍한 무기력 상태에 놓여 버둥댄다. 소리치고 싶지만 아무 말도 할 수가 없다. 움직이고 싶지만 할 수가 없다. 겨우 애써서 씩씩거리며 돌아누워서 날 짓누르고 숨 막히게 하는 존재를 떨쳐 보려 하지만 할 수가 없다!

갑자기 미칠 지경이 되어 땀에 흠뻑 젖은 채 깨어난다. 촛불을 켠다. 난 혼자다.

매일 밤 되풀이되는 이런 일이 끝나고 나서야 조용히 새벽까지 잔다.

6월 2일. 상태가 더욱 악화되었다. 대체 이게 무슨 일이란 말인가? 신경 안정제도 아무 소용이 없다. 샤워를 해 봐도 소용없다. 때로는 평소에도 지쳐 있는 몸을 더욱 피곤하게 하려고 루마르 숲을 한 바퀴 돌기도 한다. 처음에는 신선하고 가볍고 온화하고 풀 냄새, 잎 냄새 가득한 공기를 쐬면 혈관에 새로운 피가 돌고 가슴에도 새로운 에너지가 샘솟을 줄 알았다. 사냥할 때 가는 큰길로 들어섰다가 엄청나게 큰 나무들이 양쪽으로 군대처럼 늘어서 있는 바람에 하늘과 나 사이에 두꺼운 녹색, 아니, 거의 검은색 지붕 역할을 하는 좁은 길로 해서 라부이 쪽으로 꺾었다.

갑자기 전율에 사로잡혔다. 추워서 떨리는 게 아니라 불안해서 떨리는 것이었다.

나 혼자 이 숲속에 있다는 게 불안하고 이유 없이 어리석게도 깊은 고독감이 들고 겁이 더럭 나서 서둘러 걸었다. 갑자기 뒤에 아주 바짝 몸이 닿을 정도로 누가 날 따라오는 것만 같았다.

난 갑자기 홱 돌아보았다. 나 혼자뿐이었다. 뒤에 보이는 거라고는 텅 빈, 무섭게 텅 비고 쭉 뻗은 넓은 길뿐이었다. 앞에도 길은 끝 간 데 없이 똑같은 모습으로 두렵게 뻗어 있었다.

나는 눈을 감았다. 왜? 그리고 팽이처럼 급히 빙그르르 돌아 걷기 시작했다. 넘어질 뻔했다. 눈을 다시 떠 보니 나무들이 춤추고 땅은 붕붕 떠다니는 것 같아 그 자리에 주저앉아야만 했다. 그다음엔, 아! 어떻게 돌아왔는지 모르게 집으로 왔다! 이상한 생각! 이상하다! 이상한 생각이다! 더 이상 모를 일이었다. 분명 오른쪽에서 출발했는데 큰길로 돌아와 숲 한복판에 이른 것이다.

6월 3일. 간밤은 무서웠다. 몇 주 동안 딴 데 가 있을 예정이다. 짧은 여행이겠지만, 다니다 보면 곧 회복되겠지.

7월 2일. 집에 돌아왔다. 이제 다 나았다. 게다가 아주 잘 돌아다녔다. 가 본 적이 없었던 몽생미셸에 갔다.

나처럼 해 질 무렵 아브랑슈에 도착하면 얼마나 멋진 풍경을 볼 수 있는지 모른다! 그 도시는 언덕 위에 있어 안내자는 나를 도시 끝에 있는 공원으로 데려갔다. 나는 놀라서 탄성을 내질렀다. 내 앞에는 멀리 안개 속으로 스러지는 서로 멀리 떨어진 두 해변 사이에 끝이 안 보일 정도로 엄청나게 큰 만이 펼쳐져 있었다. 이 끝없어 보이는 노란색 만 한복판에, 금색 광채로 빛나는 하늘 아래, 기이한 언덕이 백사장 한가운데 어둡고 뾰족하게 우뚝 솟아 있었다. 해가 방금 저서, 아직도 그 여운으로 빛나는 수평선에는 환상적인 바위의 윤곽이 드러나 보였다. 바위 꼭대기에 환상적인 기념물[30]이 서 있었다.

날이 밝자마자 그 바위를 향해 갔다. 바닷물은 전날 저녁처럼 빠져 있어 점점 가까이 갈수록 내 앞에 그 놀라운 수도원이 서 있는 것이 보였다. 몇 시간 동안 걸으니 꼭대기에 큰 성당이 서 있는 이 작은 도시를 받친 커다란 돌무더기에 이르렀다. 좁고 빠른 길을 걸어 올라 꼭대기까지 가니, 신을 위해 이 세상에 세워진 가장 감탄스러운 고딕 건물에 들어가게 되었다. 건물 속은 도시처럼 널찍했고, 천장 밑에는 부서진 낮은 방들과 연약한 기둥들이 받치고 있는 높은 회랑들이 가득했다. 나는 레이스처럼 가볍고 수납구와 날씬한 피라미드형의 작은 첨탑으로 뒤덮인, 뱅뱅 꼬인 계단으로 올라가게 되어 있고 대낮의 푸른 하늘과 밤중의 검은 하늘을 배경으로 괴물이나 악마나 환상 속의 동물이나 기괴한 꽃들이 야릇한 머리를 비죽 내밀고 있는, 그리고 섬세하고 세련된 아치로 방끼리 서로 연결된 이 거대한 화강암으로 된 보석 같은 건물 속으로 들어갔다.

꼭대기에 이르러 나와 함께 걸으며 길 안내를 해 주던 수사에게 말했다. "수사님, 여기 사시니 참 좋으시겠어요!"

그가 대답했다. "여기는 바람이 많이 분답니다." 우리는 바닷물이 들어와 모래사장에 물이 차오르고, 모래사장이 강철 갑옷 같

---

30 생미셸 수도원을 말한다.

은 바닷물로 덮이는 걸 보며 이야기를 시작했다.

수사는 내게 이야기를 들려주었다. 이곳에 얽힌 옛이야기들, 전설들, 조상 대대로 전해 오는 이야기들이었다.

그중 한 이야기가 특히 인상적이었다. 이 고장 사람들, 이 언덕에 사는 사람들 말로는 밤이면 모래사장에서 염소 두 마리의 울음소리가 들리는데 한 마리는 큰 소리로, 다른 한 마리는 작은 소리로 운다는 것이었다. 이 말을 믿지 않는 사람들은 이것이 바닷새가 우짖는 소리로, 때로는 염소 소리 같기도 하고 때로는 사람이 우는 소리 같다고 했다. 하지만 늦게까지 여기에 남아 고기를 잡던 어부들은 맹세코 물이 밀려왔다 빠지는 사이에 언덕 위를, 세상에서 멀리 떨어진 이 작은 도시 주변을 배회하다 보면 외투를 뒤집어써 머리가 안 보이는 양치기 노인을 만나게 된다고 장담한다. 그는 남자 얼굴을 한 숫염소나 여자 얼굴을 한 암염소를 끌고 그들 앞으로 걷고 있으며, 두 염소는 계속 이야기하며 미지의 언어로 서로 다투다가 갑자기 소리 지르길 멈추고 힘껏 음매 음매 울어 댄다.

나는 수사에게 말했다. "그걸 믿으세요?" 그는 중얼거렸다. "모르겠어요."

내가 말을 이었다. "이 세상에 우리 말고 다른 존재들이 있다면 어떻게 우리가 오랫동안 못 알아보았겠어요? 어떻게 그걸 못 보셨겠어요? 어떻게 제가 그걸 못 봤겠어요?"

그가 대답했다. "존재하는 것의 10만분의 1이라도 우리가 볼 수 있나요? 여기, 자연에서 가장 센 힘인 바람이 있습니다. 사람들을 넘어뜨리고 건물을 쓰러뜨리고 나무를 뿌리째 뽑아 버리고 바다에 집채 같은 파도를 일으키고 절벽을 무너뜨리고 커다란 배들을 좌초시키고 사람을 죽이면서 세게 불어 대고 신음하고 윙윙 소리 내며 부는 바람…… 그런 바람을 본 적이 있고 볼 수 있나요? 그런 적은 없지만 바람은 분명 존재합니다."

나는 이런 단순한 추론 앞에서 입을 다물었다. 이 수사는 현자이거나 아마 바보일 것이었다. 나는 어느 말이 옳다고 단언은 못 하겠지만 여하튼 입을 다물었다. 나도 종종 이런 생각을 했던 것이다.

7월 3일. 잠을 잘 자지 못했다. 분명 여기엔 어떤 열띤 영향력이 있다. 마부도 나와 똑같은 병에 걸려 앓고 있으니 말이다. 어제 집에 들어올 때 나는 마부가 이상하게 얼굴이 창백한 것을 눈여겨보았다. 그리고 물어보았다.

"장, 웬일인가?"

"주인님, 휴식을 전혀 취할 수 없어요. 밤잠을 못 자니 낮에 아주 죽을 지경이랍니다. 주인님이 떠나신 후로 운명처럼 내내 이런 현상에 붙잡혀 있습니다."

그렇지만 다른 하인들은 잘 지내고 있었다. 하지만 난 또 그런 일이 생길까 봐 엄청 두려웠다.

7월 4일. 또 그 증상이 나타났다. 난 예전에 꾸던 악몽을 다시 꾼다. 간밤에는 누군가가 내 위에 쪼그려 앉아 내 입에 입을 대고 생명력을 죽 빨아 마셨다. 그렇다, 그는 내 가슴 위에서 거머리처럼 생명을 쭉 빨아들인 것이다. 마실 만큼 마셔 배가 부르니 그제야 일어섰고, 나는 지치고 기진맥진하고 진이 쭉 빠진 상태로 깨어나 더 이상 꼼짝할 힘도 없었다. 며칠만 더 계속 이런 일이 일어난다면 다시 집을 떠나야겠다는 생각이 확실히 들었다.

7월 5일. 내가 정신이 나간 것인가? 간밤에 일어난 일은 너무 이상해서 생각만 해도 머리가 돌아 버릴 것 같다.

요즘 매일 저녁 그러듯이, 난 열쇠를 돌려 방문을 잠그고 갈증이 나서 물을 반 컵 마셨다. 그리고 그때 우연히 물병에 유리 병마개까지 물이 가득 차 있었다는 걸 눈여겨보아 두었다.

그다음에 누워서 두려워하며 잠 속에 빠져들었다가 두 시간쯤 지나 더더욱 끔찍하게 누가 흔들어 대는 바람에 깨어났다.

자는 사람을 누가 죽였는데 그가 나중에 가슴에 칼이 꽂힌 채 깨어나, 피투성이로 신음하고 숨도 못 쉬고 곧 죽을 지경이며, 어떻게 이렇게 된 건지도 모른다고 상상해 보라. 바로 그런 상황이었다.

마침내 정신을 되찾자 다시 목이 말랐다. 초를 하나 켜서 들고 물병이 놓인 탁자로 갔다. 물병을 들어 컵에 물을 따랐다. 아무것도 흘러나오지 않았다. 물병이 비어 있었던 것이다! …… 처음에는 영문을 몰랐다. 그러다가 갑자기 너무 무서운 느낌이 들었다. 앉거나 의자에 털썩 쓰러질 수밖에 없었다! 그랬다가 나는 한달음에 다시 벌떡 일어나 주위를 둘러보았다! 그다음에 투명한 크리스털 물병 앞에서 놀라고 두려워 어쩔 줄 모르고 다시 앉았다. 나는 뚫어지게 물병을 응시하며 왜 이런 건지 알아보려 했다. 두 손이 벌벌 떨렸다! 누가 이 물을 마셔 버렸단 말인가? 누가? 내가? 아마도 내가? 나일 수밖에 없는데? 그럼 나는 몽유병자라서 내 안에 두 존재가 있는 건지, 아니면 알지 못하고 보이지도 않는 낯선 존재가 있어 가끔 우리 영혼이 마비되었을 때 그 존재의 포로가 되어 우리 자신에게 복종한다기보다는 그 존재에게 복종하는 우리 몸을 움직이는 이중생활을 부지불식간에 하고 있다는 건지?

아! 내 끔찍한 불안을 누가 알랴? 멀쩡하고 깨어 있고 판단력도 있으며 자는 동안 물이 다 없어져 버린 물병의 유리를 겁에 질려 들여다보는 남자의 기분을 누가 이해하랴! 나는 날이 밝을 때까지 침대를 쳐다볼 엄두도 못 내고 멍하니 서 있었다.

7월 6일. 난 미쳤다. 간밤에 또 누가 물 한 병을 다 마셔 버렸다. 아니, 내가 마신 건지도 모른다!

하지만 물을 마신 건 정말 나일까? 대체 누가 마신 걸까? 누가? 오! 세상에! 난 미쳤다! 누가 날 구해 줄까?

7월 10일. 나는 방금 놀라운 시련을 겪었다. 정말 난 미쳤다! 그런데!

7월 6일에 자리에 눕기 전 나는 포도주병을 놓은 탁자 위에 우유와 물과 빵과 딸기를 놓아두었다.

누군지 모를 사람이, 어쩌면 내가 물을 다 마시고 우유를 조금 마신 것이다. 포도주와 빵과 딸기에는 손도 대지 않았다.

7월 7일에도 같은 실험을 해 보았는데 똑같은 결과가 나왔다.

7월 8일에는 물과 우유를 뺐다. 그러자 아무것도 건드리지 않았다.

7월 9일에 마침내 나는 탁자에다 물과 우유만 놓았고 병들을 흰 모슬린 천으로 싸고 병마개들을 끈으로 묶어 놓았다. 그다음에 내 입술과 수염과 두 손에 흑연 연필심을 문질렀다. 그리고 잠자리에 들었다.

억누를 수 없을 만큼 졸리더니 곧 끔찍하게 잠에서 깨었다. 나는 조금도 움직이지 않았다. 시트에 얼룩도 없었다. 나는 탁자 쪽으로 얼른 가 보았다. 물병과 우유병을 쌌던 천은 얼룩 한 점 없이 그대로였다. 나는 두려움에 떨며 끈을 풀었다. 누군가 물을 다 마셨다! 우유도 다 마셨다! 아! 세상에!

나는 좀 있다 파리로 떠나기로 했다.

7월 12일. 파리. 최근 며칠 동안 이성을 잃었다! 내 과민한 상상력의 노리개가 된 모양이다. 아니면 내가 정말 몽유병자이거나 확실하지만 지금까지는 설명할 수 없는, 이른바 암시라는 것의 영향을 받았나 보다. 어쨌든 내 증세는 광증에 가깝고, 파리에서 24시간을 보내고 나니 다시 제정신을 차릴 수 있었다.

어제는 쇼핑도 하고 여기저기 다녀서 영혼에 활기를 주는 새로운 바람을 불어넣은 후 저녁 시간은 프랑세즈 극장에서 마무리했다. 거기서는 아들 알렉상드르 뒤마의 작품이 상연되고 있었다. 정신이 바짝 긴장해 있고 힘이 좋은 걸 보니 마침내 나는 치유된 것 같다. 확실히 고독은 활발한 지성의 위험 요소다. 주변에 생각하고 말하는 사람들이 있어야 한다. 혼자 오래 있으면 빈자리에 귀신들이 들어찬다.

나는 아주 유쾌한 마음으로 큰길로 해서 호텔로 돌아갔다. 사람들이 많은 곳에서 북적이며 지난주의 공포, 내 추측을 생각하니 일말의 아이러니가 느껴졌다. 그렇다, 나는 보이지 않는 존재가 우리 집에 살고 있는 줄 알았던 것이다. 이해할 수 없는 어떤 작은 사건이라도 일어났다 하면 우리 머리는 나약해 당황하고 급속히 헷갈린다!

"원인을 몰라서 이해가 안 된다"라는 단순한 말로 결론 내리는 대신 우리는 그 즉시 무서운 신비와 초자연적 힘을 상상하게 된다.

7월 14일. 오늘은 공화국의 축제 날[31]이다. 난 이 거리 저 거리를 걸어 다녔다. 폭죽과 깃발을 보니 어린아이처럼 재미있었다. 하지만 정해진 날짜에 정부의 법령대로 즐긴다는 건 정말 바보 같은 짓이다. 민중이란 어리석은 떼거리로, 때로는 멍청할 정도로 참을성이 강하고 때로는 그악스럽게 저항도 잘한다. 사람들이 민중에게 "즐기라" 하면 즐기고 "이웃과 가서 싸우라" 하면 전쟁에 나가 싸우고 "황제에게 투표하라" 하면 황제에게 투표한다. 그리고 "공화국이 좋다고 투표하라" 하면 공화국이 좋다고 투표한다.

민중을 이끄는 사람들도 마찬가지로 어리석다. 하지만 그들은 사람에게 복종하는 대신 원칙에 복종한다. 원칙은 어리석고 아무 열매도 맺지 못하고 그릇된 것일 수밖에 없다. 원칙이란 어디까지나 원칙, 즉 빛이 환각이고 소리도 환각이어서 아무것도 확실하다 할 게 없는 이 세상에서 그나마 확실하고 확고하다는 평판을 받은 생각들이기 때문이다.

7월 16일. 어제는 어떤 것을 보고 마음이 많이 흔들렸다.

사촌인 사블레 부인 집에서 저녁을 먹었다. 사블레 부인의 남편은 리모주에서 76연대 사수들을 지휘하는 군인이다. 사블레 부인

---

31 프랑스 혁명 기념일.

집에는 젊은 여자 두 명이 함께 있었는데, 그중 하나가 의사 파랑 씨 부인이었다. 파랑 씨는 최면과 암시 체험이 낳은 신경병과 이상한 현상을 전문으로 다루는 의사다.

그는 우리에게 영국 학자들과 낭시 학파 의사들이 얻어 낸 놀라운 결과에 대해 오래 이야기해 주었다.

그가 주장한 사실들이 정말 이상해 보여 나는 도저히 믿을 수 없다고 말했다.

"우리는 자연의 중요한 비밀 중 하나, 즉 이 세상에서 가장 중요한 자연의 비밀 중 하나를 발견하려는 찰나에 있습니다. 저기 저 별들엔 물론 달리 중요한 것도 있겠지요. 인간이 생각하고 생각을 말하고 쓸 줄 알게 된 뒤로, 자신의 거칠고 불완전한 감각으론 속을 알 수 없는 신비를 스치는 느낌이 들었고, 지력을 다 동원하여 신체 기관의 무력함을 보충하려 하니까요. 이 지력이 아직 원초적 단계일 때는 이 보이지 않는 현상의 출몰은 평범하게 말해 무서운 형태를 띠었습니다. 거기서부터 생겨난 것이 배회하는 정령들, 요정들, 난쟁이들, 귀신들, 심지어 신의 전설입니다. 일하는 창조주에 대해 갖고 있는 우리의 개념은 어느 종교에서 온 것이든 간에 매우 별 볼 일 없고, 매우 어리석고 매우 받아들이기 힘든 것이며, 피조물을 두려워하는 머릿속에서 나온 것이기 때문입니다. 볼테르의 "하느님은 당신의 모상대로 인간을 창조했지만, 인간은 신에게 그걸 충분히 돌려주었다"라는 말은 정말 맞습니다.

하지만 100년여 전부터 사람은 새로운 뭔가를 예감하는 것 같습니다. 메스머와 몇몇 학자들의 주장으로 우리는 뜻밖의 길에 서게 되었고 특히 4, 5년 전부터는 놀라운 결과에 이르렀습니다."

사촌도 미덥지 않아 하며 미소 지었다. 파랑 의사가 그녀에게 말했다. "내가 부인을 재워 드려 볼까요?"

"네, 그렇게 하세요."

그녀는 안락의자에 앉았고 그는 그녀에게 최면을 걸며 뚫어지게 바라보기 시작했다. 나는 갑자기 심장이 빠르게 뛰고 목이 졸린 듯한 답답한 느낌이 들었다. 사블레 부인의 두 눈꺼풀이 무거워지고 입이 오그라들고 가슴은 숨차 헐떡이는 것이 보였다.

10분이 지나자 그녀는 잠이 들었다.

"부인 뒤로 가세요." 의사가 말했다.

그래서 그녀 뒤에 앉았다. 그는 그녀의 두 손 사이에 명함 한 장을 끼우고 그녀에게 말했다. "이건 거울이에요. 거울에 뭐가 보이시죠?"

그녀가 대답했다.

"내 사촌이 보여요"

"뭘 하고 있죠?"

"자기 콧수염을 이리저리 비틀어 꼬고 있네요."

"지금은요?"

"주머니에서 사진 한 장을 꺼내네요."

"그 사진은 뭐죠?"

"그가 소장한 사진이에요."

정말 그랬다! 그리고 그날 저녁 이 사진은 내가 묵던 호텔로 배달되었다.

"이 사진에 그는 어떻게 나왔나요?"

"그는 모자를 손에 들고 서 있어요."

그러니까 그녀는 이 백지 명함을 마치 거울에 비춰 보듯이 보고 있었던 것이다.

같이 온 젊은 여자들은 겁에 질려 말했다.

"됐어요! 됐어요! 그만해요!"

하지만 의사는 그녀에게 말했다. "당신은 내일 아침 8시에 일어날 겁니다. 그리고 사촌을 만나러 호텔에 가서, 남편이 달라고 했고 다음 여행을 다녀오면 당신이 요구할 5,000프랑을 빌려 달라고 합니다."

그다음에 의사는 그녀를 깨웠다.

호텔로 돌아와 이 희한한 장면을 생각하니 의혹이 엄습했다. 절대에 대한 내 생각도 변함이 없었고, 어릴 때부터 친누이같이 잘 아는 사촌의 선의도 의심할 바 없었다. 이게 혹시 의사의 농간일지도 모른다는 의혹이었다. 그는 혹시 손에 명함과 함께 거울 하나를 숨기고 있다가, 잠든 사촌에게 보여 준 것 아닐까? 직업적 마술사는 다른 이상한 마술도 하니까.

나는 호텔에 들어가서 자리에 누웠다.

그런데 오늘 아침 8시 30분쯤 되자 하인이 와서 이런 말을 하며 날 깨우는 것이었다.

"사촌이신 사블레 부인이 찾아와서 지금 주인님께 드릴 말씀이 있답니다."

나는 황급히 옷을 입고 그녀를 맞아들였다.

그녀는 마음이 무척 동요된 듯 눈을 내리깔고, 썼던 베일을 들치지도 않은 채 내게 말했다.

"사랑하는 사촌, 내가 한 가지 큰 부탁이 있어."

"뭔데?"

"말로 하자니 곤란하지만 그냥 해야겠어. 난 꼭 5,000프랑이 필요해."

"그러니까 네게?"

"응, 내게 필요해. 아니 남편이 그 돈을 구해 오라고 했어."

나는 너무나 놀라 대답을 작게 중얼거렸다. 지금 이 사람이 파랑 의사와 함께 날 놀리는 건 아닌지, 미리 짜 놓은 각본대로 잘 연기하고 있는 건 아닌지 자문해 보았다.

하지만 그녀를 주의 깊게 바라보니 의혹이 달아났다. 그녀는 불안에 떨고 있었다. 너무 떨려 이런 부탁을 하는 것이 괴로웠고, 그녀의 목구멍에 울음이 가득 차 있다는 걸 알 수 있었다.

난 그 사촌이 아주 부자인 걸 알고 있었던지라 말을 이었다.

"뭐라고! 남편 수중에 단돈 5,000프랑도 없단 말이야? 자, 잘 생각해 봐. 남편이 나한테 가서 5,000프랑을 빌려 오라고 했다는 게 확실해?"

"응…… 응…… 확실해."

"글로 그렇게 썼어?"

그녀는 깊이 생각해 보고도 망설였다. 그 생각이 얼마나 사람을 괴롭히는지 알 것 같았다. 그녀는 모르고 있는 것이다. 오직 나한테서 5,000프랑을 빌려 남편을 줘야 한다는 사실만 알고 있었다. 그러니까 감히 거짓말을 하고 있는 것이다.

"응, 글로 썼어."

"언제? 어젠 내게 아무 말도 안 했잖아."

"오늘 아침에 그의 편지를 받았어."

"보여 줄 수 있어? 그 편지."

"아니…… 아니…… 아니…… 편지 속에 내밀한 것들…… 너무 개인적인 내용들이 들어 있어서…… 편지를…… 태워 버렸어."

"그러면 남편이 빚을 진 모양이군."

그녀는 여전히 망설이다가 중얼거렸다.

"모르겠어."

갑자기 나는 단호하게 말했다.

"나는 지금 수중에 5,000프랑이 없어."

그녀는 고통의 함성 같은 소리를 질렀다.

"오! 오! 제발, 제발, 그 돈을 꼭 좀……."

그녀는 격앙해서 마치 애걸하듯 두 손을 모았다! 그녀의 목소리 톤이 달라졌다. 그녀는 자기가 받은 거역할 길 없는 명령에 복종하듯 울며 더듬더듬 말했다.

"오! 오! 제발…… 내가 얼마나 괴로운지 네가 안다면…… 난 지금 그 돈이 필요해."

난 그녀가 불쌍했다.

"금방 줄게. 맹세코."

그녀는 소리쳤다.

"오! 고마워! 고마워! 이 착한 사람."

내가 다시 말했다. "어제 너희 집에서 있었던 일 기억나?"

"응"

"파랑 의사가 널 잠들게 했던 것 기억나?"

"응"

"그 의사의 명령이 오늘 아침에 내게 5,000프랑 빌리러 가라는 거였고, 너는 지금 그 암시대로 하고 있는 거야."

그녀는 잠시 곰곰이 생각하더니 대답했다.

"그야 내 남편이 시킨 일이니까."

난 한 시간 동안 그녀를 설득하려 했지만 그러지 못했다.

그녀가 가고 나자 나는 의사에게 달려갔다. 의사는 막 외출하려 하고 있었고 미소 띤 얼굴로 내 말을 들었다. 그러더니 말했다.

"이젠 믿으시나요?"

"네, 믿어야죠."

"사촌 집에 가 봅시다."

그녀는 벌써 긴 의자에 앉아 피곤함에 겨워 꾸벅꾸벅 졸고 있었다. 의사는 맥박을 재더니 한 손을 들어 그녀의 눈 쪽으로 가져갔고, 그녀는 의사가 자석 같은 힘으로 참을 수 없을 만큼 노력을 하니 조금씩 눈을 감았고, 의사는 얼마 동안 그녀를 바라보았다.

그녀가 잠들자 의사가 말했다.

"부군께는 이제 5,000프랑이 필요 없습니다. 그러니까 사촌에게 가서 5,000프랑 빌려 달라고 간청한 것도 잊을 거고, 부군이 그런 얘기를 해도 부인은 못 알아들으실 겁니다."

그러고 나서는 그녀를 깨웠다. 난 주머니에서 지갑을 꺼냈다. "여기 오늘 아침 네가 부탁한 돈이 있어."

그녀가 너무나 놀라기에 난 감히 받으라고 채근도 할 수가 없었다. 그렇지만 나는 그녀의 기억을 되살리려고 애썼다. 하지만 그녀는 강하게 부정했고 내가 자기를 놀린다고 생각했고 마침내는 화를 낼 뻔했다.

자! 난 방금 집에 들어왔는데, 점심을 먹을 수 없을 만큼 이 경험이 황당했다.

7월 19일. 이 일을 들려준 사람 중에 많은 이들이 날 비웃었다. 어떻게 생각해야 할지 모르겠다. 현명한 자는 말한다. "어쩌면 진짜 그럴지도 몰라."

7월 21일. 부지발에 저녁을 먹으러 갔다가 카누 타는 사람들이 모여 있는 무도회장에서 저녁 시간을 보냈다. 분명 모든 게 장소와 환경에 따라 다르다. 그르누이예르섬에 있으면서 초자연적인 것을 믿다니 그야말로 광기의 극치다⋯⋯. 몽생미셸 꼭대기에선 어떨까? ⋯⋯ 인도에서는? 우리는 주변 환경의 영향을 무척이나 많이 받고 있다. 다음 주에는 집으로 돌아가야겠다.

7월 30일. 어제 집으로 돌아왔다. 모든 게 잘 돌아가고 있다.

8월 2일. 새로운 것은 없다. 날씨가 아주 좋다. 센강이 흐르는 걸 보며 낮 시간을 보낸다.

8월 4일. 하인들 사이에 다툼이 있었다. 밤중에 누가 장롱 속의 유리잔들을 깨 놓는다고 한다. 침실 담당 하인은 요리 담당 하녀가 그랬다고 하고, 요리 담당 하녀는 세탁부가 그랬다고 하고, 세탁부는 침실 담당 하인과 요리 담당 하녀가 그랬다고 한다. 과연 누가 범인인가? 그걸 맞출 수 있다면 정말 예리한 사람일 것이다!

오를라

8월 6일. 이번에는 내가 미친 게 아니다. 난 봤다…… 난 봤다…… 난 봤다! …… 아직도 손끝까지 오싹하다. …… 뼛속까지 무서움이 든다! 난 봤다!

2시경 한낮의 햇빛을 받으며 장미를 가득 심어 놓은 꽃밭을 걸어 다녔다. …… 꽃이 피기 시작하는 가을 장미 나무가 서 있는 오솔길로 해서. 걸어가다가 멈춰 서서 탐스러운 꽃 세 송이가 달린 장미 나무 '전장의 거인' 한 그루를 지켜보다가 보았다. 분명히 보았다. 바로 내 곁에서 이 장미꽃 하나에 달린 줄기가 마치 보이지 않는 손이 비틀어 딴 것처럼, 즉 이 손이 장미를 따기라도 한 것처럼 쓱 구부러지는 것을! 그리고 나자 마치 한 팔이 그 장미를 입에 가져가며 그린 곡선을 따라서인 듯 꽃이 쑥 올라왔고 꽃송이는 투명한 공기 속에서 혼자 꼼짝 안 하고 무서움을 자아내는 붉은 얼룩처럼 내 눈앞에 매달려 있었다.

난 질겁해서 그 꽃송이를 덮치려 했다! 아무것도 없었고, 그 꽃송이는 사라졌다. 그러자 자신에 대해 화가 머리끝까지 치밀었다. 합리적이고 진지한 사람이 이런 환각을 경험한다는 건 있을 수 없는 일이었으니까.

하지만 정말 환각이었을까? 난 뒤로 돌아 그 줄기를 찾았고 바로 관목 숲 위에서 그 꽃송이를 다시 찾았다. 그 꽃송이는 가지에 붙어 있는 장미꽃 두 송이 사이에서 시원한 바람을 맞고 있었다.

그러자 나는 다시 정신이 혼미해져서 집으로 들어갔다. 이젠 밤이 지나면 낮이 오는 것처럼 확실한 일이었다. 내 곁에 안 보이는 존재가 있어 우유와 물을 마시고 살며, 물건을 만지거나 집을 수도 있고 물건의 자리를 바꿀 수도 있으며, 따라서 물적인 본성을 갖고 있는데 감각으론 잡히지 않아도 나와 같은 집에 살고 있다는 확신이 들었다.

8월 7일. 간밤에 잘 잤다. 그는 물병의 물은 마셨지만, 내 잠을 훼방 놓지는 않았던 것이다.

내가 혹시 미친 건가 자문해 본다. 때로 쨍한 햇볕을 쬐며 강가를 산책할 때 내가 제정신인지 의혹이 생기곤 한다. 이건 내가 여태껏 가졌던 막연한 의혹이 아니라 정확하고 절대적인 유혹이다. 난 미친 사람들을 많이 보았다. 내가 아는 미친 사람들은 여전히 똑똑하고 정신이 맑고 인생사를 깊이 꿰뚫어 보기까지 하지만, 한 가지 점에서만은 안 그렇다. 그들은 매사를 명석하게 유연하게 깊게 이야기하지만, 주제가 그들의 광증의 파편에 이르면 생각이 조각나고 분산되고 무섭고 제정신이 아닌 것 같고 심한 파도가 치고 안개 자욱하고 폭풍우 치는 대양, 정신착란이라는 이름이 붙은 대양 속으로 깊이 가라앉아 버리는 것이다.

확실히 난 미친 것 같다. 내가 의식하지 못하고 내 상태를 완벽하게 알지 못하고 내 상태를 환히 분석해서 잴 수 없다 해도 난 정말 미쳤다. 그러므로 난 이성이 작동하는, 환각에 사로잡힌 자일뿐이다. 내 뇌 속에 뭔지 모를 혼란이 생겨난 것 같다. 오늘날 생리학자들이 잡아내고 정확히 파악하려 하는 그런 혼란이. 이 혼란은 내 정신 속에, 사고의 질서와 논리 속에, 깊은 균열을 내놓는 것 같다. 이와 비슷한 현상들이 가장 비현실적이고도 기괴한 환상 속을 헤매는 꿈속에서 일어난다. 우리는 그렇다고 놀라지 않는다. 진실 여부를 판별하는 도구가, 통제하는 감각이 잠들어 있기 때문이다. 반면 상상 기능은 그대로 작동한다. 내 뇌 속의 어떤 보이지 않는 건반이 마비됐을 가능성이 있는가? 사람이 사고를 당하면 고유명사나 동사나 숫자나 날짜를 기억하지 못한다. 생각의 온갖 파편이 제가끔 뇌의 어느 한 부분에 해당한다는 것은 오늘날 입증된 사실이다. 그런데 어떤 환각의 비현실성을 통제할 수 있는 능력이 내 경우엔 지금 마비되어 있다는 것이 뭐가 놀라운가?

나는 강변을 따라 걸으면서 이런 생각을 했다. 해는 강물을 반짝이는 빛으로 감싸고, 땅은 햇빛을 받아 감미로워지고, 내 눈길은 삶에 대한 사랑과 유연하게 날아오르는 몸짓이 보기 좋은 제비들에 대한 애정과 바람에 흔들리는 소리가 듣기 좋은 강변의 풀들에 대한 애정으로 가득 찼다.

그렇지만 조금씩 조금씩 설명할 수 없게 불편한 기분이 스멀스멀 들었다. 어떤 마법적 힘이 나를 마비시키고 멈추게 하고 더 나가지 못하게 막으며 뒤에서 부르는 것 같았다. 나는 집에 들어가야 한다는 괴로운 중압감을 느꼈다. 마치 집에 정성껏 간호하던 환자를 남겨두었는데, 그의 병세가 악화할 거라는 예감 같았다.

그래서 나도 모르게 집으로 돌아갔다. 우리 집에 나쁜 소식이, 무슨 편지나 전보가 와 있을 거라는 확신이 들었다. 가 보니 아무것도 와 있지 않았고 난 새로운 환각을 본 것보다 더 놀라고 불안한 상태가 되었다.

8월 8일. 어제는 끔찍한 저녁 시간을 보냈다. 그건 더 이상 나타나지 않았지만, 난 그 존재가 근처에서 날 엿보고 바라보고 내 안에 스며들고 날 지배하고, 더 무서운 것은 숨어서 그런다는 것이 느껴진다. 마치 보이지는 않지만 항상 있는 자기 존재를 초자연적 현상을 통해 드러내기나 하는 듯 말이다.

그래도 잠은 잤다.

8월 9일. 특별한 건 없다. 하지만 무섭다.

8월 10일. 특별한 건 없다. 내일은 무슨 일이 일어날까?

8월 11일. 여전히 특별한 건 없다. 이런 두려움과 내 맘에 떠오른 이런 생각을 갖고 집에 가만히 있을 수는 없다. 나가야겠다.

8월 12일. 오후 10시. 하루 종일 나가고 싶었는데 그러지 못했다. 너무 쉽고 간단한 이 자유로운 행위를 하고 싶었다. 밖으로 나가는 것, 마차를 타고 루앙에 가는 것. 하지만 그럴 수 없었다. 왜?

8월 13일. 어떤 병에 걸리면 신체적 존재의 모든 수단이 고장난 듯하고, 기운이 전부 빠져나간 듯하고, 모든 근육이 느슨하게 풀린 듯하고 뼈가 살처럼 물렁물렁해지고 살은 물처럼 맥없이 흘러내리는 것만 같다. 내 정신적 존재 속에서 이런 느낌이 이상하고 한심하게 드는 것이다. 더 이상 아무 힘도, 아무 용기도, 나를 통제할 힘도, 내 의지를 움직일 힘조차도 없다. 더 이상 뭘 원할 수도 없다. 하지만 누군가가 나 대신 원한다. 난 거기 복종한다.

8월 14일. 큰일이다! 누군가 내 영혼을 소유하고 그걸 지배한다! 누군가 내 행위, 내 움직임과 생각 전부를 지배한다. 난 더 이상 아무것도 아니며, 노예 같고 내가 하는 모든 일을 두렵게 지켜보는 사람일 뿐이다. 나가고 싶어도 나갈 수가 없다. 그가 원치 않는다. 그래서 난 이성을 잃고 덜덜 떨면서 그가 날 붙들어 놓는 안락의자에 앉아 있다. 자리에서 벌떡 일어나서 내 맘대로 할 수 있다고 생각하고 싶을 뿐이다. 하지만 그럴 수가 없다! 난 내 의자에 붙박여 있고 내 의자는 땅바닥에 붙어 있다. 너무 딱 붙어 있어서 아무리 힘을 주어도 내가 앉은 의자를 들어 올릴 수가 없다.

그다음에는, 갑자기 정원 속 깊이 들어가서 딸기를 따 먹어야겠다는 생각이 든다. 그래야 한다, 그래야 한다. 그래서 난 간다. 딸기를 따서 먹는다! 오! 세상에! 세상에! 세상에! 그는 신이란 말인가? 만약 신이 있다면 나를 해방해 주소서. 구해 주소서! 구원하소서! 죄송합니다! 불쌍히 여기소서! 은총을 내리소서! 나를 구해 주소서! 오! 이 무슨 고통이란 말인가! 무슨 고문이란 말인가! 얼마나 끔찍한가!

8월 15일. 확실하다. 가엾은 내 사촌은 5,000프랑을 빌리러 날 찾아왔을 때, 귀신에 들려 그 지배를 받고 있었던 것이다. 그녀는 다른 영혼처럼, 기생하며 지배하는 다른 영혼처럼 자기 안에 들어온 이상한 의지의 지배를 받고 있었던 것이다. 세상이 끝나려나?

하지만 날 지배하는 것, 보이지 않는 그것은 무엇인가? 알 수 없는 그것, 초자연적 종족이며 여기저기 돌아다니는 그것은?

그러니까 눈엔 안 보이지만 엄연히 존재한다! 그런데 태초부터 그것이 지금처럼 정확하게 나타난 적이 없는 것은 어찌 된 일인가?

우리 집에서 일어난 것 같은 일은 책에서도 읽은 적이 없다. 오! 집에서 나갈 수만 있다면, 나가서 멀리 가고 돌아오지 않을 수 있다면. 난 구원 받겠지만, 그럴 수가 없다.

8월 16일. 오늘은 감옥에 갇힌 사람이 우연히 감옥 문이 열려 있는 걸 본 것처럼, 두 시간 동안 밖으로 나갈 수가 있었다. 갑자기 나는 자유로운 느낌이 들었고, 그가 멀리 있다는 느낌이 들었다. 빨리 마차에 말을 매라고 명령하고 마차를 달려 루앙에 도착했다. 오! 내 말에 고분고분 따르는 마부에게 "루앙으로 가시오!"라고 말할 수 있다는 건 얼마나 큰 기쁨인가!

나는 도서관 앞에 마차를 세우고 헤르만 헤레슈타우스 박사가 쓴 대작, '고대와 근대 세계에 몸담고 사는 미지의 존재에 관하여'라는 책을 대출했다.

그리고 마차에 다시 올라타는 순간 "역으로 갑시다!"라고 말하고 싶었다. 그런데 그 말을 못 하고 "집으로"라고 외쳤다. 아니, 말한 것이 아니라 외쳤는데 너무 큰 소리라 지나가는 사람들이 다 돌아보았다. 나는 그 말을 외치고는 불안해서 제정신을 잃고 마차의 쿠션 위에 쾅 넘어졌다. 그가 다시 내 안에 들어온 것이다.

8월 17일. 이상한 밤이다! 뭐 이런 밤이 다 있나! 그런데도 난 기뻐해야 할 것 같다. 새벽 1시까지 책을 읽었다! 철학 박사이자 신통계보학 박사인 헤르만 헤레슈타우스 씨는 보이지는 않지만 사람 주변을 돌아다니거나 꿈에 나타나는 존재들의 역사와 발현에 대한 글을 썼다. 그는 그런 존재들의 기원, 영역, 힘을 서술했다. 그러나 그런 존재 중 어느 것도 내게 지금 나타나는 유령과는 다르다. 마치 사람이 생각을 하게 된 다음부터는 자기보다 센 새로운 존재, 이 세상에선 자기를 잇는 그 존재를 예감하고 두려워하며 그것이 가까이 있음을 느끼긴 하나 자기를 맘대로 움직이는 이 존재가 뭔지를 볼 수는 없는 것 같다. 사람은 두렵다 보니 비의적 존재로 이뤄진 숱한 환상 속의 존재들, 공포에서 태어난 막연한 유령들을 만들어 낸 것이다.

나는 새벽 1시까지 책을 읽고 나서 한밤중의 조용한 바람을 맞으며 이마와 생각을 좀 식히려고 열린 창가에 앉아 있었다.

날씨는 좋았고, 춥지도 덥지도 않았다! 예전 같으면 이런 밤이 얼마나 좋았을까!

달도 뜨지 않았다. 별들은 검은 하늘 속에서 떨리며 반짝이고 있었다. 저기 저 세상엔 누가 살고 있을까? 어떤 형상, 어떤 생물, 어떤 짐승, 어떤 식물이 있을까? 저 멀리 우주에서 생각하는 존재들은 우리보다 뭘 더 많이 알고 있을까? 그들은 우리보다 뭘 더 많이 할 수 있을까? 우리는 알지 못하는 그 무엇이 그들에겐 보일까? 어느 날인가는 노르만족이 바다를 건너 약한 민족을 복속시키려 했듯이, 별들 중 하나가 우주를 관통하여 이 땅에 나타나 지구를 정복하려 하지 않겠는가?

우리 인간은 물 한 방울에 잠겨 빙빙 돌면서 이 진흙 티끌 위에서 아무 힘을 쓸 수 없고 너무 무장이 안 돼 있고 너무 아는 게 없고 너무 작다.

나는 이렇게 시원한 밤바람을 맞고 꿈꾸면서 스르르 잠든다.

그런데 40분쯤 자고 나서 뭔지 모를 모호하고 야릇한 감정 때문에 깨어나 꼼짝하지 않고 눈만 뜬다. 처음에는 아무것도 보이지 않더니 갑자기 책상 위에 펴 둔 책장 한 장이 방금 저절로 넘겨진 것처럼 보였다. 창문으론 바람 한 점 들어오지 않았다. 나는 깜짝 놀라 기다렸다. 40분쯤 있으니 그렇다, 마치 손가락으로 누가 책을 뒤적이는 듯이 다른 한 장이 넘겨져 먼저 넘겨진 종잇장 위에 겹쳐지는 것이 내 두 눈에 똑똑히 보였다. 안락의자에는 아무도 안 앉아 있고 텅 빈 듯했지만, 그가 나 대신 거기 앉아 책을 읽고 있다는 걸 알았다. 반항하는 짐승이 조련사 배를 갈라 죽이려 하듯 화가 나서 벌떡 일어나 나는 방을 가로질러 그를 잡아 없애려 했다! …… 하지만 마치 누가 내 앞에서 달아나기라도 하는 것처럼, 의자를 채 잡기도 전에 의자가 홱 뒤집혔다. …… 탁자는 흔들렸고 등잔불은 넘어져 꺼졌고, 놀란 악당이 두 손으로 창틀을 잡고 어둠 속으로 뛰어들기나 한 것처럼 창문이 저절로 닫혔다.

그러니까 그는 달아난 것이다. 그는, 그는 내가 무서운 것이다!

그럼…… 그럼…… 내일은…… 또 그 후엔…… 언젠가는 두 주먹으로 그를 잡아 땅바닥에 꽉 눌러 죽일 수 있단 말인가! 사나운 개들도 기르는 주인은 물지 않고 죽이지 않고 두는 일이 가끔 있지 않은가?

8월 18일. 하루 종일 나는 생각했다. 오! 그래 난 그에게 복종하고 그의 충동을 따르고 하라는 대로 다 하며, 겸손하고 고분고분하고 비겁하게 굴 테다. 그가 더 강자다. 하지만 언젠가는…….

8월 19일. 알겠다…… 알겠다……. 모든 걸 다 알겠다! '과학 세

오를라

계 리뷰'라는 잡지에서 방금 이런 글을 읽었다. "리우데자네이루발 신기한 소식. 중세에 유럽 사람들을 강타했던 전염성 광증에 비할 만한 병이 지금 상파울루 교외에 창궐하고 있다. 놀란 주민들은 집을 떠나 마을을 비우고, 브라질 고유의 문화를 버리고 있다. 그들은 귀신에게 쫓기고 있고 악령 들려 있고 손으로 만져지긴 하지만 보이지는 않는 존재, 그들이 자는 사이 목숨을 빼앗을 뿐만 아니라 다른 음식은 건드리는 것 같지도 않고 물과 우유만 마시는 일종의 흡혈귀에게 가축처럼 사육당하고 있다."

"돈 페드로 엔리케스 교수님은 여러 의학자들을 동반하고 현지에 가서 이 놀라운 광증의 기원과 발현을 연구하고 이 미친 사람들을 치료하는 데 가장 적절해 보이는 조치를 황제에게 건의하기 위해 상파울루 교외로 떠났다."

아! 아! 지난 5월 8일에 센강을 거슬러 오르며 내 창 밑을 지나던 돛 세 개 달린 멋진 브라질 범선이 기억난다! 그 배는 무척이나 예쁘고 하얗고 경쾌했는데! 브라질에서 온 그 존재가 그때 그 배에 타고 있었던 거다! 틀림없이 그는 나를 보았을 거다! 내 하얀 집도 보았다! 그리고 배에서 강변으로 뛰어내렸던 거다. 오! 세상에!

이젠 알겠다. 짐작이 간다. 인간의 지배는 끝났다.

그가 왔다. 순진한 사람들의 첫 공포를 두려워하던 그. 불안한 사제들이 악령 들린 자에게서 마귀를 쫓아내고, 아직 나타나는 게 보이지도 않는데도 마법사들이 어두운 밤만 되면 떠올리는 존재, 이 세상에 잠시 머물다 가는 주인들의 예감이 그에게 기괴하거나 우아한 난쟁이, 정령, 귀신, 요정, 장난꾸러기 요괴 등 온갖 모습을 덮어씌우는 것이다. 원초적인 무서움이라는 것의 개념이 대충 정립된 후엔, 통찰력이 많은 편인 사람들이 더 명확하게 그걸 예감했다. 메스머는 그 존재를 짐작했고, 의사들은 이미 10년 전부터 힘이 발휘되기도 전에 그것이 무언지 정확하게 발견했다. 그들은 새로운 신의 무기인 신비로운 의지로 노예 같은 인간 영혼을 지배하는 놀이를 했다. 그들은 이를 마력, 최면, 암시 등등 여러 가지 이름으로 불렀다. 이 무시무시한 능력을 갖추고 의사들이 조심성 없는 아이들처럼 무서운 힘으로 즐기는 걸 난 보았다! 우리에게 화 있을진저! 인간에게 화 있을진저! 그가 왔다. 그…… 그…… 뭐라고 이름 붙일 수 없는 그…… 그가 자기 이름을 소리쳐 말하는 것 같은데 내 귀엔 들리지 않는다……. 그렇다……. 그는 자기 이름을 소리쳐 말한다……. 나는 귀를 기울인다……. 오를라……. 그다……. 오를라……. 그가 왔다!

아! 독수리는 비둘기를 잡아먹었다. 늑대는 양을 잡아먹었다. 사자는 뾰족한 뿔이 달린 물소를 삼켜 버렸다. 사람은 화살이나 칼이나 총으로 그 사자를 죽였다. 하지만 오를라는 사람을 마소처럼 길들여진 존재로 만들 것이다. 의지의 힘만을 발휘하여 우리를 그의 것이요, 그를 섬기는 존재요, 그의 식량으로 만드는 것이다. 우리에게 참으로 불행한 일이다!

그렇지만 짐승도 가끔가다 반항해 자기를 길들인 사람을 죽이지 않는가……. 나도 그러고 싶다……. 그럴 수도 있겠지만…… 먼저 그를 알고 만지고 보아야 한다! 짐승의 눈은 인간의 눈과 달라 사람이 식별하는 것을 식별하지 못한다고 학자들은 말한다. 그런데 난 사람인데도 내 눈은 나를 해치러 온 새 침입자를 식별하지 못한다.

왜? 오! 몽생미셸의 수사가 전에 했던 말이 이제는 생각난다.

"존재하는 것의 10만분의 1이라도 우리가 볼 수 있나요? 여기, 자연에서 가장 센 힘인 바람이 있습니다. 사람들을 넘어뜨리고 건물을 쓰러뜨리고 나무를 뿌리째 뽑아 버리고 바다에 집채 같은 파도를 일으키고 절벽을 무너뜨리고 커다란 배들을 좌초시키고 사람을 죽이면서 세게 불어 대고 신음하고 윙윙 소리 내며 부는 바람…… 그런 바람을 본 적이 있고 볼 수 있나요? 그런 적은 없지만 바람은 분명 존재합니다"라는 말.

나는 또 생각했다. 눈은 매우 약하고 불완전한 것인지라 단단한 몸도 벌레처럼 투명하다면 식별하지 못한다! …… 뒷면에 주석과 수은 합금을 입히지 않은 거울이 길에 놓여 있다고 생각해 보자. 방 안에 들어간 새가 유리창에 부딪혀 머리를 찧듯이 나는 그 거울에 부딪힌다. 게다가 숱한 것들이 나를 속이고 헤매게 한다. 그러면 빛이 투과하는 새로운 물체를 내가 알아보지 못한다는 게 무엇이 놀라운가?

새로운 존재! 오지 말란 법이 어디 있겠는가? 그 새로운 존재는 확실히 올 것이다! 우리 인간의 경우만 안 그러라는 법이 있겠는가? 우리는 이전에 만들어진 다른 모든 존재처럼 그걸 왜 식별하지 못하는가? 그 이유는 그 새로운 존재의 본성이 우리보다 좀 더 완벽하고, 그 몸은 이렇게 약하고 피곤하고 복잡한 용수철처럼 항상 긴장한 신체 기관들로 얼기설기 어설프게 이뤄진 우리 몸보다 훨씬 더 세련되고 완전하기 때문이다. 우리 인간은 식물처럼, 동물처럼 힘겹게 공기와 풀과 고기를 먹고 살며 병에 걸리거나 기형이 오거나 부패하기 쉽고, 숨 가쁘고 규제할 수 없고 순진하고 야릇하며, 능란하다곤 해도 잘못 구성되어 있으며, 거칠고 섬세한 작품이요, 때로 총

명하고 멋진 존재가 될 수도 있는 존재의 초안이며 동물적 기계인 것이다.

굴부터 인간에 이르기까지 우리는 이 세상에서 아주 소수이긴 하지만, 제가끔 내로라할 존재이긴 하다. 다양한 모든 종이 연이어 나타나는 시기가 일단 마감되었는데, 다른 종이 하나 더 나타나지 말란 법이 어디 있겠는가?

다른 종이 하나 더 나타나지 말란 법이 어디 있겠는가? 매우 크고 화려한 꽃이 피며 그 지역 전체에 향기를 풍기는, 지금까지와는 전혀 다른 나무일 수도 있다. 불, 공기, 흙, 물, 이 4원소 이외의 다른 원소가 나타나면 안 될 이유가 뭔가? 4원소, 존재에 자양을 주는 것은 이 4원소뿐이라고 한다! 그것밖에 없다고 한다! 얼마나 가련한 일인가! 40가지, 400가지, 4,000가지면 안 되라는 법이 어디 있는가! 모든 게 얼마나 빈약하고 쩨쩨하며 비참하고 인색하게 주어져 있고, 메마르게 만들어져 있고, 무겁게 이뤄져 있는가! 아! 코끼리, 하마는 얼마나 우아한가! 낙타는 얼마나 멋진가!

나비는 또 어떤가! 나풀나풀 날아다니는 꽃 한 송이 아닌가! 내가 꿈꾸는 존재는 우주 100개만큼이나 몸집이 크고 그 모습과 아름다움과 색깔과 움직임을 표현할 길 없는 날개 달린 그런 존재다……. 하지만 눈에 보인다……. 그 나비는 이 별에서 저 별로 날아다니며 조화롭고 가벼운 숨을 내뿜어 별들을 신선하고 향기롭게 만든다! …… 저 위에 사는 사람들은 황홀하고 매혹된 눈길로 그 나비가 지나다니는 것을 바라본다!

내가 왜 이러나? 날 사로잡고 이 광증에 대해 생각하게 하는 것은 그다, 오를라다! 그는 내 안에 있고, 내 영혼이 된다. 그를 죽이고 말리라!

　8월 19일. 난 그를 죽이리라. 그를 보았다! 어제저녁 식탁에 앉아서 아주 주의 깊게 뭘 쓰는 척하고 있었다. 그가 가까이에, 너무 가까워 만져지거나 잡힐 정도의 거리에 와서 주위를 떠돌고 있으리라는 것을 난 잘 알고 있었다. 그러면! …… 그러면 난 젖 먹던 힘까지 내야지. 양손이 있고 양 무릎이 있고 가슴, 이마, 이가 있으니 그를 이걸로 목 조르고 짓누르고 물고 찢고 할 수 있다.

　내 모든 신체 기관이 과도히 흥분하여 그가 오는지를 엿보고 있었다.

　마치 이렇게 방을 환히 밝혀 놓으면 그를 볼 수 있기라도 하다는 듯이, 등잔 두 개와 벽난로 위에 있는 초 여덟 개에 다 불을 켜 놓았다.

　내 바로 앞에 기둥 같은 다리가 달린 오래된 참나무 침대가 있었다. 오른쪽에는 벽난로가 있었고 왼쪽에는 그를 끌어들이려고 오랫동안 열어 놓은 방문이 잘 닫혀 있었다. 내 뒤에는 거울 달린 아주 높은 장이 있어 매일 면도하고 옷 입을 때면 그 장에 달린 거울을 보곤 했고, 그 앞을 지날 때마다 내 전신을 비쳐 보곤 했다.

　그도 날 엿보고 있었으니까 나는 그를 속이려고 짐짓 뭘 읽는 척하고 있었다. 갑자기 그가 내 어깨 너머에서 책을 읽고 있다는 것, 내 귀에 닿을 정도로 가깝게 있다는 게 느껴졌고, 그런 확신이 들었다.

　나는 두 손을 앞으로 뻗으며 일어섰고, 너무 빨리 돌아서느라 하마터면 넘어질 뻔했다. 그런데? …… 대낮처럼 모든 게 환히 비쳐 보이는데 거울 속에 내 모습이 비치지 않았다! …… 거울은 텅 비어 있었고, 맑고 깊고 빛이 가득했다! 내 모습은 거기 비치지 않았다……. 그런데 나는, 난 거울 바로 앞에 있었던 것이다! 투명한 거울의 큰 유리가 위에서 아래까지 보였다. 난 황당한 눈으로 이걸 바라보았고 그가 여기 있다는 게 느껴졌지만, 보이지 않는 그 몸이, 내 그림자를 삼켜 버린 그 존재가 이번에도 날 관통해 달아나겠지 싶어 감히 더 이상 앞으로 나아갈 수도, 움직일 수도 없었다.

얼마나 무서웠는지 모른다! 그러다 갑자기 얇은 수막을 관통해 보이는 것처럼 안개같이 흐릿한 거울 속의 내 모습이 비쳐 보이기 시작했고, 이 물이 왼쪽에서 오른쪽으로 천천히 흐르면서 내 모습은 시시각각 더욱 또렷해졌다. 마치 일식이 끝날 때 같았다. 나를 가리고 있던 부분은 확실하게 정해진 윤곽이 아니라 일종의 불투명한 투명성을 지녀 점점 명확해지고 있었다.

마침내 내 모습이 날마다 본 것처럼 거울 속에서 완전히 식별되었다.

나는 그를 보았다! 그때의 공포가 남아 있어 난 아직도 부르르 떨곤 한다.

8월 20일. 그를 죽인다. 어떻게? 내가 그에게 닿을 수 있으니까? 독약을 써서? 하지만 내가 물에 약 타는 것을 그가 볼 텐데. 그리고 인간이 먹는 독약이 그의 보이지 않는 몸에 효과나 있을까? 아니다…… 아니야……. 아마 없을 거야……. 그러면 어떡하지? ……그렇다면?

8월 21일. 루앙의 열쇠공을 불러서 파리의 유명 건물들 1층에 방범용으로 달려 있는 것 같은 철제 덧문을 내 방에 달아 달라고 했다. 그 열쇠공은 방문도 그렇게 만들어 줄 것이다. 나는 겁쟁이로 소문이 났지만, 그런들 어때!

9월 10일. 루앙, 콘티넨탈 호텔. 됐다…… 됐다……. 하지만 그가 죽었나? 내가 본 것 때문에 난 큰 충격을 받았다.

그러니까 어제 열쇠공이 와서 새 철제 덧문과 방문을 달고 갔고, 나는 날씨가 쌀쌀해지기 시작했지만 자정까지 문을 다 열어 놓고 있었다.

갑자기 그가 있다는 게 느껴졌고, 그러자 미칠 듯한 기쁨이 엄습했다. 나는 천천히 일어나 그가 아무것도 눈치채지 못하게 이리저리 오래 걸어 다니다가 밖에서 신던 신발을 벗고 아무렇게나 실내용 나막신을 신었다. 그리고 철제 덧문을 닫고 태연한 걸음으로 방문 있는 곳으로 돌아와 방문도 이중으로 잠갔다. 그런 다음 창문 쪽으로 다시 가서 창문에 자물쇠를 채우고 창문 열쇠는 주머니에 집어넣었다.

갑자기 그가 내 주위에서 돌아다니고 있고, 그 역시 두려워하고 있으며, 문을 열라고 내게 명령하고 있다는 걸 알게 되었다. 나는 하마터면 그 명령에 따를 뻔했다. 하지만 따르지 않고 방문에 등을 대고 선 자세로 방문을 내가 뒷걸음쳐 지나갈 수 있을 만큼만 살짝 열어 놓았다. 내 키가 무척 커서 머리가 문틀 위에 닿았다. 난 그가 빠져나갈 수 없을 거고 내가 남의 힘을 빌리지 않고 그를 혼자만 둔 채 가둬 놓았다는 확신이 있었다. 얼마나 기쁜 일인가! 내가 그를 가 뒤 두다니! 그러자 나는 뛰어서 아래층으로 내려갔다. 내 침실 바로 밑에 있는 응접실에서 등잔 두 개를 가져왔고 그 등잔에 남은 기름을 모조리 융단 위에, 가구 위에 여기저기 다 쏟아부었다. 그러고 나서 불을 질렀다. 불을 지르고 입구 현관문을 이중으로 돌려 잘 잠그고 집을 빠져나왔다.

그리고 나는 정원 속 월계수가 자라는 둔덕에 가서 숨었다. 그 시간이 얼마나 길게 느껴졌는지 모른다! 사위가 캄캄하고 아무 소리도 움직임도 없었다. 훅 불어오는 바람 한 점 없었고 별도 하나 뜨지 않았고, 보이지는 않지만 내 마음을 무겁게 짓누르는 구름만 산처럼 많이 떠 있었다.

나는 우리 집을 바라보며 기다렸다. 그 시간이 얼마나 길게 느껴지던지! 아래층 창문 하나가 불 속에 우지끈 무너져 내리고 커다랗고 길고 붉고 노랗고 물렁물렁하고 어루만지는 듯한 불꽃이 흰 벽을 타고 올라 지붕까지 널름댈 때, 나는 이미 불이 저절로 꺼졌거나 '그'가 불을 끈 줄만 알았다. 나무 사이로, 가지 사이로, 잎새 사이로 빛이 빠른 속도로 퍼져 가고 두려움의 전율도 퍼져 갔다. 새들이 깨어났고 개 한 마리가 왈왈 짖기 시작했다. 날이 밝는 것 같았다! 금방 창문 두 개가 폭발하듯 떨어져 나갔고, 우리 집 아래쪽 부분은 이제 무시무시한 불덩어리일 뿐이었다. 그런데 캄캄한 중에 비명이, 끔찍하고 날카롭고 찢어지는 듯한 여자의 비명이 어둠 속에 들려오더니 지붕 밑 방에 달린 두 창이 열렸다! 난 우리 집 하인들이 방에 있다는 걸 깜박 잊어버렸던 것이다! 황망해하는 그들의 얼굴과 흔들어 대는 팔들이 보였다!

그러자 공포에 질려 나는 마을 쪽으로 달려가며 부르짖기 시작했다. "도와줘요! 도와줘요! 불이요! 불이요!" 벌써 마을에서 집 쪽으로 오는 사람들을 만났고, 나도 불구경을 하려고 그들과 함께 집 있는 곳으로 돌아왔다.

이제 집은 사람들도 타고 그도 타면서 이 일대를 환히 비추는 끔찍하고 장엄한, 하나의 기괴한 장작일 뿐이었다. 그, 그, 내가 가둬 놓은 그, 새로운 존재, 새 주인. 오를라!

갑자기 지붕이 통째로 벽 사이로 내려앉았고, 폭발한 화산같이 숱한 불꽃들이 하늘에 닿게 널름대고 있었다. 타오르는 불을 향해 열린 창문마다 불바다가 된 화재 현장이 보였고, 나는 그가 이 불 속에서 타 죽었겠지 하고 생각했다.

'죽었다고? 어쩌면 죽었겠지? …… 그런데 그의 몸은? 그 몸은 빛이 투과하니 인간의 몸을 죽이는 무기로는 죽일 수 없지 않던가?

만약 그가 죽은 게 아니라면? 보이지는 않지만 두려운 이 존재에게 영향을 미칠 수 있는 건 시간뿐일 걸. 그 역시 인간처럼 질병, 상처, 장애, 요절, 이런 걸 두려워해야 한다면 그 투명한 몸, 알아볼 수 없는 몸, 정신으로만 이뤄진 몸은 왜 있는 건데?

요절이라고? 인간의 두려움은 전부 그것 때문이야! 인간 다음으로 오는 존재가 오를라라고. 언제든 사고로 죽을 수 있는 인간에 뒤이어, 자기 존재의 한계에 도달했기에 일정한 날, 일정 시간에만 죽게 돼 있는 존재가 나타난 거야!

아니…… 아니…… 아마, 아마…… 그는 죽지 않았을 거야……. 그럼…… 그렇다면…… 내가 내 손으로 목숨을 끊어야 하나? 내가!'

고통스러운 현실과
이야기의 매력

남승원(문학평론가)

1.

　모파상은 한국의 독자들에게도 친숙한 작가이다. 우리나라에서양 문학이 처음 소개되기 시작한 1910년대 초반부터 그의 다양한 작품들이 번역되었으며, 해방 이전까지 그 번역 빈도가 가장 높은 작가이기도 하다. 1923년에는 김소월에 의해 직접 번역되는 등 모파상의 소설은 단순한 중역을 넘어 한국 근대 문학의 성립기에 큰 영향을 주었다고 볼 수 있다.

　에펠 탑과 연관된 그의 이야기는 여전히 사람들의 입에 오르내리고 있다. 에펠 탑은 현재 프랑스를 대표하는 상징물 중 하나이다. 하지만 건립 전에는 파리의 전경을 해칠 것이라는 우려를 한 많은 문학예술계 인사들의 거센 반대에 직면했다. 당시 유명했던 모파상 역시 항의 서한에 참여하는 등 반대 의견을 분명히 밝혔다. 그런데 정작 에펠 탑이 건설된 뒤 모파상은 그 상층부에 있는 식당에서 자주 식사를 했던 모양이다. 그런 행동을 두고 의아해하면서 물어본 사람들에게 '파리에서 유일하게 에펠 탑을 볼 수 없는 장소'이기 때문에 어쩔 수 없이 방문할 뿐이라는 대답을 했다고 한다.

이때 모파상이 남긴 말은 단순히 유쾌한 농담이라고도 할 수 있지만, 눈에 드러난 현상 이면에 자리한 또 다른 진실의 세계를 숙고하게 하는 촌철살인으로도 들린다. 생전에 모국인 미국에서보다 프랑스에서 오히려 더 큰 영향력이 있었던 에드거 앨런 포는 간결하고 압축적인 언어 사용과 단일한 효과를 얻기 위한 짜임새 있는 구조를 단편 소설의 필수 요소라고 말했다. 그렇게 본다면 위의 일화에 비친 모파상의 삶은 마치 그 자체로 잘 짜인 하나의 단편 소설과 똑 닮아 있기도 하다. 마흔세 살의 이른 나이에 세상을 떠난 그의 본격적인 창작 활동 기간은 10년이 조금 넘을 뿐인데, 그 기간 자신의 요트를 타고 이곳저곳을 여행하거나 20대부터 앓기 시작한 질환으로 육체적 고통을 겪으면서도 중·단편 소설만 무려 300편 넘게 창작할 수 있었던 원동력은 바로 이처럼 삶을 대하는 그의 낭만적 태도에서 비롯된 것이라고 할 수 있다.

「두 친구」의 다음 장면을 보자.

훈훈한 바람을 맞아 취흥이 더해진 소바주 씨가 걸음을 멈추었다.

"같이 거기 가 보면 어떨까?"

"어디?"

"그야 낚시터 말이지."

"어느 낚시터?"

"우리가 가던 그 섬 말이야. 프랑스군 전초 기지가 콜롱브 근처에 있지. 내가 지휘관 뒤물랭 대령을 알거든. 아마 쉽게 통과시켜 줄 거야."

모리소 씨는 그곳에 너무도 가고 싶어 몸을 떨었다.

"좋아, 그럼 가는 거야." 그들은 헤어져 각자 낚시 도구를 챙기러 집으로 돌아갔다.

모리소와 소바주는 매주 일요일이면 파리 근교의 콜롱브에 가서 밤중까지 즐길 정도로 낚시에 푹 빠진 사람들이다. 그렇게 낚시터에서 마주치면서 자연스럽게 친구 사이로 발전하게 되었다. 어떤 이야기를 나누어도, 또 아무 말을 하지 않아도 서로 잘 맞았던 두 사람의 낚시로 맺어진 친분은 전쟁이 벌어지고 파리가 포위되면서 중단될 수밖에 없다. 어느 날 우연히 파리 시내에서 다시 마주치게 된 두 사람은 반가움에 술을 함께 마시면서 낚시의 추억을 되살리기에 이른다. 그리고 그들의 추억은 전쟁 중이라는 상황마저 잊게 하고, 급기야 적군의 부대가 근처에 주둔하고 있는 자신들만의 낚시터로 향하게 만든다. 프랑스 부대의 지휘관에게 통행증을 받아야 하는 일을 감수하면서까지 말이다.

그렇게 도착한 낚시터에서 두 사람은 전쟁도 잊고 오랜만에 느끼게 되는 순수한 기쁨을 만끽한다. 이때 갑자기 들린 대포 소리는 그간 공포의 대상이었을 뿐이라면, 일종의 무아지경 상태에 빠진 지금 두 사람에게는 처음으로 냉정하게 전쟁을 되돌아볼 수 있는 계기가 된다. 전쟁을 일으키는 건 일부 "멍청한 인간들" 때문이며, 심지어 적국에서도 고통을 받는 사람이 존재할 것은 당연하다는 판단을 하게 된 것이다. 적군과 아군의 구별 없이 모든 사람에게 돌이킬 수 없는 피해를 끼치는 것이 전쟁의 본질이라는 소설의 주제가 등장인물의 입을 통해서 직접 드러나는 장면이다.

하지만 모파상 소설의 특징이자 묘미는 인물을 통해서 주제가 전달되는 평면적 방식이 아니라, 주제를 드러내는 사건 안으로 모든 인물이 속수무책으로 휩쓸려 들어가 버릴 수밖에 없게 되는 입체적 구성의 특이성에 있다. 이 작품에서도 마찬가지인데, 인물의 입으로 작품의 주제가 드러나는 순간 사건은 급반전을 맞는다. 적군에 의해서 두 사람이 발각되어 버리고, 간첩으로 확신한 적군의 형식적인 심문 끝에 결국 그들은 현장에서 총살당한다. 모파상은 이를 통해 전쟁의 한가운데에서도 일상을 되찾고자 했던 낭만적인 두 인물의 죽음을 극적으로 드러낸다. 이런 구성은 작품의 의미를 독자들에게 한층 더 강렬하게 전달하는 것은 물론, 보통의 단편 소설보다도 더 짧은 분량에도 불구하고 그 주제를 다양한 관점에서 바라볼 수 있게 해 주기도 한다.

2.

이 같은 소설적 구성의 특이성과 함께 모파상이 작품에서 중요하게 다루고 있는 소재는 바로 전쟁이다. 프랑스 북부의 도시 루앙에서 학교를 졸업하고 파리에 와서 법학을 전공하고자 했던 모파상은 학업을 중단하고 1870년에 프로이센과의 전쟁에 참전한 경험이 있다. 프랑스가 먼저 선전 포고를 하면서 발발한 이 전쟁은 개

전 후 불과 두 달도 채 안 되어 오히려 차분하게 준비했던 프로이센에 나폴레옹 3세가 항복을 하면서 프랑스의 패전으로 끝이 난다. 하지만 문제는 항복 이후 제정에 반대하면서 공화정을 세우려는 세력이 파리를 중심으로 항쟁을 하면서부터 생겨났다. 새롭게 대통령을 선출하고 자치 정부를 선포한 '파리 코뮌'을 프로이센에 협력하는 프랑스 정부군이 제압에 나서면서 내전으로 돌입하게 되고, 프로이센 군대가 파리를 봉쇄하는 정책을 펼치자 당시 파리 시민들은 동물원에 있던 동물들은 물론 쥐까지 잡아 먹을 정도로 극도의 기아와 고통을 경험하게 된다. 전후의 모파상이 전쟁에 대해 혐오감을 가졌던 이유를 충분히 짐작해 볼 수 있다.

「비곗덩어리」에서 그는 전쟁에 대해 다음과 같이 묘사하고 있다.

　　　주민들은 어두운 방에 갇혀 마치 지진을 겪은 것처럼 겁을 먹고 있었다. 목숨이 달린 대지진 앞에선 아무리 지혜롭고 힘이 센 사람이라도 소용이 없었다. 겨우 확립된 사물의 질서가 뒤집히고, 안전이란 더 이상 존재하지 않으며, 인간의 법칙이나 자연의 법칙을 보호하던 모든 것이 무의식적이고 그악스러운 야만성에 시달릴 때마다 처음 당했을 때와 똑같은 그 느낌이 다시 살아나기 때문이었다. 허물어지는 집들 아래 사람들이 다 묻혀 버리는 지진, 황소의 사체와 천장에서 뽑힌 대들보와 함께 익사한 농민들이 둥둥 떠내려가는 범람한 강물, 방어하는 사람들을 마구 학살하고 몇몇 사람들은 포로로 잡으며 칼의 이름으로 약탈을 하고 대포 소리가 나면 신에게 감사하는 영광스러운 군대를 보노라면, 영원한 정의에 대한 믿음과 하늘이 지켜

주시고 인간에게 이성이 있다고 우리가 배운 믿음이 다 깨지는, 두려운 도리깨질을 보는 것만 같다.

「비곗덩어리」는 에밀 졸라가 주도했던 모임(파리 북쪽의 '메당'에 위치한 졸라의 별장에서 모여 일명 '메당' 모임이라고 부름)에서 프로이센 전쟁을 소재로 여섯 명의 소설가들이 쓴 작품들을 모아 발간한 『메당 이야기*Les Soirées De Médan*』에 수록되었다. 전쟁이 끝난 이후 하급 관리 생활을 하면서 경제적으로 궁핍한 처지에 놓여 있던 모파상은 스승이었던 플로베르에게 극찬을 받은 이 작품을 통해 작가로서 이름을 알리게 된다.

인용된 부분에서 전쟁은 "영원한 정의에 대한 믿음과 (……) 인간에게 이성이 있다고 우리가 배운 믿음"을 송두리째 없애 버리고 만다는 모파상의 서술은, 그가 사망한 지 반세기도 지나지 않아 발생한 두 번의 세계 대전이 보여 준 추악한 면모를 정확하게 예견하고 있는 것만 같다. 그리고 모파상은 작가로서 전쟁이라는 극한의 상황 속에서 가감 없이 드러나는 인간의 본성과 행동에 관심을 집중한다. 직접 전쟁을 경험한 한 개인으로서나, 전쟁의 본질적 면모를 포착한 작가로서나 「비곗덩어리」는 그의 이력에서 중요한 작품이라고 할 수 있다.

이 작품은 프로이센 군대에 점령당한 루앙에서 몇몇 사람들이 피란을 가면서 벌어지는 이야기를 다루고 있다. 사업가 부부, 도의회 의원 부부, 귀족 부부를 비롯해서 제정을 반대하던 민주주의자, 수녀까지 평소라면 한자리에 모일 리 없는 이 다양한 인물들이 피란으로 인해 한자리에 모이게 된다. 특히 '마차'라는 한정적인 공간은 인물들을 유심히 관찰할 수 있는 소설적 기능을 자연스럽게 수행한다. 이들은 전쟁의 공포로 피란을 가고 있기는 하지만, 사실 "총사령관에게서 출발 허가증을 얻어" 낼 수 있을 정도의 영향력을 가진 사람들이다. 피란을 가지도 못한 채 자신이 살던 곳에서 삶의 터전이 파괴되어 가는 것을 속수무책으로 바라보고 있어야 하는 일반 서민들과는 사뭇 다른 처지에 있는 사람들이다. 그런데 이 자리에 처음부터 다소 어울리지 않는, "'노는 여자'라고 불릴 말한 사람인데, 젊은 나이에 포동포동 살이 쪄서 '비곗덩어리'라는 별명"을 가진 인물이 동승하게 되면서 소설은 처음부터 미묘한 분위기를 형성한다. 시간이 지날수록 좁은 마차 안에서 이 여성이 점점 더 불편한 존재로 인식되어 가는 중에 첫 변화가 발생한다.

이동하면서 쉽게 음식을 구할 수 있을 것이라는 생각과 다르게 전쟁 중의 길거리에서 그것은 불가능한 일이 되자 다들 극심한 배고픔을 느끼게 되는데, 유일하게 '비곗덩어리'만이 음식을 준비해 온 것이다. 자신들을 스스로 특별한 존재라 생각하는 이 인물들은 단 한 끼를 먹지 못한 것임에도 불구하고 "햄 한 조각에 1,000프랑이라도 내고 사 먹겠다고 말"하는 속물성을 드러낸다. 모든 사람이 전쟁을 똑같이 경험하는 것은 아니라는 모순을 그대로 보여 주는 인물들은 결국 '비곗덩어리'의 음식 앞에 굴복하고, 나폴레옹 3세를 조롱하는 '민주주의자'를 비난하는 그녀의 모습을 본 귀족과 상류층들은 심지어 '비곗덩어리'를 향해 "자신들과 아주 비슷한 감정"을 지니고 있다는 생각까지 하게 된다. 그렇게 마차 안의 인물들은 화기애애하게 바뀐 분위기 속에서 첫날 묵을 숙소에 도착하는데 다음 날 출발을 앞두고 두 번째 변화가 일어난다. 지역을 관리하는 프로이센 장교가 '엘리자베트 루세 양'과의 잠자리를 요구하고 나선 것이다('엘리자베트 루세'는 '비곗덩어리'의 이름이다. 마차 속 같은 나라의 인물들에게는 그저 별명으로만 인식되는 반면, 정작 적국의 군인에게 처음 이름으로 불리는 장면 역시 묘한 대조를 이룬다).

프로이센 장교가 일종의 성 상납을 요구한 것인데, 무력이나 신체적 위해를 가하는 것이 아니라 모두를 태운 마차의 출발을 허가해 주는 조건으로 내세우면서 결국 이 문제는 등장인물 모두에게 영향을 미치는 사건이 된다. 이 소설의 백미는 바로 이처럼 달라진 상황 속에서 '비곗덩어리'를 대하는 인물들이 보여 주는 행태라고 할 수 있다. 자신들의 목적을 달성하기 위해 갖은 설득과 은근한 위협으로 그녀를 몰아세우고, 심지어 수녀들마저 "하느님의 뜻"이라면서 부추김에 나서는 모습은 인간의 본성에 대해 독자들을 숙고하게 만든다.

우여곡절 끝에 결국 장교의 요구를 '비곗덩어리'가 받아들이고 다른 인물들의 간절한 바람대로 마차는 무사히 출발한다. 그리고 식사 시간이 돌아왔을 때 이번에는 '비곗덩어리'만이 유일하게 음식을 준비해 오지 못했는데, 오히려 다른 사람들은 그녀를 불결하다고 비난하면서 그 누구도 음식을 권하지 않는다. 이처럼 모파상은 마차 안에서 벌어지는 두 번의 식사 장면을 대조적으로 보여 줌으로써 우리가 그간 믿고 있었던 사회적 기준이나 도덕관념에 대한 전복적 상상력을 드러낸다. 이처럼 모파상의 작품은 전쟁으로 인해 드러나는 인간 내면의 이중성이 적나라하면서도 풍자적으로 그려짐으로써 당대는 물론 시대와 문화적 경계를 뛰어넘어 많은 사람에게 공감을 불러일으킨다.

3.

    스무 살 무렵부터 발작이나 신경 질환 등의 건강 문제에 시달리던 모파상은 결국 20대 후반에 매독 진단을 받는다. 작가로서 상업적인 성공을 거두고 이내 국제적 명성도 얻지만 그는 창작 기간 내내 매독으로 인한 여러 합병증에 시달려야만 했다. 특히 스승으로서 깊은 인연을 유지하고 있던 플로베르의 갑작스러운 죽음은 그에게 정신적으로도 큰 충격을 안겨 주었던 것으로 보인다. 게다가 서른 살 즈음에는 오른쪽 눈이 거의 안 보일 정도로 시력을 잃는 가운데에서도 끊임없이 작품 활동에 매진했다. 후기 대표작 중 하나인 「오를라」는 그가 남긴 여러 작품과 함께 환상 소설로 분류되고 있지만, 정신적·육체적으로 피폐해지고 있던 그의 절망적인 상황을 짐작할 수 있게 해 준다.

    일기 형태로 되어 있는 이 작품은 조상 대대로 뿌리내린 고향에서 여러 가지로 만족스러운 삶을 살아가는 '나'의 행복감에 대한 서술로 시작한다. 하지만 불과 며칠 지나지 않아 몸이 아프고, 알 수 없는 공포감에 사로잡힌다. 그리고 꿈인지 생시인지 구별할 수 없는 가운데 어떤 존재가 인지되기 시작하더니, 곧 보이지도 않는 그 존재가 분명한 물리적 힘을 행사하게 되면서 결국 '나'의 일상적 행위까지 지배하기에 이르는 것이다.

    8월 14일. 큰일이다! 누군가 내 영혼을 소유하고 그걸 지배한다! 누군가 내 행위, 내 움직임과 생각 전부를 지배한다. 난 더 이상 아무것도 아니며, 노예 같고 내가 하는 모든 일을 두렵게 지켜보는 사람일 뿐이다. 나가고 싶어도 나갈 수가 없다. 그가 원치 않는다. 그래서 난 이성을 잃고 덜덜 떨면서 그가 날 붙들어 놓는 안락의자에 앉아 있다. 자리에서 벌떡 일어나서 내 맘대로 할 수 있다고 생각하고 싶을 뿐이다. 하지만 그럴 수가 없다! 난 내 의자에 붙박여 있고 내 의자는 땅바닥에 붙어 있다. 너무 딱 붙어 있어서 아무리 힘을 주어도 내가 앉은 의자를 들어 올릴 수가 없다.

『투명 인간』(1897)을 쓴 영국의 SF 작가인 허버트 조지 웰스가 영감을 받았다고 말한 데에서 알 수 있는 것처럼, 작품 속 '나'는 보이지 않는 존재에게 지배를 받게 된다. 어떻게든 문제를 해결해 보고자 했던 주인공은 노력 끝에 그와 같은 존재가 이미 브라질에서는 큰 문제를 일으켰으며, '오를라'라는 이름을 가진 것도 알게 된다. 그리고 자신의 뜻대로 삶을 유지할 수 없을 지경에 이른 주인공은 이제 그 보이지 않는 존재를 죽여 없애야겠다고 마음먹기에 이른다.

넉 달 동안 주인공이 겪는 고통은 이루 말할 수 없을 정도이지만, 보이지 않는 존재로 인한 것이기에 다른 사람들에게 이해시킬 수 있는 방법은 사실상 전무하다. 따라서 그 문제를 해결하기 위해 주인공이 생각해 낸 방법 역시 타인의 눈에는 그저 광기에 찬 행동에 불과할 뿐이다. 투명 인간처럼 느껴지는 '오를라'라는 존재를 호기심의 눈으로도 볼 수 있겠지만, 이 작품에서 두드러지는 것은 타인에게 이해받을 수 없는 고립감 속에서 혼자만의 고통에 빠진 주인공의 절망적인 모습이다. 그리고 마침내 보이지 않는 존재와의 대결을 선택한 주인공의 행동은 오히려 자신의 삶에 파국을 불러온다.

이같은 「오를라」 속 주인공의 모습은 아끼던 동생의 죽음 이후 더욱 심해진 병증을 다스리기 위해 떠난 휴양지에서 두 번씩이나 자살 기도를 하고 만 모파상의 모습과 고스란히 겹친다. 정신병원으로 이송된 모파상은 끝내 병원에서 생을 마감했지만, 그가 누리고자 했던 삶은 어떤 모습이었을까.

그녀는 아주 젊은 나이에 삶과 사교계를 포기했고, 길러 주고 사랑했던 사람들을 버렸습니다. 사랑하는 사람과 단둘이 맨몸으로 여기 이 야생의 골짜기에 온 겁니다. 그녀에겐 그가 전부였습니다. 바라는 모든 것, 꿈꾸는 모든 것, 끊임없이 기대하는 모든 것, 끝없이 희망하는 모든 것이었습니다. 그는 그녀의 삶을 온전히 행복으로 채워 주었습니다.

그녀는 그 이상 행복할 수가 없었습니다.

작품 「행복」은 모파상이 생각한 진정한 행복이 어떤 모습인지를 엿볼 수 있게 해 준다. 소설 속 화자는 사람들에게 원시의 모습을 간직한 코르시카섬으로 여행을 떠났을 때 거기에서 "믿을 수 없을 만큼 행복한 사랑"을 직접 목격했다면서 어떤 노부부의 이야기를 전달한다. 이 부부는 한때 평범한 병사와 명문가 귀족 집안의 딸로 우연히 사랑에 빠진 나머지 모든 것을 버리고 그곳으로 도망쳐 들어와 가족들이나 부유한 삶과 단절한 채 50년이 넘게 생활을 하고 있는데, 너무나도 행복하게 보였다는 것이다. 화자의 말을 들은 어떤 사람은 여자의 행동을 두고 "어리석었을 뿐"이라고 판단하기도 하지만, 이 작품을 읽는 독자들이라면 분명 진정으로 행복한 삶이 무엇인지에 대해 깊은 울림을 전달받게 된다.

정작 모파상은 이 이야기 속의 주인공 부부와 같은 삶을 누리지는 못했지만, 전쟁의 허구성을 폭로하고 인간의 이중성을 적나라하게 드러내는 그의 예리한 문학적 감수성만은 오랜 세월을 뛰어넘어 지금까지도 독자들에게 소설의 매력을 전달하고 있다.

작가 연보

1850 8월 5일 프랑스 서북부 노르망디의 미로메닐에서 장남으로 태어남.

1860 부모님의 이혼 후 어머니와 함께 지냄. 어머니의 영향으로 문학에 관심을 갖게 됨.

1863 이브토의 신학교에 입학했으나 중도에 그만두고 루앙의 학교에 입학. 어머니의 친구인 루이 부이예에게 시 창작을 지도받음. 이후 외삼촌의 친구이기도 한 귀스타프 플로베르에게 본격적인 문학 수업을 받으면서 에밀 졸라 등 여러 문인들을 소개받음. 플로베르가 '사랑하는 나의 아들'이라고 부를 정도로 문학적 재능을 인정받음.

1869 대학 입학 자격 시험에 합격. 파리에 가서 법학을 전공하고자 함.

1870 프로이센-프랑스 전쟁이 발발하자 군에 자원입대함. 전쟁에 혐오감을 갖게 됨.

1872 아버지의 소개로 파리에서 해군부 하급 관리로 생활. 경제적으로 궁핍한 생활을 함. 이 무렵부터 발작이나 신경 질환 등의 건강 문제에 시달리기 시작.

1875 조제프 프뤼니에라는 필명으로 첫 번째 단편 소설 「박제된 손」을 발표. 공쿠르 형제, 에밀 졸라, 말라르메 등과 교류.

1876 발몽이라는 필명으로 시 「물가에서」 등을 발표.

1877 투르게네프와 교류. 매독 진단을 받고 치료를 시작함.

1878 공공교육부로 전근. 여러 언론사에 글을 기고.

1880 에밀 졸라를 중심으로 한 '메당' 모임에 합류. 프로이센-프랑스 전쟁을 주제로 한 공동 작품집에 발표한 소설 「비곗덩어리」의 상업적 성공으로 전업작가 활동을 시작. 하지만 5월에 스승이었던 플로베르의 갑작스러운 사망으로 정신적 충격을 받음.

매독 합병증으로 오른쪽 눈의 시력을 거의 잃게 됨.

1881 북아프리카를 비롯해 이탈리아, 영국 등 각지를 여행하면서 창작 활동에 매진. 첫 단편집 『테리에 집*La Maison Tellie*』 출간.

1882 두 번째 단편집 『피피 양』 출간.

1883 6년간 집필해 온 장편 소설 『여자의 일생』 출간. 톨스토이가 극찬을 하는 등 프랑스 문학의 걸작이라는 평가를 받으면서 세계적인 명성을 얻게 됨. 2만 5천 부가 넘게 팔리는 등 상업적으로도 큰 성공을 거둠.

1885 『벨아미』 출간. 자신 소유의 요트에 같은 이름을 붙임.

1887 에펠 탑 건설을 반대하는 문학예술계 인사들의 항의 서한 발표에 참여. 에밀 졸라 『대지』의 외설성을 비판하는 작가들과 함께 「피가로」에 '5인 선언문' 발표.

1888 대표작 중 하나인 『피에르와 장』 출간.

1889 장편 『죽음처럼 강하다』 출간. 아끼던 동생 에르베가 사망.

1892 여러 질환으로 인해 니스에서 휴양. 자살 시도를 해서 파리의 정신병원으로 이송.

1893 7월 6일 수용되었던 정신병원에서 사망. 몽파르나스 묘지에 안장.

짧은 창작 기간에도 미완성 2편을 포함한 장편 소설 8편과 300편이 넘는 중·단편 소설, 희곡 5편, 기행문 3편, 시집 1권을 남김.

비곗덩어리

클래식 라이브러리 013

1판 1쇄 인쇄 2024년 9월 9일
1판 1쇄 발행 2024년 9월 20일

지은이 기 드 모파상
옮긴이 임희근
펴낸이 김영곤
펴낸곳 아르테

TF팀 이사 신승철
출판마케팅영업본부장 한충희
마케팅1팀 남정한
출판영업팀 최명열 김다운 권채영 김도연
제작팀 이영민 권경민
교정교열 이은아
디자인 최원석

출판등록 2000년 5월 6일 제406-2003-061호
주소 (우 10881) 경기도 파주시 회동길 201(문발동)
대표전화 031-955-2100
팩스 031-955-2151

ISBN 979-11-711-7809-4 04800
ISBN 978-89-509-7667-5 (세트)

아르테는 (주)북이십일의 문학·교양 브랜드입니다.

『슬픔이여 안녕』『평온한 삶』『자기만의 방』『워더링 하이츠』『변신』『1984』『인간 실격』『도리언 그레이의 초상』『월든』『코·초상화』『수레바퀴 아래서』『데미안』『비곗덩어리』『사랑에 대하여』『라쇼몬』『이방인』『노인과 바다』『위대한 개츠비』『작은 아씨들』

클래식 라이브러리 시리즈는 계속 출간됩니다.